ふたつの光

永野秀夫

鳥影社

ふたつの光

目次

一

ふたつの光

一

不昧公の小箱

暮れの二十八日に私は部屋の大掃除をした。

大掃除と言っても、私の部屋は四畳半であり、机の中と本棚と押入れとを片付けて、最後に掃除機をかけただけであるが、それでもたっぷり半日を要した。

掃除の最中に、本棚の本の間から、文庫本よりちょっと小さいくらいの箱が出てきた。淡《うす》い水色の箱で、よく見ると、うすい水色と大福の粉のような白との市松模様になっている。しかし、ふたを開けてみると、それは蓋だけの模様で、箱自体は濃い紺色だった。

ふたには、「松江名菓　出雲三昧」と書いてある。箱の深さは三センチほどであるが、中には二つ折りにした六センチ四方の白い紙が入っていた。その紙を披《ひら》いてみると次のように記されてあった。

老松が濠にうつって静かな
たたずまいを残す城下町、松江。

出雲の夕景に映える
湖畔の町、松江。
人の情に残る不昧公の茶の心。
この三つの風物詩を
味に表現、創製しました。
それが、名菓「出雲三昧」です。
和菓子の醍醐味、味三昧。
お茶うけに、御進物に
自信をもっておすすめ致します。
御評判のほど乞願います。
主人敬白
出雲の国松江市天神町
菓子老舗　桂月堂

この箱は、夏の終りに、私の職場の若い――まだ二十九歳の――友人のEさんに貰ったものであった。

Eさんは、八月末に奥さんと一緒に山陰松江に旅行した。Eさんは、そのお土産として、出雲三昧という和菓子を私にプレゼントしてくれたのである。

私は最初、右の説明文の中の、不昧公《ふまいこう》という言葉の意味が解らなかった。私はEさんに不昧公とは何ぞやと質問した。

「永野さん、いい年をしてそんなことも知らないんですか？　不昧公とは、松江藩主の松平不昧公のことですよ」

Eさんの、私を少し軽蔑したような口調が、私には面白くなかった。そういう言い方はないのではないかと中っ腹であった。

しかし、私はその箱が小さくてかわいらしく、堅牢《けんろう》そうだったので、捨てるのは勿体ないと思って取って置いたのであった。

私は大掃除の前々日に広辞苑を買っていた。そこで、さっそくこの辞書の初引き（こんな言葉があるかどうか知らないが）として、不昧公について調べてみることにした。

「不昧＝①（知性などが）くらくないこと。明らかであること。②（邪悪・邪心に）くらまされないこと。」

「松平治郷《はるさと》＝江戸後期の出雲松江藩主。茶人。号は不昧・一々斎・一閑子。茶道に通じ石川流不昧派を始め、また禅道・書画・和歌にも通じた。（一七五一〜一八一八）」

私は、新しい辞書で新しい知識を得たことがうれしかった。少し得意になった。誰かに教えてやりたいような気分になった。Eさんに電話して、このことを話そうかと思ったが、あいにくEさんは、奥さん同伴で琵琶湖に旅行中なのであった。

私は掃除を一時中断し、不昧公の箱を手にとって、何かの用途はないかと考えてみた。はじめ、はがき入れにならないかと思って、机の抽斗《ひきだし》からはがきを取り出して箱にあててみた。すると、横はぴったり納まるのだが、縦が二センチほど出っ張ってしまった。いい遣い道はないものかとあれこれ考えてみたが、結局何も思いうかばなかった。

部屋の掃除は午前中で終った。

昼食後、私はきれいになった部屋で机に向かい、うぐいす笛の練習をしていた。この笛は小さな竹笛で、前日に高尾山の奥に位置する景信山《かげのぶやま》という山に登った際に買ってきたものである。

ちょうど、お風呂のお湯を汲み出す桶のような形（もちろん桶の底はない）をした、長さ約六センチ、直径約二センチほどの竹笛で、桶で言えば、把手《とって》の付け根のところに円い穴が開いている。そして、把手部分の竹の先に楔《くさび》が打ってあって、狭い空洞ができている。円い穴の先には、うぐいすを模《かたど》った篠竹が斜めに付いている。

桶の底に当たるところを人差指と中指とで押さえ、反対側を親指で塞《ふさ》ぎ、把手の先から吹くのであった。そして、人差指と中指をすばやく動かして竹筒を開けたりふさいだりするのであった。

するると、

「ホフゥ、ホケキョッ、ケキョッ、ケキョッ」

と、実によい音が出る。

私がうぐいす笛を吹いていると、玄関でゴトゴト音がした。玄関へ行ってみると、父が墓地へ散歩に出掛けるところだった。

「ダンナ、俺も一緒に行こうか？」

私は、ふいに父のお供がしたくなってそう言った。「ダンナ」というのは、十年前父が倒れて退院してからの父を呼ぶ時の私の口癖である。

「いいよぅ。よしてくれよぅ。お父さん歩くの遅いから」

父はそう言って、やっとのことで靴を履き終った。

実際、父の歩くのは本当に遅いのである。

父は脳卒中をやった人特有のいわゆるブンマワシ歩行という歩き方で、右足の爪先が垂れて脚が外側に大きく廻って出てくる。

父と一緒に歩いていると、後から来る人にどんどん追い抜かれる。歩き始めたばかりの赤ん坊より遅いかも知れない。

考え事などしていると、私は父より大分先に行ってしまうことがある。そしてそれに気づいて、左手で杖をつき、右腕をくの字に曲げて拳を握り固め、一所懸命地面ばかり見て歩いて来る父を、立ち止って待っていることがある。

また、私はときどき退屈してくると、いつも通りの歩幅で脚を出し、その脚をそのまま着地させないで、地面すれすれで手前に戻し、結局十センチ位の歩幅で歩いてみることがある。そうやって父の歩行速度に合わせることがある。

父は一日おきに雑司ヶ谷墓地へ散歩に出掛ける。そして、一日おきに近所の整形外科へ行く。ズボンのベルトに万歩計を着けていて、だいたい一日四千歩から五千歩くらい歩く。

私と父は都電の踏切を渡り、墓地の西南のはずれ、以前納骨堂のあったところから墓地に入った。

都電の踏切から鬼子母神前停留所にかけては、急な下り坂になって、途中からまた緩《ゆる》やかな登り坂になっている。そして、千登世《ちとせ》橋から向うはまた長い下り坂となる。踏切から真っ直ぐに続く四本のレールの間隔はだんだん狭くなって、その彼方に新宿の高層ビル群が見渡せた。途中に、踏切が四つ見えた。

四本のレールは、早くも傾きかけた陽を受けて光って見えた。一番奥のレールの、踏切から三メートルばかりのところに太陽の焦点があたり、いくら冬の午後の陽とは言え、眩しくて見つめていられないほどだった。

私は最近、午前の明るい冬の陽ほど、ありがたいものはないのではないかという気がしている。

私の家の周りは住宅が立て込んでいるが、それでも私の部屋には、午前中、南の窓から陽が射しこむ。そして、畳の上に縦長の細い明るい四角を作る。私はそこに坐って新聞を読む。その四角が時間を逐《お》って、少しずつ、少しずつ、東側に移る。愛《お》しいなぁと思っているうちに、昼ごろにはその四角は無くなって、部屋は暗くなってしまう。

私は冬休みに入ってから、いつも陽が射しこむうちに、何か有意義なことをしたいものだと思いながら、まとまった読書をするでもなく、書き物をするでもなく、ただなんとなく過ごした。

「この椎の木の下を、お父さん、子供のころ仲間と掘ってね。いっぱい骸骨が出てきたものさ」

墓地の入口で、父は大きな椎の木の根元の土を杖の先で叩いて言った。

「ダンナ、ずいぶん悪いことをしたものだね。法律に抵《ふ》れるんじゃないの？」

「いやぁ、そんなことは知らないがね。とにかくいろんなことやったね。小学校の帰り、この辺の家のベルを鳴らして、どんどん逃げちゃうんだ。皆でよくやったな」

「そういうことは、俺もやったけどね」

私と父は、１種21号２側と書かれた白い三角柱の立っている細い道を、清立院《せいりゅういん》の方へ向かって進んだ。そして、二十メートルほど行ったところで直ぐに左折して、東南方向にまっすぐに歩いた。

墓地の道には、墓に沿って落葉がたくさん積っていた。

墓地には、欅、椎、檜、楢、公孫樹《いちょう》、等々いろいろな木があった。だが、以前に比べて木の数が大分減ったのではないかと思った。欅もただひょろ長いだけで、幹はずいぶん細いのが目立った。

清立院の塀沿いには、昔ながらの欅の古木が十本ばかり、五メートルぐらいの間隔をおいて聳えている。ただ、これらの木も私の子供の頃と違って、枝をほとんど切られてただ胴体だけが突っ立っていた。

墓地の細い道は、ところどころ土の表面にひびが入り、まるでかさぶたのように土がうすく浮き上がっていた。私はジグソー・パズルを思い出した。靴の先で浮いた土をひっくり返してみると、透明な歯ブラシの毛のような霜柱がキラキラ輝いた。踏んでみると、ザクッ、ザクッ、という音がした。もう霜が融けたところは泥濘《ぬかる》んでいて、その上をしばらく歩くと、だんだん靴が重たくなってくる。

墓地にはさまざまな墓があった。出来たばかりの真新しい墓、苔むして彫った文字も読めないような古い墓、傾いてしまって明らかに無縁仏ではないかと思われる墓、普通の三段の四角柱の墓、周りに小石を敷き詰めた墓、灯籠を配した墓、傍らに墓誌を立てた墓、衝立のような自然石の墓、名刺受の付いた墓、楕円形の墓、木の墓標だけの墓――。

歩いていると、途中に大正十年建立と書かれた墓があった。しかし、墓石はそんなに古くは見えず、八十年近くの星霜を経ているとは思えなかった。この石は、関東大震災も知っているし、空襲も見てきたのだと思うと何か無気味な気がした。

私と父は、突当りの塀の手前で、西村家というクリスチャンの墓の囲いに腰掛けて憩《やす》んだ。なぜクリスチャンかと言えば、普通の墓と違って、ほぼ正方形の墓石の上の方に十字架が彫られていたからだ。

目の前の墓の囲いは大谷石で、風化してところどころ抉《えぐ》ったように削れてしまっている。

カラスが一羽、大きく羽ばたいて前方の欅の梢にとまった。

子供の頃、私は管理事務所の前を入ったところの檜の木に、梟《ふくろう》が留まっているのを見たことがある。

夏の朝だった。梟は幼い私を見下ろして、円いけれどもするどい目でじっと睨んでいた。昼頃また見に来ると、まだ留まっていた。私は怖かったけれど梟から目を逸《そ》らさなかった。しばらく睨めっこしていると、梟は三十メートル位先の墓の方へ悠然と飛んで行ってしまった。……

空を見上げると、欅の木々の梢が網を張ったように空を蔽《おお》っている。よく見ると、欅の枝には枯れて縮んだ葉がまだたくさん着いている。

遠くで、クワァ、クワァという声が聞える。

欅の木の間から、晴れ渡った歳末の青空を背景に、サンシャイン60ビルが見える。その左手に、池袋のゴミ焼却場の煙突がサンシャインビルよりずっと低く立っている。私は不思議な気がした。私の職場の六階の窓から見ると、両者の高さにはこれほどの差はないのである。

私は子供の頃の夏、朝ご飯前に、この辺りに父と毎日蟬捕りに来たことを思い泛《うか》べた。私は蟬やカブト虫などの昆虫が大好きな少年だった。清立院の塀沿いの欅の木々に蟬を探して、幹の周りを一廻りずつ上を見ながら歩いた記憶がある。

あれは、私が小学校へ上がる前のことだろうか。私はサンダル履きで、半ズボンにランニングシャツ、頭に野球帽、首から虫籠を提げていた。父は草履履きのステテコにランニングシャツ姿で、手に捕虫網を持っていた。捕虫網の柄だけでは短くて蟬が捕れないので、網の柄につなぐ物干し竿も持っていた。

蟬は父が捕ってくれた。私は眼が良く、蟬を見付ける役だった。二人で蚊に食われて、脚や腕をポリポリ掻《か》きながら、あっちの木、こっちの木と、木を見上げて歩いた。蟬に網を被せようとして、一瞬早く逃げられ、よくオシッコを引っかけられたものだ。それでも、小一時間で籠はいっぱいになった。

私の脳裏に、若かった父のステテコ姿が甦《よみがえ》った。あご骨の張った、鼻の高い、咽喉《のど》仏の出た、目がパッチリとした父の姿が泛んだ。そして、その後ろから蹤《つ》いて行く、虫籠を提げた小さな私の姿――。

私にこの墓地でのもうひとつの幼い日の記憶がある。

ある夏の日、私は独りで蟬捕りに来た。霧雨が降り、墓や木はぼんやりと霞んで見えた。辺りには誰もいない。清浄な空気の中を、ただ、鳴き頻《しき》る蟬の声が四方《よも》に響きわたるばかりである。

私が夢中で蟬を見つけていると、蟬時雨《しぐれ》にまじって、遠くで、「ひでおー、ひでおー」という声がかすかに聞える。そして、その声がだんだん大きくなって近づいて来る。

その日、子供会か何かがあったのだと思う。母が、会の始まる時間が迫ってもなかなか帰って来ない私を迎えに来たのであった。

私は遠い日のことを思い起して、しみじみとした気持になった。——数えてみれば、もう三十五年以上前のことだった。

三十五年余の歳月は、父を八十三歳にさせた。父の身体を不自由にさせた。そして、仕事を出来なくさせた。目を小豆《あずき》のように小さくさせた。背を丸くさせた。

三十五年余の歳月はまた、私を四十二歳にさせた。髪を薄くさせた。少年のこころを忘れさせた。

「ダンナ、これ、何だか分かるかい？」

私はジャンパーの内ポケットから、健康保険証くらいの大きさの黄色い紙を取り出して父に見せた。

「何かな？」

父は眼鏡を額にずらして、その紙を見た。

その紙には、「自転車防犯登録カード（甲）警視庁」と表題が印刷されていた。

私はそれを午前中の大掃除で発見した。机の一番下の抽斗《ひきだし》の一番奥の金《かね》の箱の中に入っていたのである。その箱の中には、今はもう発行されていない板垣退助の百円札も一枚入っていた。

「登録番号　巣鴨～０８９４３、　所有者住所　豊島区南池袋3‐18‐46、　同氏名　永野誠二、　メーカー　安全、　新車、　車種別　スポーツ、　車体番号　記号８Ｄ１０９３号、　車体色　青色、　登録年月日　昭和43年6月17日、　登録店住所　豊島区東池袋5‐20‐5、　同氏名　手塚自転車店」

防犯登録カードには、以上のことが記されていた。

カードの紙は変色した様子もなく、三十年の歳月を閲《けみ》しているとは思えないほどだった。ボールペンで書かれた文字も、字自体はあまりうまくはなかったが、ボールペン特有のインクのボテの出具合など、つい最近書いたもののようにも思えた。

昭和四十三年の六月、私は十二歳、中学一年生であった。父は五十三歳で、紳士服の仕立を業としていた。

その年の春中学に入ると、同級生が次から次へと変速機付きのサイクリング自転車を買った。私も欲しくて堪らなくなった。しかし、その時分、私の家はそう裕福ではなく、二万円からするサイクリング自転車を買う余裕はなかった。

だから、新車は無理なので、近所の人に教えてもらった、目黒にある中古自転車専門店で買おうということになり、ある日、父と母と中三だった姉と一家全員で出掛けた。

なにせ三十年も前のことなので、もう記憶が薄れてしまったが、その店は大きな道路沿いにあって、間口が広く奥行がなく、仮営業所のような感じであった。当時流行のドロップ・ハンドルの中古のサイクリング自転車が何台も並んでいた。

私は本当は友達と同じように、ピカピカの新車が欲しかったのだが、仕方ないと諦めていたのだと思う。

これにしようとあらかた決まった——その自転車は、たしか八千円ほどだったと思う——とき、母が、

「秀夫、ちょっと……」

と言って、私を店の外に連れ出した。

母は自転車屋を背にして、

「秀夫、お前、本当にあれでいいのかい。友達はみんな新しいのだけど、いいのかい。千登世橋のところの安全自転車で新車を買おうか？」

と私の顔を覗き込むように言った。

このとき、私は涙を一粒こぼしたと母はいつもこの話になると言う。私のこころの底にも、そのときの切ない気持がいまだにうっすら澱《おり》のようになって残っている。

私はやはり中古ではいやだったのだと思う。

「秀夫、あのとき中古を買っていたら、どうするつもりだったんだい?」

後になって、母が私に訊くと、私は、

「しばらく物置にしまっておいて、古くなったと友達に言おうと思っていた」

と答えたという。このことも靄《もや》が立ち籠めたような記憶の彼方に今でも確かに思い泛べることができる。

そんな次第で、私たち一家は、目黒から取って返して、その足で目白に行った。そして当時千登世橋の袂《たもと》にあった安全自転車ショー・ルームで、外装五段変速のブルーのサイクリング自転車「安全スピード・ツアー号」を買った。正価二万円のものを一割引して貰い、一万八千円で購《もと》めたと憶えている。その頃の勤め人の大卒初任給は、たぶん三万円位ではなかっただろうか。

そのとき、ショー・ルームにいた安全自転車の社長が父の戦後の担ぎ屋仲間で、ふたりは二十年振りにばったり出遇ったのであった。

防犯登録カードの登録店の手塚自転車店というのは憶えていないのだが、住所からするとそのころ日出町にあったのだと思われる。安全自転車ショー・ルームで買って、防犯登録だけその自転車屋でやって貰ったものと考えられる。だから、六月十七日という登録日は、購入した日ではないのではないかと見込まれる。

とにかく、このように両親に無理を言って買って貰ったものなので、私は現在までこの自転車を大切にしている。以前よく修理を頼んだ自転車屋のおじさんには、行くたびに、

「日那さん、いつもきれいに乗ってますねぇ」とほめられたものだ。

冬の寒い夜、残業を終えて、ピラミッド校舎の下の暗がりに、いつものように、何か考え事でもしているかのように前輪を左に傾けた、ドロップ・ハンドルのブルーの自分の自転車を認めるとき、私は何か言い知れぬある感情をもよおすことがある。結婚をしていない私には妻というものはないが、長く連れ添った伴侶というのはこんなものではないかとさえ思うことがある。

愛着というものは、二十年、三十年と大事にして初めて涌いてくるものであると、最近私は感じている。

「ダンナ、あのとき目黒で自転車を買ったら、ダンナは乗って帰って来ると言ってたけど、本当に大丈夫だったの？」

私は父に訊いてみた。

「大丈夫さぁ、お父さん、まだ若かったからなぁ。張り切ってたからなぁ」

父は背を丸めて杖の先で地面の土をいじりながら言った。

十年前の八月二十六日、私は職場の人五、六人と、東北のある温泉へ一泊旅行に出掛けた。

朝、家を出るとき、私のTシャツの肩に綻《ほころ》びがあるのに気づいた。父はすぐにミシンをかけて直してくれた。

私が鞄を肩に掛けて、坂の下の方へ歩いて行くと、父は玄関の前で両手を腰に当てて私を見送っていた。そのとき、虫の報せというのだろうか、私は何だかいやな気がした。何だか行きたくないような気がした。それが私が見た、自由自在に歩ける、自転車にも乗れる父の最後の姿だった。

夜晩く、私は旅先の旅館で、父の異変を報せる母からの電話を受けた。父は急に右半身が利かなくなり、口も利けなくなったという。

翌朝、私は米沢から在来線と新幹線とを乗り継いで帰京した。東京に着くまでの数時間は、丸一日にも匹敵する長さだった。

私は飯田橋の病院で、右腕、右脚のまったく動かない父を見た。その日、私は家に帰り、畳を搔《か》き毟《むし》って何時間も泣いた。

私の父は洋服の仕立職人として四十数年働いた。

「秀夫が大きくなって勤めに出るようになったら、お父さんがいい背広を仕立ててやるからな」というのが、私が小さい頃の父の口癖だった。

しかし、私が就職した頃には父も忙しく、また既製服も廉《やす》くなっていて、結局この約束は永遠にそのままになってしまった。もっとも、七五三のお祝いや小学校の入学式に着たチェックの柄の半ズボンと上着の上下の背広（これは今でも大事にとってある）や学生服などは皆父が作ってくれた。

私が大きくなってからの父の口癖は、「技術があるのに金がとれないんだから、いやになるよ」というものだった。

実際、普通の勤め人よりずっと長い時間働いても（父は月に一度しか休まなかった。来る日も来る日も朝早くから夜晩くまで針の尻を押していた）、父の収入は大卒の新入社員の給料並だった。

父が倒れて入院中だったある夜、私は主なき薄暗い仕事場の衣紋掛にかかっていた、父の仕立てた茶色の背広を見たことがある。その背広は、本当は私が中学生の時、学校から帰って夕方ソロバン塾に行くとき着るのに父が作ってくれたものであった。だがその後、私の体が大きくなって合わなくなったため、父が着ていたものであった。

私は手にとって、その背広を見た。

真ん中から左右にふたつの弧を描いた背裏の出来具合、前裏と見返しとの境の飾りミシンの美しさ、一針一針刺した釦の穴かがり、きりりと結んだ裏ポケットの閂《かんぬき》の精巧さ、——すべてが一分の隙もなく丁寧に仕上がっていて、既製服とはまるで違っていた。私はそれまで長い間、迂闊にもそのことに気が付かなかったのである。

背広をつかんだ私の手に無意識に力が入った。膝に置いた背広の輪廓が、あっという間にぼやけてくるのを、私はどうすることもできなかった。

父と

春になったら
父と釣りに行こう
川越のあのさびしい小さな沼に
釣れても釣れなくてもいい
とにかく竿を出してみよう
えさは俺がつけてやるよ

お日様が真上に来たら
お昼にしよう
登山用のコンロで
ワンカップを熱燗にして
二人で半分ずつしみじみと飲もう
そして握り飯を食おう
決して涙なんか流さず
苦しかった病院生活は忘れて
青草の上でゆっくり憩もう
ああ
そんな一日が
早く来ること
必ず来ること
俺はそれを願う

十年前の秋、私はこんな詩を書いた。

父は飯田橋の日本医科大学付属第一病院に四十日ほどいて、大山の東京都老人医療センターに転院し、年末に退院した。

父が入院中、私は毎日勤めが終ると病院へ通った。学校が休みの日は、朝から病院へ行った。そういう日は、前の晩泣いたのであろうか、いつも父の瞼は赤かった。

私は何としても父の身体をよくしてやりたかった。

私と父は毎晩看護婦に隠れて（大山の病院では転倒をおそれて、リハビリ室以外で車椅子から離れることは許さないのであった）、人のいないフロアの廊下で歩く練習をした。

あの頃、私は人が歩いている足下ばかり見ていた。病院の往き還り、池袋の地下道で、大山の雑踏で、向うから来る帰路を急ぐ人々の足の運びを見つめていた。皆、一様に爪先より一瞬はやく踵《かかと》が地面に着いていた。何百という足が、規則正しく、波のように、くりかえしくりかえし踵から地面に接するのを美しいと感じた。父もこういうふうに歩けないものかと羨ましかった。

私は図書館で脳卒中に関する本を片っ端から借りて読んだ。そして、リハビリにいいという体操をいくつか覚えて、父に教えた。毎晩、ベッドの上で父のやるのを補助した。また、父をベッドの端に坐らせて、床にうすい板をお菓子の缶を台にして斜めに置き、それに父の足を下から上へ滑らせた。こうすると、少しでも、爪先の垂れるのが改善すると本に書いてあったのである。また、悪い方の手にタオルを握り、台を乾拭《からぶ》きするのも腕のリハビリにいいと読んで父にやらせた。悪い方の掌《て》をひらいて、粘土に強く押しつけるのもいいと知って、私がやってやった。

私は、病院でやるリハビリではとても満足できなかったのであった。事実、手のリハビリは、最初から悪い右手には何もせず、利き手交換のための、いい方の手を器用にする訓練だけなのであった。

父の部屋は六人部屋であったが、ある患者さんは、ある時まで私を理学療法士と勘違いしていた。

父はある洋服屋の下職をやっていたのだが、その洋服屋の旦那は、父が倒れてから一度も見舞に来なかった。退院してからも一度も会いに来なかった。父はその店の仕事を十五年ほどやったが、辞めるにあたって何の餞別もなかった。とにかくその親方は、父が倒れてから一度も父の前に姿を見せなかったのだ。

父が退院することになったとき、私はこれからは父を愉しませてやろうと思った。遊ばせてやろうと思った。長い間、世にもふざけたこんな人間（私が考えている「人間」の定義の範疇《はんちゅう》には入らない男だった）の下で安い手間賃で使われて来たのだから、身体が不自由になったとはいえ、これからは好きなことだけをやって毎日愉快に暮らさなければ、父の人生の損益勘定が到底合わないと思った。

病院での二人の毎夜の特訓が功あってか、父はなんとか杖をついて歩けるようになって退院した。

前にも書いたが、脳卒中をやった人特有の、爪先が垂れ下がって脚が外側に大きく廻って出てくる歩き方であるが、心配していた足の装具は着けなくてもよかった。右手も、この病気の後遺症の特徴で、手だけ単独で上がるのではなく、肩の付け根から腕全体が動いてしまうのだが、思っていたより良くなり、九十度位まで上がるようになった。また、握力は左手の半分位にまで回復した。

しかし、もう針も自在に使えないし、ミシンもうまく踏めないし、アイロンも掛けられないし、とても他人様《ひと》からお金をとるような仕事は出来なかった。

「永野洋服店」という看板を外すとき、また、何十年と使った仕事場のバイタを捨てるとき、私は目の奥が熱くなった。

霜焼けのつめたき右手何百の背広縫ひたる父の爪切る
きつきこと父に言ひたるすぐ後にうす苦きもの胸に流るる

懐メロのテープの隅に若き日のある日の父の声交ざりゐて
父と子の赤と青との浮子ふたつ並ぶ水面に夏雲流る
髭剃りてやればその顔しみ多し別るることは堪へがたきかな
とこしへといふはなけれど秋晴れに日がな一日父と釣りせむ
一心に浮子を見つむる父に降る金木犀の小さき花びら
伽羅《きゃら》の木の映る水面に立つ浮子よ動けようごけわが父のため
股引を曲がらぬ足に通しやる幼き我に父のせしごと
やはらかき心となれり浅草へ出掛けし父と母を思へば
仕事廃め五年《ごとせ》過ぎしもウインドーの洋服見れば父は近づく
ふと思ふ父なき後のさみしさを切りてやりたる爪あつめつつ
やや酔ひて蕎麦食ふ父を見つめをり父よ父ちち長生きをせよ
父の浮子を見つめてをれば母の言ふ法師蟬二十四たび鳴きぬと
父の腕の黒子《ほくろ》に伸ぶるながき毛を抓みてみたり長く生きよと
幾万回父の廻せしミシンのはづみ車銀のひかりに風呂敷を掛く
ほほゑみて今日八十三になると言ふ父の目小さし小豆《あずき》のごとく
父母の浮子は添ひ立つ山藤のむらさきの影ゆるる水面に

この十年間に私はこんな歌を作った。

私は身を固めない代りに、世間の親子よりも何倍も濃密な時間を父と過ごした。父が倒れてからの十年間は、私にとっては、父親と遊び暮らした歳月と言ってもよかった。旅行、釣り、将棋、何をするのも父と一緒であった。

私はこのごろ独りで歩いていると、後から来る人に次から次へと追い抜かれる。私は速く歩けなくなってしまったのである。私はいつも父と一緒に歩いているので、ゆっくり歩く癖がついてしまったのである。

父は今年の春先、家の中で転んで腰を痛めた。

一ヵ月ばかり接骨院に通って、腰の痛みはだいたい治ったが、それを機に、父は以前の三分の二位の距離しか歩けなくなった。それまで、日曜日にはいつも二人で板橋区の大原町で開かれる将棋会に出掛けていたのだが、それも行かれなくなった。父は三越裏のバス乗場まで歩けなくなったのである。

父は倒れてからも蒲団で寝ていたのであるが、とうとうベッドを買った。夏になると、父はベッドの上でよく昼寝をするようになった。昼寝といっても、二、三時間睡るのである。

父は、玄関を上がったところの元仕事場だった三畳の部屋にお膳を据えて、毎日、新聞を読んだり、週刊誌を読んだり、将棋の研究をしたりしている。

夏が終ると、父はお膳の前で、座椅子に靠《もた》れてよく居眠りをするようになった。秋が過ぎて、冬に入っても同じだった。

また、父はこの数年間で、年を逐《お》うごとに加速がついたように耳が遠くなってしまった。五十センチほどの距離で大声で話しても、二、三回同じことを言わないと解って貰えないことが度々あるようになった。こちらが話をしているのは判るのだが、何を喋っているのか、発音がよく聴き取れないのである。

そうは言っても、父は八十をとうに過ぎているが、頭もまったく禿げておらず、白髪もさしてなく、若禿げの私の髪の十倍はあろうかと思われるほどだった。また、父は歯もよく、入れ歯が一本あるだけで、あとは全部自分の歯であった。だから、これは父の自慢の種であった。

しかし、こんなことがあって、父は大分弱ってきたなと私は思った。

私は最近になって、ようやく父の死がすでに間近に迫っていることを現実的に感じるようになった。父はあと何年生きるだろうか。もう来年のことは分からないような気がしてきた。

——父は、幾つまで生きるだろう。私はこの頃そんなことばかり考える。

私は、今年の五月に父母と外房の大原に行ったときのことを思い出した。大原は父母の田舎である。私は父が倒れた翌年から、毎年、五月と夏休みとに父母と一緒に大原の親戚の家に行って、毎日、三人で釣りをしている。

田舎へ来て最初の三日間は、近くの農業用の溜池（この土地では堰《せき》という）で釣った。しかし、魚は大して釣れなかった。三人でコブナを二十尾釣ったのが最高だった。二日目など、父はオデコであった。

四日目は、その堰の山むこうに流れている新田川《にったがわ》という川にタクシーで行った。この川は幅五メートルほどの足場のよい釣り場で、父はマブナとハヤを五十尾ばかり釣った。二十センチ級のマブナが何尾も交じり、野釣りとしては上々の釣果であった。母は一日、釣りをしたり、土手で蕗《ふき》を採ったりしていた。

私は父の釣りの助手のようなものである。

——私が父の仕掛けに餌をつけて振り込む。竿を父の竿掛けに置く。父が竿尻を握る。川の真ん中に浮子がすっと立つ。しばらくすると、浮子がわずかに沈む。当りが小さくて父には分かりにくいので、これだと思う当りに、私が「よしっ！」と父の腿《もも》を叩く。父が「んっ！」と右手で竿を合わせる。道糸がぴんと張る。ぐっと竿先が撓《しな》る。父は両手で竿を握って歯を食いしばる。水面の青空がみだれる。飴色の水の中から、丸々と肥ったフナが、銀の鱗をきらめかせて、ピチピチピチピチ、身をくねらせて躍るように飛んでくる。私が魚をつかんで父に見せる。父はニッコリ喜ぶ。父が竿掛けに竿を戻す。私が魚を鉤《はり》から外す。魚をフラシに入れる。また私が餌をつける。振り込む……。

その日は、こんなふうに、二百回か三百回か、餌打ちを繰り返した。

東京へ帰る前の日の夜は大雨だった。

私と父は、田舎に来てから、床の間のある六畳の部屋に蒲団を並べて寝ていた。父は一時と二時十五分と四時とにトイレに起きた。その度に、私が父の身体を支えて附いて行った。最後に起きる時、父は、蒲団の脇に置いてある、日本盛のパックのダンボール箱につかまって、なかなか立ち上がれなかった。父は、よく十年の間、ベッドを買わずに蒲団で辛抱したものだと思った。

オシッコが終った後、父の背中に手を当てて横にならせて、蒲団を掛けてやった。むこう側を向いて横になった父の小さな後頭部を見ながら、私はかわいそうだなと思った。父はこの十年間、毎日毎日、不自由な身体に堪えてきた。――一億円で父の身体が元どおりになるのなら、家を売り払ってでも、私はお金を作るだろう。

あの年の夏、倒れる一週間ほど前に、八幡平《はちまんたい》に連れて行ったのがいけなかったのかなぁ、革靴で、御在所沼や五色沼の方まで歩かせたのがいけなかったのかなぁ、だから疲れて倒れたのかなぁ……。私は過去何百回と繰り返した後悔をもう一度した。途端に鼻の奥がツンとして、たちまち大粒の涙が五、六粒、鼻水と一緒にあふれてきた。

私はなかなか寝つかれなかった。

耳を澄ますと、ゥンガゥンガゥンガゥンガという蛙の大合唱を下地にして、ゴウゴウゴウゴウ、グッグッグッグッ、ドッドッドッドッ、という音が聞えた。

それは、風が舞っている音なのか、裏の川が増水して勢いよく流れている音なのか、あるいはそれらが混じっている音なのか、よく分からなかった。地から何かが涌き出てくるような音だった。無気味な冥《くら》い音だった。

私はふと、これは、父をあの世から召《よ》ぶ音なのではないかと思った。父をあの世へ攫《さら》って行く音なのではないかと思った。冥い闇黒の世界へと父を誘《いざな》う音なのではないかと思った。

寝返りを打って、父の方を見ると、父はトレーニング・ウェアの襟を立てて、反対側を向いて眠っている。首の下まで掛蒲団から出てしまっている。

――ゴウゴウゴウゴウ、グツグツグツグツ、ドッドッドッドッ……。

――いつか、近い将来、父はこの冥い音に招かれて、私の手の届かない遠いところへ行ってしまうのだろう。人はなぜ死ななければならないのだろう。生あるものの必然の定めとはいえ、私のように心の弱い者が、肉親との永遠の別れという、そのかなしみに堪えられるだろうか。

風はだんだん強くなる。ときどき、ザァー、ザァー、と雨戸を叩く時雨のような音がする。

小玉電球の薄ら明かりに照らされた、父の後頭部と右耳が見える。父は静かに眠っている。

私は床の間に置いておいた眼鏡をかけた。

よく見ると、父の掛蒲団が、かすかに、かすかに、上下に動いている。父の蒲団の向うに据えてある整理簞笥の七つある抽斗《ひきだし》のうちの、下から二段目と三段目との境目の線と、父の掛蒲団の襟元の高さの線との間隔が、数ミリずつ、縮まったり、拡がったりしている。父はたしかに今生きている。私は、そう簡単に、この無気味な音に父がさらわれてたまるかと思った。

私は、ますます目が冴えてきた。私は電気スタンドの灯りを点け、蒲団の上に起き上がって趺坐《あぐら》をかいた。

詩集とぢて寝返りうてばスタンドの燈りは父の横顔照らす

この歌をこの部屋で胸に思ったのは、何年前だっただろうか。

父の右の耳の縁《ふち》は、霜焼けの痕なのか、赤黒く光っていた。不思議な色だった。蚯蚓《みみず》のような色だった。それは、確かに八十三年の年月を生きてきた人間の耳の色だった。

——ゴウゴウゴウゴウ、グツグツグツグツ、ドッドッドッドッ……。

私は、戸外から聞える、おそらく起きていても父の耳には聞えない、いつまでも熄《や》むことのない、冥い無気味な音に耳を傾けながら、父の小さな後頭部とピンと張った耳の裏とを、しばらくじっと見つめていた。

朝、駅までの帰りのタクシーが来るので、外へ出ようと、卓袱台《ちゃぶだい》から畳の上に立ち上がった父に、私は、

「ダンナ、元気出しなよ。満足したかい?」

と訊いた。

「世話になったなぁ、勘弁してくれぃ。お父さん、身体が弱いんだから」

父は、畳の上に杖をついて背中を丸め、杖の先を見ながら、そう言った。私の眼鏡が急にくもった。私は、あわてて顔だけ父と反対の方に向け、天井を見上げて目をパチパチさせた。

――父はあと何年生きるだろうか。

私は八十三にとりあえず十を足してみた。九十三まで生きればいいか？ そのとき私は五十二。いやいやもう少し生きてほしい。私は次に十五を足してみた。九十八か、それならば仕方ないか？ 私はそのとき五十七。しかし、これはいくらなんでも欲張りというものであろう。

人間の命というものには必ず終りがある。終りがあるからこそ、生きているうちの一日一日を大切にしなければならない――。

私の胸に、今度は今朝見た夢が甦《よみがえ》った。

――私が父に読ませる週刊誌を借りに、いつものように雑司が谷図書館へ行くと、いつもお世話になっているアルバイトの女学生Aさんが、ばかに肥ってしまっていて大人っぽくなっている。「急に肥りましたね」と私が言うと、「肥ったり痩せたりすぐするんです」とAさんは答える。アルバイト仲間のHさんもYさんも冷房が直ったら来るという。Aさんは座席が特別に十ばかり空いていると言う。案内されて行ってみると、小学校の用務員さんの部屋のようなところに椅子がひとつ置いてあって、その上に骨壺がひとつ載っかっている。私は漠然と父は死んだのだなと思った。悲しくはなかった。後ろを振り向くと、父がいつも着ている件《くだん》の茶の背広が衣紋掛にかかっていた。どういうわけか、父の寝巻であるトレーニング・ウェアもかかっていた。私はその背広を見たとき父の死を実感した。私は背広にとびついた。背広とトレーニング・ウェアを次々に抱きしめて、「オトッツァンよー、オトッツァンよー」と哭《な》き叫んだ。

――ウーン、ウーンと唸《うな》って、私は目が覚めた。

スタンドを点けて枕許の時計を見ると午前三時半だった。私は蒲団の上に起きて、しばし今の夢を頭の中で反芻《はんすう》した。目をこすると、両の目にうっすら涙が溜っていた。少しすると、父の寝ている部屋から、「ふぁーん」という、父がよくする欠伸《あくび》のような声が聞えた。

私は父の部屋へ行ってみた。

小玉電球を点けた薄暗い部屋で、父はいつもどおりベッドに寝ていた。眼鏡を掛けていない私の目には、部屋全体がぼんやりとしていて、父の表情までは分からなかった。羽毛蒲団が、柵を付けていないベッドの手前の方にずり落ちそうになっていた。寝息は聞えなかった。

いつの日にうつつとならむ今朝もまた父と別るる夢に目覚むる

私はずいぶん前に作ったこんな歌を心の中で呟いてみた。……

父は休憩を終って歩き出す前に、塀に向かって小便をした。私もつられて並んでした。

「ダンナ、長生きしなきゃ駄目だよ」

「長生きったって、これは寿命だからな」

「そんなこと言わないで、元気出さなきゃ駄目だよ」

「そうか、それじゃ記録を作るか」

「そうだよ、その意気だよ。ダンナ、元気出しなよ」

私は、職場などの人間関係において紛糾した場面に出合うと、そのたびに、お互いにこの人は明日死んでしまうのだ、と思って接したらどうだろうと思うことがある。そう思えば、皆誰にでもやさしく温かく接しられるのではないかと思うのである。

ただ、そうは言っても、私は悲しいことに、父に対していつもいつもそういう態度ではいられないでいるのである。

私は散歩の途中、墓地の真ん中あたりにある楢の木の下で団栗《どんぐり》をひろった。団栗はたくさん落ちていた。人が踏んづけて割れているのもあった。

私は、スラリと細長いのと、ずんぐりしていて片一方だけ出っ張った少しイビツなのの二つを拾った。

父は途中四回憩んだが、ずいぶん歩いた。却って私の方が疲れるほどだった。万歩計の数字は、五千五百歩を超えていた。


私は父との散歩から帰って読書をはじめた。

何頁か読んだ頃、なにげなく腿《もも》に手を置くと、ポケットの中に、さっき拾ってきた団栗があるのに気づいた。

私は二つの団栗を、机の上にあった不昧公の箱に入れてみた。もっとこの箱にぴったりしたものはあるはずだと思ったが、仮に入れてみたのである。

私は、どんぐりの入った箱をしずかに振ってみた。すると、ゴゥロゴゥロ、カァラカァラ、という音がした。その音は、私にはなんとなく物足りない音に聞えた。

だが、私はしばらくその小箱をふりつづけた。

彼岸花

一

今年の夏は長くてあつい夏だった。

九月最初の日曜日の朝、私は床屋の入口脇の丸椅子にすわって本を披《ひら》いていた。一番奥の台では、父が頭を刈ってもらっている。

私は外村繁全集第四巻中の「東北」という小説を読み始めた。

「ふと目を覚ました瞬間、私は危く声を上げるところだった。黎明の窓に、白一色の雪を映し、壮絶な雪の断崖が眼前に迫っていると思われたのだ。あわてて、車窓に額を当て、見ると、しかし雪はそれほど深くはなかった。雪の中には、雑木林の枝先が黒々とした斑点を作っている。明けきらぬ薄明りの中に、その白と黒の強い色彩が、却って雪の傾斜の荒々しさを思わせたのかも知れない。

窓近く、そんな雪の山山が、次ぎから次ぎへ、現れては、やがて視界から去って行った。汽車は福島と山形の国ざかい、板谷峠を上って行く。」

冒頭の数行を読んで、これは、作者が山形の妻の故郷を訪れる話なのではないかと思った。

「旅行かぁ……」

私は思わずそう呟いた。

前月、私は父のことを綴った文章で、ある雑誌の文学賞の二席に入選していた。その賞金として、十二月に五万円貰えることになっていた。私は自分の書いたものが活字になるだけで大満足であったので、賞金のことなどすっかり忘れていたのだが、ふと思い出した。——そうだ、あのお金で、父と母を旅行に連れて行ってやろう。どこか近場の温泉にでも連れて行ってやろう。父が歩けるうちに、連れて行ってやろう——。

私はガラス戸越しに、すっきりと晴れわたった空を見上げて、そんなことを考えた。外の日差しは朝の街路にあまねく滴《したた》り、今日も日中の暑さが思いやられた。

続きを読もうと紙面に目をもどすと、茶色い埃《ほこり》のようなものが行間にポチッとついていた。読点に似ていた。手で振り払おうとした瞬間、少し動いたように見えた。すでに老眼の気の出ている私は、ぎゅっと両目を瞑《つぶ》ってから目を凝らした。——やはり、動いている。

紙魚《しみ》の子供であろうか。あるいは、これが死番虫というものであろうか。

　虫は「黎明の窓」から南下し、「雪の断崖」を過ぎると一転北上、「車窓」を斜めに渡り、「雑木林」を横切った。よく見ると、ツツーと一センチほど進むと、考え事でもするかのように、必ずちょっと立ち止る。紙の表面を食べているのだろうか。

　少しすると、その頁の散策に厭《あ》きたのか、頁の腹を裏表紙へ向かって走り出した。私は虫がすべり落ちないように、本の左半分を徐々に起していった。虫が濃紺の布のところまで来たので、左側の頁を全部右に返した。

　すると、今度は見返しと見返しのあそびとの間を行ったり来たり逍遥しはじめた。円を描いて歩いてみたり、一直線に突進してみたり、階段状に右上がりに登ってみたり、やや黄ばんだ見開き二頁分の紙の上は、全くこの虫一匹の天下であった。

　徘徊すること数分、やがて虫は疲れたのか、中央の溝のようになったところで、うずくまって動かなくなった。私は、もう少し虫の行動を観察していたかったので、暫時、再活動を待った。が、いちど歩みを止めた虫は、なかなか腰を上げなかった。

　私は仕方なく、そっと裏表紙を閉じた。

　しばらくして、父の散髪がおわった。

　父は後頭部と両鬢《びん》を青々と刈り上げて、気持よさそうだった。父が云うには、その頭はシンサイ刈りというのだそうだ。杖を渡そうとすると、父はツルツルになった顚《あご》を、左手でプルンと撫でた。頭がさっぱりした父を見て、私は晩年の室生犀星の風貌を思い泛べた。

今まで、父は独りで都電に乗ってこの床屋に来ていた。でも、今度の入院で、すっかり脚が弱ってしまったから、これからは、いつも私が附いて来なければいけないのだろうなとぼんやりと思った。

二

七月下旬、私の職場が夏休みに入ると、父は風邪を惹いた。

熱がなかなか退《ひ》かなかった。三日目に九度まで上がった。その日から父の呼吸は荒くなり、ゼーゼー、ゼーゼー、と、苦しそうな息をするようになった。咳と痰も激しくなった。あわてて、氷枕や氷嚢を買ってきて頭を冷したが、どうしても治らない。昼間は大したことないのだが、夜になると七度五分から八度の熱が出る。

寝込んでから六日目——ニイニイ蟬の鳴きしきる夕方、父は救急車でO病院に入院した。肺炎との診断であった。

父は五階の五一三号室に入った。六人部屋で、他の患者も、皆七十代から八十代と思われる老人ばかりである。

母と相談して、最初の三日間、私は病院に泊り込んだ。父のベッドと壁の間の床に、担架のような簡易ベッドを用意してもらい、そこで寝た。夜間に附き添うのは禁止されているのだが、看護婦に掛け合って特別に許してもらった。

夜中、オシッコを溲瓶《しびん》でとるのに何回も起された。いい気持で寝ていると、

「秀夫君、オシッコ」

と、父が蒲団をまくる。睡眠不足で、三日目には頭がクラクラしてきた。


入院しても父の熱は容易に下がらなかった。

病院では、毎日、朝食前と夕食後に看護婦が検温に来る。

体温計が配られて少しすると、あちこちで、ピピッ、ピピッ、という幽《かす》かな音がする。

すると、

――「六度」

――「六度四分」

――「六度二分」

と、続けざまに割合威勢のいい声が聞える。

私も早くこういう数字を看護婦に報告したかった。

咳と痰もなかなか治まらなかった。

ときどき、看護婦が痰を吸引してくれる。

ベッドの後ろに、ピンク色の液が半分くらい入ったビーカーに似た器具が付いていて、そこから細いチューブが延びている。スイッチを入れると、熊蟬の鳴き声のような忙《せわ》しい音がする。父に大きな咳払いをさせ、痰が咽喉まで出かかると、父の口の奥を覗き込んでいた看護婦は、何か獲物でも見つけたかのように、すばやく、ちょんちょん、とチューブを突っ込む。すると、黄色い粘液が瞬時にチューブの途中まで吸いあがる。

「あぅあぅあぅ、あぅあぅあぅあぅ」

父は海老が跳ねるように苦しがる。

入院三日目から、痰を軟らかくするための吸入が始まった。厚手のビニール状の防毒マスクのようなものを被った父は、烏天狗のようだった。

私は日を逐《お》ってだんだん焦ってきた。父の症状が一向に改善しないこともあったが、それ以上に、父は歩けなくなってしまうのではないかと懼《おそ》れた。肺炎が治っても、脚が萎《な》えてしまっては元も子もない。父に早く歩く練習をさせなければと、気が気でなかった。

父は十一年前の夏、七十三のとき、脳血栓で倒れて右半身が不自由である。それでも、杖を突いて四千歩くらいは歩ける。一日おきに雑司ヶ谷墓地へ散歩に行く。しかし、年寄り――まして障害のある者が入院すると、そのまま寝たきりになってしまう例の多いことを、私はよく知っていた。

父の担当の医師や看護婦は、歩行訓練のことなど、まったく念頭にないようだった。

「家では寝たり起きたりなのですか？」

看護婦は朝晩の検温のときなどに、皆、同じことを訊く。身体の障害のこと、歩行能力のこと等、最初によく説明したはずなのに――。

「いえ、違います。毎日、墓地へ散歩に行って、四千歩は歩きます」

私はそのたびに、不服そうに答える。

「まあ、そんなに歩けるんですか」

看護婦は、皆、一様に驚く。

しかし、それも已《や》むないことだと思った。看護婦の仕事ぶりを見ていると、とてもそんなことで責められない。準夜勤の翌日、日勤というときの彼女たちは、二十四時間働いているように見えた。

入院六日目になって、父の熱はやや落ちついた。

翌日、朝食の済むのを待って、私は勇んで父の歩行練習にとりかかった。

父に靴を履かせて、車椅子に乗せ、病棟中央の八角形になっている吹抜けの手前にある受付のところに連れて行った。父の最初のリハビリには、そこに付いている五メートルほどの手すりが丁度よいと、前々から目星をつけておいたのであった。

私が車椅子の両脇のブレーキを倒して、足のせ台を左右に跳ね上げると、父は左手で手すりを握り、すっと立ちあがった。が、十二日ぶりの最初の一歩、父の右脚は発条《ぜんまい》仕掛のように、ブルブル震えながら振り出された。爪先の垂れ具合も、前よりひどかった。

私は、父の細かい格子縞のパジャマのズボンが、小刻みに動くのをじっと見下ろしながら、これはもう以前のようには歩けないのではないかと直感した。

手すりの端まで来ると、車椅子で元のところへ運び、もう一度歩かせた。

「お父さん、前のように歩けるようになるかな？」

父は車椅子に戻ると、足のせ台に乗せた靴のあたりに目を落して、ボソッと呟く。

「大丈夫だよ。また、練習すれば歩けるよ。また、墓地にも行けるよ」

私は脇にしゃがんで父の肩をポンと叩く。

この日、午後、父の担当の女医が来て、入院時のレントゲンで、腸に便がたまっているので浣腸をするという。最近は毎日便通があるので大丈夫だと言ったのだが、女医は全然聴いてくれない。仕方なくやってもらった。

一服後、二回目の歩行訓練に出発することにした。父は今度は杖で歩くという。大丈夫かなと危ぶんだが、父は私に右腕を支えられて廊下に出た。手を放すと、杖を突いて、恐る恐る二、三歩あるいた。

すると、そのとき、左脚のパジャマの裾から、ツゥーと黄色いものが流れ出た。

父は足下を見て呆然と突っ立っている。みどり色の服を着た掃除のおばさんが、モップを動かす手を止めて、父の足下と顔を交互に見て、いやな顔をしている。通りかかった看護婦が、すぐに薄いビニールの手袋をはめて、床に流れおちた汚物をチリガミで拭き取ってくれた。

私は父を車椅子に乗せてトイレに連れて行き、パジャマのズボンと、パンツと靴下を脱がせた。そして、タオルを濡らしてきて下半身を拭いてやった。

あれほど言ったのに、どうしてあの医師は浣腸をしたのだろう――。女医の小さな顔が頭にうかんだ。

流しで汚れ物を洗った。

パジャマのズボンに石鹸をつけて、ゴシゴシ、ゴシゴシ、自棄《やけ》糞になって擦《こす》った。水をかけると、黄色い絵の具のような液体が、ひとすじ、帯のように流し台の真ん中へ向かって流れて行った。

次の日、父はエレベーター脇の長い廊下で、手すりに摑《つか》まりながら歩いた。そして、その翌日から杖での歩行訓練に移った。

父の歩きぶりは、入院前ほど安定していなかった。

すぐに身体を支えられるように、私が横に附いて歩くのだが、父は以前にもまして背中を曲げて、まるでお辞儀をしたまま歩いているようだった。右足の爪先も、前より、もっとずるようになった。ときどき、右脚を出そうとして身体のバランスを崩し、一、二歩後退《ずさ》りするようなこともあった。

私は父の足の動きを見守りながら、十一年前、大山の病院の廊下で、毎晩看護婦に隠れて父とリハビリをしたことを思い出した。——あのとき、父は確かに、もっと背中も真っ直ぐだったし、もっと速く歩けたし、もっと足の運びもしっかりしていたのであった。

父の病室の窓からは、クレーンの載った建設中のビルが見える。煉瓦色のビルは十階分程すでに出来あがっていて、もう一階分鉄骨が組まれている。

鉄骨の間の四角い青空の中に、作業員が数人、忙しそうに動き廻っている。ときおり、白いヘルメットと腰のベルトのバックルが、目くるめく日差しを反射してキラリと光る。

十一時半を過ぎると、鉄骨の中に作業員の姿が見えなくなる。

それを合図のように、私はお昼ご飯を食べに地下の食堂へ降りる。

この病院のエレベーターは変わっていて、今、どの階にいるのか知らせる灯りが点かない。ボタンを押しても、いつ来るか予測がつかない。私はいつも、扉の上の、一つも点灯していないランプを見上げてイライラした。他の人も、心なしか落ち着かないふうだった。

――人間というものは、いつ来るか分からないものを待つのは、どうも厭《いや》らしい。早くても遅くても、人は、自分の待つものがいつ訪れるのか、知りたいものらしい。

私はふと、――死というのは逆ではないか。人は、いつ、自分に死がやって来るのか、知りたくないのではないか――そんなことを思った。

故人となった作家や詩人の晩年の日記を読むと、臨終の直前まで、皆、自分が死ぬのはまだ先のことだと思っている節がある。皆、自分の終焉《しゅうえん》が近づいているのを意識はしているが、それでも指呼《しこ》の間に迫っているとは自覚していないように見える。

あるとき、昼食を済ませて五階に戻ると、患者を運ぶ専用のエレベーターの前に、白布《しろぬの》をかけたベッドがあった。医師二人と、中老の男女が四、五人、その周りを取り巻いて、白布が小山のように盛り上がっている辺りを黙って見下ろしていた。中の一人が涙を拭っていた。

透明な絹のカーテンで仕切られたような静謐《せいひつ》な空間だった。

私は毎日、父の小水を溲瓶《しびん》でとる。

父の一物は、萎《しな》びていて小さい。先っぽは、食用蛙のおたまじゃくしが、引っくり返って水に浮いているような形だ。古池の底に沈んだ枯葉のような茶色と、白との斑《まだら》になっている。触ると、ふにゃふにゃしていてマシュマロのように柔らかい。

父が蒲団をまくると、私は父のパジャマのズボンとパンツを急いで引き下ろし、体を横向きにさせる。狙いを定めて、ぐっとシビンを差し込む。ちょっとでも遅れるとしくじる。先っぽから、ちょぼちょぼ、ビールのような色の液体が出てくる。

ある朝、いつものように、母が洗濯してくれた下着の包みを持って病室に入ると、父のベッドの下に、こんもりとしたポリ袋が置いてあった。開けてみると、濡れたパンツとパジャマのズボンが丸めてあった。

父に訊くと、昨夜、小便を泄《も》らしたという。

父のパジャマの下には、大きな青い紙オムツがつけられていた。

（ああっ……）

私は思わず心の中で目をおおった。

「お父さん、あんまり世話がかかるようだったら、どこか施設にでも預けてくれ」

父は泣き出しそうな声で言った。

瞬間、言葉につまった。鼻の奥がムズムズしてきた。


夜、私は父のベッドの傍らの椅子に坐って、点滴の袋を見上げる。

父は咽喉の奥で凩《こがらし》のような音を立てて眠っている。酸欠状態の大きな鯉のように、ポカンと口を開けている。首の付け根は鎖骨が浮きあがっていて、息を吸い込むたびに、まるで地をつかむ大木の根元のように、くっきりと五つに凹《くぼ》む。

私の胸に、ある情景が泛ぶ。

——細長い溜池の奥ふかく、鬱蒼とした杉木立の間から、父が釣糸を垂れている。私は隣に坐って、その竿先の浮子を見つめている。母は木陰にシートを敷いて昼寝をしている。水面には、白い雲と青い空と緑の杉山とが映っている。杉の梢の影が、淪《さざなみ》にゆれる青空を、歯車のようにギザギザに取り囲んでいる。池水にぶつかった日の光が、木の幹に跳ね返って、陽炎《かげろう》のように、ゆらゆら、ゆらゆら躍る。池の周りを繞《めぐ》る山々に、蜩《ひぐらし》の声が清冽な波紋のように響きわたる。うすい金箔を細かくふるわせたような清らかな声が、あえかに尾を曳いて山の木々の中へ消え入ったかと思うと、その刹那、再びあちらこちらから幽玄な鳴き声が木霊《こだま》のように涌きあがる。……

外房大原――。父がこんなことにならなかったら、今頃はそこで毎日釣りをしているはずだった。私は父が倒れた翌年から、毎年、五月と夏休みに、父母と大原の親戚の家に遊びに行っている。父が入院した日は、ちょうど田舎へ出掛けようと予定していた日だったのである。

父が具合悪くなる十日ほど前、私は熱を出して仕事を二日休んだ。あの風邪が父に感染《うつ》ったのだろうか――。

（あのとき、私が風邪など惹かなければなぁ――）

私は点滴の落ちるのをぼんやりと眺めながら、幾度となく後悔した。

入院十日目にして、父の咳と痰はぴったり止まった。無気味な息の音もやんだ。

「じゃ、また明日来るよ」

夜八時過ぎ、私はベッドの周りのカーテンをそっと閉めながら声をかける。

「ああ、晩くまでどうもありがと」

父は蒲団の襟元から首だけちょこんと起して頷《うなず》くように言う。

こんな挨拶を、その後一週間ほど繰りかえして、父は十八日目に退院した。

外では、もうミンミン蟬が鳴いていた。

母と三人、タクシーに乗って帰った。

護国寺の坂の上から、真昼の陽が煎《い》るように照りつけるフロントガラスを透《とお》して見た、青一色の空を忘れない。

家に着くと、父は玄関の上がり框《かまち》に腰を下ろして、

「秀夫君、世話になったなぁ」

と言った。見る見る顔がしわくちゃになった。

三

退院後、父は家の中で歩く練習を開始した。

だが、以前のちょうど半分しか歩けなくなった。墓地へ散歩にも行かれなくなった。

父は去年の春、家の中で転んで腰を痛めた。それまで、万歩計の数字は一日六千位にな

っていたのに、四千前後しか刻まなくなった。今度の入院で、また脚が弱ってしまい、だんだん長く歩けなくなってきた。年齢を考えれば仕様がないことだと思ったが、私はやはりさびしかった。

「秀夫。父ちゃん、日記にあのこと書いてないよ。ほらぁ、代りにこんなどうでもいいこと書いてあるよ」

床屋へ行った一週間後の日曜日の夜、机で手紙を認《したた》めていると、母がこう言いながら私の部屋に入ってきた。父はもうベッドで寝ている。

――大雨去ったら、東京にマムシ。荒川の河川敷。十四以上見た人も。ゴミと一緒に流されて？――

父の前日の日記には、こんな文字が躍っていた。

「ほんとだね。ダンナは、いったい、あのとき怖くなかったのかねぇ」

「ダンナ」というのは、身体が不自由になってからの父を呼ぶときの私の口癖である。母がいうには、私は機嫌がいい時しか、「ダンナ」と言わないらしい。

マムシ云々というのは、前の週に関東地方に大雨があって、荒川の下流で、上流から流されてきたマムシが何匹も目撃されたという、三面記事のことをいっているのである。

父の日記には、このように、いつもその日の新聞記事の見出しのような文句がいくつか並んでいる。麻痺の残る右手で、ギザギザな線の大きな字で書いてある。


前の日、土曜日で私は仕事が休みだった。

九月に入って十日も過ぎたのに、猛烈な暑さは一向に鎮《しず》まる気配がなかった。私と父は、家の中では、いまだにステテコにランニングでいた。

お昼は、私と母がおにぎり弁当、父は大トロの寿司弁当を食べた。寿司のパックの中には、堂々たる体格の大トロが五つ、鴇《とき》色に艶《つや》めいて反《そ》り返っていた。いかにも美味《うま》そうだった。

父は二つ目の握りを食べているとき、咽喉につかえて噎《む》せた。父は年をとってから、お茶を飲むときなど、気管に入れてしまい、苦しむことがよくある。

私は、またやってるな、しようがないな、と思って見ていた。

「秀夫、背中を叩いてやりな」

と、母が言った。

私はかまわず、おにぎりをむしゃむしゃ食べていた。

――「ぐふっ、ぐふっ、んふ、んふ、んふ、んふ……」

父は左手で口をおおって、上体を大きくバウンドさせ、激しく咳《せ》き込んだ。

見かねて、背中を叩こうと席を立つと、父の唇は俄《にわか》にむらさき色に変わった。冷たいプールに入った後のような色だった。

（！）

私の心臓が、ドキンと一つ鼓動した。

「秀夫！　父ちゃん、おかしいね」

母も目の色を変えて立ちあがった。

私は父の背中をたたいた。

が、父は一度白目を剥《む》いたかと思うと、椅子の背凭れに項《うなじ》をのせて仰《の》け反《ぞ》った。顔を左右に小さく震わせながら、みるみる表情を失っていった。両手はダラリと垂れ下がった。

「あっ、あっ、秀夫！　秀夫！　父ちゃん、大変だ！　救急車、呼ぼうか！」

（これは徒事《ただごと》ではない――）

とっさに、冷蔵庫の脇に置いてある掃除機を持ってきて、すばやくプラグをコンセントに差し込んだ。

父の唇の両端から、白い泡があふれ出た。

「お母さん！　お父さんの口を開けて！　早く！　早く！」

掃除機のホースを途中から引き抜いて、スイッチを入れながら叫んだ。

父の顔は土色に変わっていた。

(死ぬ――)

「秀夫、だめだ！　おまえ開けてくれ！　お母さん、掃除機、突っ込むから！」

父は歯を固く食いしばっているのであった。

上の歯と下の歯を力まかせに押し拡げた。歯茎からジワリと血が滲《にじ》み出た。

「お母さん！　お母さん！　早く！　早く！　突っ込んで！」

父はもう意識がない。

頬っぺたに、米粒大の黝《あおぐろ》い斑点がポツポツうかんできた。

「あっ、あっ、お母さん、だめだ！　だめだ！　舌の下に入ってる。舌の上に突っ込んで！　早く！　早く！」

(死んでしまったのか――)

「お父さん！　お父さん！　大丈夫か！　お父さん！」

――十秒。二十秒。三十秒。

いったい、どれくらいの時間だったのだろう。

父は、ぽっと目を開けた。

「お父さん！　お父さん！　大丈夫か！」

父のランニングシャツは、血で真っ赤だった。掃除機のホースの口の内側も、真っ赤だった。


「秀夫、入っているよ」

気がついた父をベッドに寝かせてから、しばらくして母が言った。母は勝手口で、掃除機の中から紙のゴミ袋を取り出して、破っているところだった。

袋の口の反対側が、四角く濡れていた。灰色の綿埃のかたまりに交じって、細長いコンニャク片のような物体が、袋の奥に鎮座していた。見る影もなく変色した大トロは、真ん中に微《かす》かにひとすじ、歯の跡があるだけだった。

私はこの騒動の中、あっという間に血の気の引いて行く父の顔を真上から見て、――ああ、十一年の間、こんなに大切にしてきたのに、こんなつまらないことで死なせてしまうのか、父の最期はこんな情けないことだったのか――祭壇やら花環やら、チラチラする頭の隅で、何故かはっきりと、そんなことを思っていた。

以前、私は上林暁の「聖ヨハネ病院にて」という小説を読んだことがある。

結末近く、ある日曜日の朝、主人公の「私」は、脳を病む妻が入院している病院で行われる弥撒《ミサ》に出る。式が終りに近づいたとき、会堂に一条の朝日が射し込み、堂内がパッと明るくなる。そのとき、突然「私」は、「自分は、如何なる基督教徒よりも、もっと基督教徒的でありたい」、という敬虔《けいけん》な感想を抱《いだ》く。そして、それを具現すべき方法が心に泛ぶ。それは、もっと妻にやさしくしてやろうと思うことであった。自分の身近には、妻というかわいそうな人間がいる。眼も見えなければ、頭も冒《おか》されていて、その苦痛をすら自覚しない人間がいる。この人間を神と見立てて、この人間のために、もっともっとやさしく、もっともっと自分を殺してやれば、自分は基督教徒ではないけれど、彼等以上に基督教徒的であり得ないことはないはずだ。――「私」はそう思う。

私はこれを読んだとき、自分もなぜこういうことができないのだろうと思った。あと何年かしか生きられない人間がここにいる――その気持を常住持って父に接しられないものだろうか――。

でも、しばらくして、私はそのことをすっかり忘れてしまった。

私はこの日、初めていのちというものに直《じか》にふれたように感じた。病院で見た、あの静《せい》謐《ひつ》な光景を思い出した。父の命は、これからは本当の余禄のようなものだと思った。

今まで書かなかったが、父の入院中、私はずいぶん父に辛く当たったこともあった。オシッコを粗相したといっては、怒り、ウンコを泄らしたといっては、怒鳴ったりした。子ほど喜ばせにくいものはなく親ほど喜ばせ易いものはない――こんな諺があったはずだ。

――父に対してこれからは絶対に怒らない。父にできる限りのことをしてやろう。できる限りやさしくしてやろう。今まで以上にやさしくしてやろう――。

私はそう誓った。

四

事件から数日経ったある夜、私は机にむかって外村繁の小説を読んでいた。床屋でひらいて以来、読み止《さ》しになっていたものだった。

九月半ばになったというのに、日中は相変らず真夏のように蒸し暑い日が続いていた。それでも夜になると、窓の下では虫の音がしるくなってきた。

私はふと思いついて裏表紙を開けてみた。見返しの付け根に、あのときの虫は、まだポチッとへばりついていた。あれからずっと、この闇《くら》い空間を行ったり来たりしていたのだろうか。

が、虫はなかなか動かなかった。人差指の腹で、そっと押してみても動かなかった。口をすぼめて、ふっと息をかけると、紙の上を二センチばかり飛んでしまった。

虫は、死んでしまったのであった。あれから十日ばかりの間に息絶えてしまったのであった。

――もしかしたら、あの事件の日に……。ふと、そんな考えが頭をよぎった。

あるいは、あの日、本を閉じたときに圧死したのか――。だが、裏表紙を閉じたり開いたりしながら、本の天や地から、ためつすがめつ見ると、見返しの根元には、本を閉じてもかすかな隙間があった。私はほっとした。

鏡台の抽斗《ひきだし》から、母の拡大鏡を取ってきて、虫の上に当ててみた。近づけたり、離したりしていると、虫が倍くらいの大きさになったときに、レンズの焦点が合った。

虫は、やはり微動だにしていなかった。頭と思われる方に二本、ヒゲのようなものが伸びているように見えたが、何分小さくてはっきりは分からなかった。こんな埃のようなものが、今まであんなにすばやく、活字の森の中を我が物顔に歩きまわっていたかと思うと、不思議な気がした。

死んでしまった虫は、今はただの茶色い点でしかなかった。

私はしずかに裏表紙を閉じた。

私は、母がテレビを観ている茶の間へ行ってみた。

「お母さん、もうすぐ彼岸花が咲くかね」

彼岸花というのは、なかなか油断のならない花だ。ある日、突然咲く。

毎年、九月になって、ようやく暑さもおさまったなと思っていると、ある朝、職場の正門の先の植込みに、赤い花が一輪スッと立っている。昨日まで何もなかったはずなのに、突如、何十枚もの鮮紅色の細長い花びらが、反《そ》っくり返るように開いていて、辺りがパッと明るい。

私はこの数年、秋の彼岸が近づくと、この花の咲き始めるところをしっかり見ようと身構えていた。ところが、どの年も、迂闊にも気がついたときには、もう、真っ赤に咲いているのであった。

(やられた――)私はいつもがっかりした。

いつか、私は雑司ヶ谷墓地で、彼岸花の茎を揺らしてみたことがある。

すぐ傍《そば》で見ると、茎は喫驚《びっくり》するほど長かった。かるく手前に引っ張って指を放すと、発《ば》条《ね》のように根元から反対側にゆれて、こちらに揺れかえり、また向うに揺れて、立ち直った。透き徹るようなさみどりの真っ直ぐな茎を、私はしゃがんで飽かず見つめた。

「もうそろそろ咲くだろうよ」

母はテレビから目を離さずに答えた。

「こんなに暑くても咲くかね」

「暑くても寒くても彼岸が来れば咲くよ。彼岸花とは、よく云ったものだよ」

「お父さんが倒れる前の年だったと思うけど、ユガテから鎌北湖へハイキングに行ったとき、彼岸花が咲いていたね。あれは、九月何日だったのかな？ 秋分の日かな？」

私は母の部屋の押入れを開けてみた。アルバムは、この十二年ほどで、ちょうど二十冊あった。重いアルバムを何冊も取り出して、やっとのことでその写真を見つけ出した。

――山の鞍部のようなところに、父と母が立っている。大きな金木犀の木を背にして、立っている。今よりぷっくりと肥った母に並んで、背のピンとした父が立っている。もちろん、杖など突いていない。白い鳥打帽を目深に被って、黒縁の眼鏡を掛けた父が、両脚を開いて、大地を踏みしめて立っている。あごを引いて、まっすぐに前方を見据えて立っている。

その傍らに、くっきりと赤い彼岸花が、五、六輪、一本一本ちがった高さで、ツン、ツンと伸びている。金木犀の木の下に、やわらかな初秋の陽を斜めに浴びて、燃えるように咲いている。

日溜りの草の上にうっすらと浮かんだオレンジ色の日付が、やっと読みとれた。

その五つの数字が、急にぼやけて膨らんできた。

「やっぱり、九月二十三日だね」

茶の間を横切りながら、涙声になって言った。


――「秀夫君、マッサージ、たのみます」

しばらくすると、父の寝る部屋から私を呼ぶ声がする。

父は歯を磨き終って、ベッドに横になっている。

父の入院中に、私は「メドマー」という空気圧式の脚のマッサージ器を買った。今から思えば退院も間近いある日の午後、本郷三丁目の医療機器の製造元へ行って購《もと》めてきたのであった。父は入院前、一日おきに近所の整形外科に通って、この器械で治療を受けていた。私は、父はもうその医院へは行かれないだろうと考えたのであった。

暑い日だった。ついでに、杖の底のゴムを取り替えてもらった。十一年前、父が退院するとき、このアルミの杖を買ってから、これで二回目である。私は新しい底のついた杖の真ん中あたりを握って、灼《や》けつくような鋪装道路を歩いた。これが最後かな……と思ったりした。

私は桃色のナイロンのブーツを、パジャマの上から父の両脚に履かせる。足首から膝にかけてのチャックを引き上げる。そして両方の腿《もも》に、やはり桃色のサポーターのようなバンドを巻きつけて、マジックベルトで留める。

ブーツに三つずつ、バンドに一つずつ、空気を送り入れる円い小さな穴が開いている。うす桃色の八本のチューブの先のポッチを、その穴に丁寧に嵌《は》めこむ。赤のポッチは赤の口に、ピンクのポッチはピンクの口に、うす桃色のポッチは薄桃色の口に、白のポッチは白の口に、それぞれ強く押し込む。チューブがまるく束ねられたプラグの先端を、コンプレッサーのソケットに差し込み、タイマーを捻る。

ドルルルルッルルッルルッ、ドルルルルッルルッルルッ、という低い音がして、ダラッと寝そべっていたブーツは、爪先から脛《すね》へ向かって、むっくりと起き上がって行く。腿のバンドのマジックベルトが、メリメリメリッという音をたてる。同じ順でゆっくりと萎《しぼ》む。また丸くなる。

「ダンナ、どうだい？」

「ん、いい気持だ」

はち切れそうに脹《ふく》らんだ腿のバンドを、私は、パン、パン、と、たたく。——

白い飛行機雲

立春も近づいたある日曜日の朝、何気なく朝刊の社会面をひらくと、降りしきる雪の中に、大きな木造家屋の燃えている写真が目に飛びこんできた。本文を読むと、茅葺《かやぶ》き屋根で有名な、山形県米沢市の白布《しらぶ》温泉東屋《ひがしや》旅館が火事で全焼したという。

私は、アッと思った。あの旅館だ。昭和六十三年八月二十六日の夜、私が泊まっていた旅館だった。写真の中央に燃え盛っている、すでに屋根の焼け落ちたあたりが、あのとき、母からの電話を受けて寝苦しい一夜を過ごした部屋のように思われた。闇《くら》い夜空に、熔鉱炉のような激しい光を放っている二階の窓枠を、私はしばし食い入るように見つめた。

「見て見てぇ、オジタン、オジタン」

昨日の夜から、三つになる姉の子が来ていた。

大輔君は、直径三センチ、長さ十センチほどの円筒形の木片を、四十センチ四方のオレンジ色の板に開いている、二十個の円い穴に差し込む玩具に夢中だった。それは、大輔君のために、今朝私が押入れの奥から引っ張り出したものだった。棒の両端の一方は赤、一方は青に塗られている。二十個の木片を全部赤にして穴に立てて、大輔君は畳に坐ったまま、跳びあがるようにして手を叩いている。

「おお、大ちゃん、よく出来たねぇ。うまいねぇ、えらいねぇ」

私は新聞をたたみながら、大ちゃんの小さな鼻の頭を人差指でチョンと突いた。

「あらぁ、大ちゃん、うまいこと。えらくなったね」

針仕事をしていた母が部屋に入ってきて、大ちゃんの頭をなでた。

「秀夫、いいオモチャだね。これ、どうしたの？」

「えっ？　忘れたの？　これ、十一年前に買ったものだよ」


昭和六十三年の夏、父は脳血栓で倒れた。

夜晩く、私は旅先の宿で母から報せを受けた。父は夕食後仕事場で横になっていて、起き上がろうとすると、急に身体に力が入らなくなったという。そして、激しく吐いたという。

その日の朝、私は何となくいやな予感がした。出掛けようとすると、Tシャツの肩に綻《ほころ》びがあるのに気づいた。父は、すぐにミシンをかけて直してくれた。私が坂の下の方へ歩いて行くと、父はステテコ姿で両手を腰にあてて見送っていた。右肩の下がったその小さな身体を見たとき、私は何となく変な気がした。なんとなく行きたくないような気がした。

長い夜だった。翌朝、米沢を出発してから東京に着くまでも長い時間だった。

飯田橋の病院に駆けつけると、父は脳の断層写真を撮り終って病室に戻るところだった。

「お父さん、大丈夫か！」

ベッドに横たわった父を見下ろして、私は叫んだ。

父は右腕右脚がまったく動かなかった。口も少し右に曲っているようだった。

「こ、こっちが、きかぁなぁくなぁっちゃったよ」

父は左手を右肩にあてて、もつれる舌でやっと言った。

その日、私は家に帰って、畳の上で罠《わな》に掛かったゴキブリが悶《もだ》えるように泣き続けた。

入院して二十日間、父は寝たきりで胸と腕から点滴を入れていた。

私は何はともあれ、早く点滴がはずれればいいと思っていた。

姉はこの病院の看護が気に入らないようだった。

「秀夫君、別の病院に移そうかぁ」

最初のうち、姉はよくそんなことを言った。姉も看護婦なので、何かと細かいところに気づいたのだった。

父が寝たきりの間、姉に教わって、尖足《せんそく》にならないように気をつけた。麻痺した足は、爪先が伸びてしまっていて、そのまま固まってしまうと歩けなくなる。だから、父の足とベッドの柵の間に枕を支《か》って、足首を九十度に固定しておくのだった。また、右手も指が曲ったままになっては大変なので、タオルを丸めて握らせておいた。

看護婦は言わないとやってくれなかった。姉の怒りはこの辺にあったのだと思う。

入院後数日して、父の手足は少しずつ動き出した。一週間ほどすると、大分脚が上がるようになった。

「ほらぁ、こんなに上がるよ」

父はベッドの上で右脚をぐっと振り上げながら言った。

あるとき、主治医がそれを見て、

「ウーン、随分上がりますね。きっと、退院する頃には、ちょっと歩き方がおかしいかなという位に回復しますよ。大体この時期でどれくらい動くかを見れば分かるんですよ」

と言ってくれた。私はうれしかった。

「仕事は出来るようになりますかね」

父はまだ仕事が出来ると思っていたのだった。

「洋服の仕立でしたよね。人からお金をとる仕事はできませんよ。まあ、仕事はあきらめるんですね」

医師は宥《なだ》めるように言った。

その夜、そろそろ帰ろうと思っていると、

「お父さん、もう仕事できないのかぁ……」

と、父は天井を見つめたまま、ぽつりと呟いた。

父はこの病院にいる間中、大きな個室に入っていた。

定期券を買って通い始めたある日、病室のドアを開けると、父はちょこんとベッドの端に腰掛けていた。点滴が取れたのだった。

その日、父は倒れてから初めて歩いた。

リハビリ用のシューズを履かせて、ベッドの柵につかまらせ、二、三歩、歩かせてみた。

私は即座に、これは駄目だと思った。父の右足は、まるっきり垂れ下がってしまって、脚は出るのだが、爪先が床を蹴《け》るようについてしまうのだった。

点滴がとれると、父はベッドから車椅子へ移動する練習をした。それから数日後に、一階のリハビリ室で歩行訓練を開始した。

私はよく、父を車椅子に乗せて病院の中をあちこち廻った。

この建物は真ん中が庭になっていて、どの階もぐるりと一周できるようになっていた。

ある日、車椅子を押して、下の階の反対側に行ったときだった。両側に医療器具の置いてある薄暗い通路に入ったと思うと、突然、一面硝子張りの部屋に出た。

「あっ、あかんぼ」

と父が言った。

硝子の向う側に、白い寝巻きにくるまった新生児が二十人ばかり籠《かご》に寝かされていた。林檎ほどの頭を向い合せて、二列に並んでいる。頬っぺたをぺったりシーツにつけて、すやすやと眠っているのもいれば、顔じゅう口にして泣きわめいているのもいた。バンザイをしているのもいれば、手足をもごもごやっているのもいた。

私と父は何か不思議な生き物を見るかのように、硝子越しに、しばらくそれぞれの角度で覗き込んでいた。

四十日ほどして、父は板橋の病院に転院した。リハビリ施設が充実しているその病院に移れるよう、前々から母が手を打ってくれていたのだった。

私は仕事が済むと、毎晩病院へ通った。前の病院と同じように、昼間は母が附いて、夜になると私と姉が看に行く日が続いた。

父は毎日一時間ほど、理学療法士の指導を受けて歩行訓練をした。

転院して一箇月もすると、父は杖を突いて大分しっかり歩けるようになった。私はもっと長い時間歩かせたかった。もっと歩けば、もっとよくなると思った。

だが、この病院ではリハビリ室以外で車椅子から離れるのを厳しく禁止していた。患者が転んで骨折するのを懼《おそ》れているのであった。

私は毎晩、夕食後父を車椅子に乗せて、こっそり一階の人気《ひとけ》のない廊下に連れて行った。

父は車椅子から立ち上がり、手すりを伝って、右足がどんなふうに床につくのか、自分で確認しながら歩いた。

「こんな感じでどうかな」

「うん、まあまあだね。もう少し、爪先が上がるともっといいんだけどね」

父の爪先は、垂れてはいるが、それほど酷《ひど》くはなくなっていた。足の装具も、今のところ要らないということだった。

日曜日には、朝から病院へ出かけた。

前の晩泣いたのか、朝のうち、父の瞼はいつも赤かった。

病院の裏手、歩いて五分位のところに石神井川が流れていて、その傍らに、自然の川のように造った区営の釣堀があった。

ある日曜日の午後――プラタナスの枯葉が乾いた音をたてて、渋紙のように鋪道を這っていた――私は父を車椅子に乗せてそこへ連れて行った。

頭に毛糸の帽子を被せ、首にマフラーを巻き、母が作ってくれた分厚い半纏を着せ、指を一本一本、伸ばし伸ばし手袋をはめてやり、膝にバスタオルを掛けた。

私は看護婦に覚《さと》られないように、短く仕舞える振出し竿を買ってきて、紙袋に入れていった。

釣堀には、子供たちに交じって大人も大勢竿を出していた。

私もやってみたが、なかなか釣れなかった。

「お父さんもやるか」

「いや、いいよ。お父さん見てるから、秀夫君、やりなよ」

「そんなこと言わないでやってみなよ」

「お父さん、身体悪いから、やる気にならないよ」

「そうか……」

水際の石畳に車椅子を止めて、私と父はこんな会話をした。

それから私は日曜日毎に車椅子を押してそこに通った。

あるとき、中央の橋の上から少年が大きな鯉を釣り上げた。六十センチはあっただろうか、胴が丸太ん棒のように太かった。地面に置かれた鯉は、トランポリンの選手のように跳ね続けた。

「大きいねぇ。お父さん」

「うん、こりゃすごい。こんなの見たことないよ」

「お父さんも元気にならなきゃね」

「もう、歩けるようになるかな」

「もう、歩けるじゃないか」

「そうかぁ？」

「……お父さん、少しぐらい歩き方がおかしくても、恥ずかしいことはないんだよ。悪いことしたわけじゃないんだから」

「…………」

急に肌寒くなってきた川のほとりで、私と父は、マグロのようにコロコロとした鯉を飽かず眺めていた。


十一月半ばのよく晴れた日曜日の朝、私は大きな空《から》のリュックを提げて、母と一緒に西武線の電車に乗り込んだ。

「秀夫。とにかく一度行って、始末をして来ちゃおうよ」

何度目かの母の言葉を聞いたとき、私は重い腰を上げた。

私はその年の二月から区民農園を借りていた。畑は豊島園の近くにあって、自転車でたっぷり四十分はかかった。

三坪ばかりの区画に、春先から小松菜や春菊などを作った。

五月になって、畝《うね》全部にサツマイモの苗を植えた。

その後、何回か農作業に行ったのだが、父が倒れてからは、ほったらかしにしてあった。

私は秋になったら、父母と三人で弁当を持って収穫に行こうと思っていた。掘り出したサツマイモの山を眺めながら、畑で父と一杯やろうと心積りしていたのであった。

数箇月ぶりに来てみると、サツマイモの葉は、百二十三番の私の区画をはみだして、隣の区画にまで繁茂していた。

私は蔓《つる》を鍬《くわ》で刈り取った後、芋を傷めないように丁寧に掘り起した。丸いのやら細長いのやら、次々に通路に並べていくと、小豆《あずき》色の肌についた黒土は、晩秋のやわらかな陽を浴びて、しだいに茶色くなっていった。

母と二人で、葉や蔓や根を少しずつまとめて、農園の隅に四角く掘った穴まで何往復もして片付けた。

デコボコになった畑に入り、サクッサクッと鍬でならしていると、

「秀夫、なかなかうまいもんだね」

と、通路にしゃがんだ母が、私の鍬の振り方に感心した。

私は高校生の頃、テニスコート整備のアルバイトをやって、農具の扱い方にはなれていたのである。

「父ちゃんも、元気だったら連れて来たのにね」

「うん、一緒に来ようと思ってたんだけどね」

鍬の柄《え》に両手をのせて一休みしながら、日の当たる二階の病室の窓側で、車椅子にうなだれている父の姿を思い泛べた。

私はぐいぐいと肩に食い込むリュックを背負って、母と豊島園駅まで歩いた。……

私は病院で行うリハビリには不満だった。特に、上肢のリハビリにはまったく納得がいかなかった。

父の右手は、発病後三日目に小指が動いた。

「秀夫君、指、ちょっと動くよ」

飯田橋の病院のベッドの上で父がそう言ったのを忘れない。

蒲団の脇から覗くと、白い敷布の上で、くの字に曲った小指だけが、虫の息になったバッタの脚のように微《かす》かにぴくぴくしていた。

その後、他の指も徐々に動き出して、ゆっくりとだが握れるようになった。しかし、握ると元に戻らないのであった。じれったいほどの時間がかかって、苦しそうに途中まで指が伸びていく。人間の手というものは、握りっぱなしでは困るのであった。

私は、図書館で上肢のリハビリに関する本を手当り次第借りて読んだ。ビー玉をかき混ぜるのがよいと知って、駄菓子屋に買いに行ったり、粘土に掌《てのひら》を押し付けるのがいいと読んで、デパートに探しに行ったりした。

飯田橋の病院を出る頃には、右手は緩慢だが、なんとか結んだり開いたりできるようになっていた。腕も肩の高さ位まで、歯を食いしばって上がるようになっていた。

しかるに転院後の病院では、あろうことか、最初から利き手交換のための訓練をしたのだった。左手で、字を書かせたり、箸を持たせて小豆《あずき》をつまませたり、そんなことをさせるのであった。

私はイライラした。どうして悪い方の手の訓練をしてくれないのだろうと、若い女の作業療法士が恨めしかった。

私は父が退院したら、自分の思いどおりにリハビリをしてみたかった。夜八時過ぎまで父の歩行練習に付き合って、家に帰ると、取り寄せた医療機器のカタログを見ては、これでリハビリをやろう、この器具もよさそうだ、などとあれこれ思いを運《めぐ》らしていた。

病院の周りのプラタナスの街路樹が丸裸になって、その年もあと僅《わず》かとなった頃、父は退院した。

親子四人、表通りでタクシーを降りると、近所の人が物陰に隠れるようにして、父の歩き出すのを見ていた。

数日で正月になると、すぐに昭和天皇が崩御され、年号が改まった。

父が退院すると、私はさっそく考えていたことを実行に移した。

滑車、ビーチボール、ドイツ製の特殊な粘土、ペグボードという、四角い板の上に整然と並んだ円い穴に棒を差し込む上肢用リハビリ器具、以上のものを取りそろえた。滑車は、本棚の上に細長い板を打ちつけて、その先端に取り付けた。

その時分、私は毎日八時過ぎに仕事から帰った。

「秀夫君、リハビリお願いします」

「おっ、やるか」

私が夕飯を食べ終って一服していると、父がいい方の手で座椅子を持って、よろよろと私の部屋に入ってくる。

まず最初に滑車をやる。父は座椅子にすわって、滑車から下がった二本の紐の先についている把手《とって》を持って、両手をかわるがわる引き下ろす。左手を下げると、悪い方の右腕が、紐に引っ張られて上に伸びていく。

次にペグボードをやる。父は右腕を肩ごと動かして、膝下に転がっている木片のひとつを、指先で撫でるようにして手許《もと》に引き寄せてから、やっと摑《つか》む。

「よっくぅ、よっくぅ」

棒を握り、腕をふるわせながら、こんな掛け声とともに、一つひとつ穴に差し込んでいく。

それから、粘土延ばし、ビーチボール投げ。

一通りおわると、最後に将棋を二番。手合は飛車落。本当は二枚落でもよいのだったが、一番は勝ち、もう一番は分からないようにうまく負けてやる。私は仕事で疲れていて、将棋を指しながら、こっくりこっくり居眠りすることもあった。

——そんな夜が、二年ほど続いただろうか。いつの間にか、このリハビリは止めてしまった。

私の本棚の隅に、掌《てのひら》ほどの古ぼけたノートが二冊並んでいる。

昭和六十三年十二月二十八日（水）晴　四、〇〇三歩　墓地の真ん中まで
平成五年一月十八日（月）　　曇　七、七六七歩　木村医院　墓地散歩
これは、父が退院した翌日から私がつけた、父がその日歩いた歩数と、歩いた場所の日記の最初と最後である。
パラパラめくると、天覧山に登った日もある。小石川植物園へ花見に行った日もある。猿ヶ京温泉へバス旅行に行った日もある。風邪を惹いてぜんぜん歩かなかった日もある。宮内庁へ雅楽を観に行った日もある。横浜のデパートの将棋まつりに行った日もある。釣堀へ何十回と出掛けている。浅草演芸ホールへも毎月出掛けている。将棋会にも毎週行っている。……
日記をつけなくなってから、七年の月日が流れた。

大輔君の相手をして遊んでいると、姉が買物から帰ってきた。

「あらぁ、大ちゃん。いいオモチャ買ってもらったね。おじょうず、おじょうず」

十一年前、姉はまだこの家にいたのに全然憶えていないようだった。

大輔君は相変わらず、嬉々として木片を差したり抜いたりしている。

午後、私と父は雑司ヶ谷墓地へ散歩に出掛けた。

外は冬晴であった。

墓地の小道は、灰色の小判を敷き詰めたように落葉が深かった。

父は、ザー、ザー、という音を立てて、落葉を引きずって歩く。振り返ると、落葉の道に、黒い土が一本の条《すじ》になってあらわれていた。

突当りの塀の手前で、墓の囲いに腰掛けて憩《やす》んだ。

足下の落葉をかるく踏むと、発条《ばね》のように下から跳ね返されるようだった。

空を見上げると、欅の梢は線香花火の火花を散らしたように拡がっていた。

「ダンナ、苦しいのか。脚が出にくいのか」

「いやぁ、そんなこともないよ」

「四月になったら、釣堀にでも行くか?」

「四月になれば、もっと歩けるようになるかな?」

「うん、もっと丈夫になるよ」

父は昨夏、肺炎で二十日ほど入院して、脚がすっかり弱った。

「家の脇を歩くのはつまらないのか?」

「いやぁ、そんなことはないがね」

「ダンナ、我慢してくれ。独りで墓地に来て何かあったら大変だからね。土日は俺が附いてくるから」

「ああ、わかったよ」

「ダンナ、年をとったと思うかい」

「思わないね。脚さえ悪くなきゃ、どうってこたぁないんだ」

「そうか。その意気なら大丈夫だ」

父は杖にあごをのせて地面を見つめている。

大小ふたつの影が枯葉の上に斜めに伸びている。

突然、護国寺の方角から白鳩が一羽、空高く飛んできた。真っ直ぐに、しかもばかに速く飛ぶ。が、よく見ると、それは鳩ではなく、白い飛行機なのであった。後ろには、一条《ひとすじ》の飛行機雲が一直線にひかれていた。欅の梢から梢へと、青一色の空にくっきりと白く――。

私は首が痛くなるほど、いつまでも小さな飛行機の行方を追っていた。

七つの鯉のぼり

一

すかんぽの葉が、うなだれて水に映っている。その中に、あかい唐辛子浮子がひとつ、ちょこんと顔を出している。ハート型の葉の影がかすかに揺れる。

そのうち、浮子がピクンと沈む。

私は父の腿《もも》をたたく。

「ん！」と父は竿を立てる。

すかんぽの影がきれぎれに壊れて、飴色の水面から、丸々と肥った銀色のフナが踊り出てくる。

土手の上には、タンポポの黄色い点々が見渡すかぎり続いている。足下には、カラスノエンドウの花が、紅をさした娘さんのおちょぼ口のように、あちこちに覗いている。よく見ると、オオイヌノフグリの小さな花が、瑠璃色のコンペイトーのように一面に散らばっている。ヒメジョオンは一際高く、白い毛をきれいに丸く揃えて、お澄まししている。カラムシの葉は、ちょっと陰気に楕円形の葉を拡げ、その根元には、やせっぽちのスギナが、ひょろひょろと叢《むら》がっている。——

昨夜九時過ぎ、私は大原の次の小駅、浪花《なみはな》のホームに降り立った。ツンと草の匂いがして、ひんやりとした風が頬に沁みた。空気がどこかさらさらしている。私はひとつ大きな深呼吸をしてみた。暗闇の底から、蛙の声が遠く地鳴りのように聞えてきた。線路際の田に、外灯のあかりが白く尾を曳いて揺れていた。

母が駅舎の前で待っていた。(父と母は、午後すでに到着していた)

リュックを背負い、竿ケースを肩に掛け、ガードレールが仄白く延びる龍泉寺の川沿いの道を歩いた。母が先に立って、懐中電灯で地面を照らしてくれる。夜道を五分ほど行くと、伯母さんの家の灯りが見えてきた。

新田川《にったがわ》。川幅約三間。大原町の在を南北に流れる。

空は青空。無風。陽は燦々《さんさん》と降る。うぐいすの声。蛙の鳴き声。田に水を汲み上げる発動機の音。ブーン、ブーン、キィーンという草刈機の音。

前は杉山。後ろに立派な長屋門のある農家があり、その裏も杉山。右手に花のビニール・ハウス。その向うに、いすみ鉄道の電車が、たった一両で走って行く。……

父は背をかがめて、じっと浮子を見つめている。母は土手の蕗《ふき》を採っている。

「秀夫君、ちょっと……」

父は椅子の背凭れに手をやって、もぞもぞし出した。

うしろから両脇を抱いて立たせると、父の頭は私の胸までしかない。丸い背中が私の腹に当たり、父の呼吸が魚のエラのように両手にひびく。

小便が終った父を坐らせてから、

「ダンナ、今、身体がよかったら、ダンナは何をやってるかね？」

と訊いてみた。

「えっ？」

父は怪訝《けげん》な顔をする。

「身体が悪くなければ、ダンナは何をやってるかね？」

「ええっ？」

父は顔を傾ける。

「今、身体が不自由じゃなければ、ダンナは何をやってるかねって訊いてるんだよ」

私は父の耳許《もと》に口を寄せて、大きな声を出した。

「ああ――。仕事をやってるね。金をとることを考えてるよ」

仕事というのは、紳士服の仕立である。居職《いじょく》なので、いつまでもやれると父は思っていた。私も漠然とそう思っていた。

十二年前、倒れなくても、こんなに耳が遠くなってしまっては、どうかなと私は危ぶむ。

「ダンナも勤勉だね」

「遊んでるってのは、好きじゃないんだ」

「ダンナ、じゃゃ、今は図らずも遊んでいるわけだね」

「そうさぁ、働いて、疲れて酒を飲むというのがいいんだな」

父が倒れてから、私は毎年五月の連休と夏休みとに、父母とこの田舎に来て釣りをしている。

(――いったい、いつまで続くのだろう……。いつまで……)

父は右手が利かないので、私が父の仕掛けに餌をつけて振り込む。これだと思う当りに、父の腿《もも》を叩く。父が竿を合わせる。ぐっと竿が撓《しな》って、五寸ばかりのフナが、銀の鱗をきらめかせて、身をくねらせて飛んでくる。私がさかなを鉤《はり》から外し、フラシに入れる。また餌をつけて振り込む……。

飽きもせずこんなことを繰り返して、五時過ぎに納竿した。この日は、マブナ、ハヤがよく釣れた。

母は終日、土手を行ったり来たりして蕗を採っていた。

二

翌る日、釣りから帰って、母と線路を渡ったところにある大きな溜池（この土地では堰《せき》という）に行ってみた。

以前はこの堰でよく釣った。父は数年前まで、ここまで楽々歩いて来られたのだった。青々とした堤の下から見上げると、右手の山が垂直に削られていて、異なった色の土の層が幾条《いくすじ》も露出していた。

二、三年前、ある会社が堰の奥の山上に住宅をたくさん建てることになり、堰沿いに山を崩して自動車の通れる道を造った。ところがその後、この会社が潰《つぶ》れてしまったため、工事はそこで中断されたままになっている。

母と私は、その道を頂上まで登って堰を俯瞰《ふかん》した。

堰は凹《おう》型をさかさまにした形をしていて、緑色の水を満々と湛《たた》えていた。堰堤《えんてい》から線路までは、二百メートルもない。線路と龍泉寺の川の間に農家が点綴《てんてい》し、川の向うには大きな耕地が拡がり、その果ての山裾を国道が走っている。山の彼方は岩船の海だ。

山から下りて、堰の前の草原で母は蕗を採った。

ここは以前、父の従兄の家があったところだ。

昭和二十年八月二十四日の深夜、父は父親が疎開していたその家に復員してきた。夕方秋葉原を発ったのだが、汽車は駅に着くたびに呆《あき》れるほど長く停まったという。途中、猛烈に腹が減ったので、東浪見《とらみ》で畑の梨をもぎ取って何個も食ってしまったという。それから一週間余り、毎日、龍泉寺の川で釣りをしたという。

今は屋敷の跡形もない三百坪程の草地を、私はぶらぶら歩いてみた。ヒメジョオンの白い花がツンツン伸びて、赤や紫や黄やの小さな花が無数に咲いている。窪地に小さな池があり、傍らに棕櫚《しゅろ》の木が一本立っている。

私は歩きながら、五十五年前の、今の私よりずっと若い父の姿を思い泛べた。

真夜中、塀をよじ登って玄関を叩き、「親父、俺だ、帰ったぞ!」と叫んだ父の様子を想像してみた。父の乗り越えたという、囲いのあったと思われるあたりの空間を目で追ってみた。ぐいと力を入れた父の二の腕を思い描いた。

草原の真ん中に焚火の跡があった。

そこにスズメの死骸が転がっていた。

スズメはお尻を持ち上げて、つんのめっていた。両目はつぶれて凹《くぼ》んでいた。尾羽打ち枯らすという言葉のように、黒い羽と茶色い羽と白い羽とが、てんでに入り乱れていた。焦茶色の頭の天辺《てっぺん》の毛は、円く抜けていた。バラの棘《とげ》のような黒いくちばしが、あらぬ方向を向いていた。ただ、棕櫚の幹の繊毛《せんもう》の間からとび出ている木片のような二本の尾羽《おばね》だけは、栗色に艶《つや》やかに伸びていて、まだ生きているもののそれのようだった。長靴の先でひっくり返してみると、綿《わた》のように軽かった。白い腹の毛が見えて、変な臭《にお》いがした。枯れた松葉のような二本の脚が、やはりそれぞれあらぬ方向に曲っていた。

——見つめているうちに、その日、鮠《はや》を釣ったときのことを思い出した。

随分細長いのが掛かったなと思ったら鮠だった。ピンと反《そ》った小刀《ナイフ》のような形をしていた。銀白色の腹が、ひとすじの黄色い横線を境に、背中に向かって次第にうぐいす色に変わっていた。腹はふっくらと脹《ふく》らんで、ぷよぷよしていた。だが、ある力を感じた。

鮠は鉤をすっかり呑み込んでいた。

私は鉤はずしの先にハリスを通し、ハリスを引っ張りながら鉤を突いた。いつもならすぐ外れるのに、何度やっても取れなかった。グッグッと押し込むたびに、餌の残りが口から白い泡となって溢《あふ》れ出た。

鮠は両目を大きく見開いて、これ以上拡がらないほど口をあけた。私はグイグイ鉤はずしを押した。そのうち、白い泡が、まるで手品のようにサッと赤く変わった。脹らんだ腹に、徐々に張りがなくなっていくのが掌に伝わった。

いやな気がしたが、どうしようもなかった。ハリスを切ろうかとも思ったが、それも気がとがめた。まだ死んではいないと思った。

突くこと十数回、やっと赤い泡の中から金色の鉤が見えてきた。私は鮠をフラシに入れないで、水際に放り込んだ。鮠は白い腹を見せたまま、ゆっくりと沈んでいった。……

顔を上げると、向かいの竹藪の中に、夥《おびただ》しい数のスズメが凄《すさ》まじい鳴き声をあげていた。

振り向くと、母は草原のはずれの土手で、童女のように草笛を吹きながら蕗を採っていた。

三

翌日は、役場の近くの堰に行った。

タクシーを降りて、杉木立の間の細い山道を、私、父、母の順に歩く。

生い茂った笹の間から、右下に水面が見える。私は背中にリュックを負い、左肩に竿ケースを掛け、右手にパイプ椅子の三つ入った提げ袋を持ってゆっくりと進む。母は父のベルトを後ろから摑《つか》んで歩く。父は左手で杖を突き、臍《へそ》のあたりに拳を握り固め、足下ばかり見て必死に歩いて来る。右足は、爪先の外側から力なく地面に接し、その勢いだけで土踏まず側が地につく。

太い紐《ひも》のような杉の落葉の散り敷いた小道を、左へ曲り右へ廻り、切通しを登り、倒木を跨《また》ぎ、堰のどん詰りの釣り場に着いた。

堰は雨が降らないせいか、いつもより二メートル近く水がひいていた。土手を下りて、鎌で斜面を整地して釣った。

堰を取り囲む山々に鶯《うぐいす》が鳴く。雑木の新緑の間に、ところどころ藤の花房が枝垂れているのが見える。水面に散った花びらが向う岸の汀《みぎわ》に寄り集まって、うすむらさきの帯のように浮かんでいる。水にぶつかった日の光が、木の幹や葉裏に跳ね返って、陽炎のように、ゆらゆら、ゆらゆら揺れる。

この日、浮子は緩慢に上下するばかりで、合わせてもなかなか釣れなかった。

「ダンナ、釣れないねぇ」

「魚、どっか行っちゃったのかな」

「これだけ大きい場所だから、この下にいるとは限らないよね」

「そうか」

こんな会話を何度かした。

「ダンナ、元気だしなよ。ダンナも昔はなかなか血気盛んだったじゃないか」

「そうかねぇ」

「ダンナ、三越事件を忘れたのか？」

「えっ？」

「三越だよ」

「三越？」

「ダンナ、三越で大立廻りをやったの、忘れたのか？」

——あれは、父が倒れる五、六年前の夏だったと思う。

父は池袋の三越デパートに、バーゲンの腕時計を買いに行った。売場は相当混んでいたらしい。時計を二つ買って階段を下りかけると、後ろから、ぐっと腕を摑まれた。

「その時計どうしたんだ」

男は言った。

「どうしたって、今買ってきたんだよぉ」

父は男の手を振り払いながら答えた。

「金は払ったか？　レシートはあるか？」

男は嵩《かさ》にかかって詰問《きつもん》した。

「レシートは貰わなかったけど、じゃ、あの女の子に聞いてみようじゃないか」

レジの店員は、たしかに父に売ったと言ってくれた。

警備員と思われる若い男は、すぐに謝った。

「ふざけるな！」

間髪《かんはつ》を容《い》れず、父は破鐘《われがね》のような声を張り上げた。父は五尺そこそこの小男だが、軍隊では声の大きいのを誉められたという。売場の客が驚いて一斉に父のほうを見た。

「責任者を呼んで来い！」

父は、ここぞとばかり嵩にかかって逆襲した。

すぐに別室に連れて行かれた父は、警備員の上役が平身低頭してわびるのに対して、

「謝るだけでなく、形であらわせ！」

と言い放った。

父が帰宅した後、警備員と上役は、大きなメロンを二つ持って謝りに来た。

「うん、うん、そんなこともあったなぁ。あのときのメロンは、うまかったな。あれ、一個、五千円はするぞ」

「ダンナも相当なものだね。俺なら、すぐ恕《ゆる》しちゃうけどね」

「とんでもない。お父さん、盗人《ぬすっと》よばわりされたんだからな。ゆるせないよ」

（もう二十年近く前のこととは言え、父は元気だったんだなぁ、あんなところまで自由に歩いて行けたんだなぁ……）

この日は、コブナが数尾しか釣れなかった。

四

夜、父は一杯飲んでご飯を食べおわると、頭を垂れてうつらうつらし始める。八時になると私と風呂に入り、八時半には床に就《つ》く。

母は伯母さんとテレビを見ながら昔話に花を咲かせる。

私は毎晩父を寝かせてから、隣に敷いた蒲団の枕許で、本を読んだり日記を書いたりした。

父は背中が大分曲ってしまって、いきなり仰向けになると顔をしかめて痛がる。だから、最初は両脇を抱きかかえて、横向きに寝かせてやる。しばらくすると自分で身体を捻《ひね》り、人形のようにまっすぐ仰臥する。

スタンドの灯りが父の横顔を照らす。父の頭は小さな西瓜ほどの大きさだ。まったく禿げていず、白髪も大したことはない。親に似ず若禿げの私には、ちょっとうらやましい。高い鷲鼻。額にも、頬にも、それほどの皺《しわ》はない。耳のふちが蚯蚓《みみず》のような色なのと、咽《の》喉《ど》仏の下に深いくぼみがあるのとを除けば、父は若かった頃と変りないような気がする。昔、幼い私と姉を、多摩動物公園に連れて行ってくれたときの、あの父と変りないような気がする。

父は四十数年間、紳士服の裁縫に従った。月に一度しか休まず、来る日も来る日も、朝早くから夜晩くまで、針を動かしたり、ミシンを踏んだり、アイロンを掛けたりしていた。金にはならない商売だったが、修理も器用にこなし、職人として良心的な仕事をした。

父が倒れたとき、私はそれまでの平凡な毎日の生活がどんなにありがたいものだったのか、頻《しき》りに思われた。昨年あたりから、父の脚がぐっと弱ってきたときには、ああ、今まで不自由とは言え、随分歩けてよかったのだなぁと、何度も思った。

人間というものは、どうも足下の幸福に気がつかないものらしい。失ってみて、人は初めてそれまでの仕合せに気づく。

父のこの身体が、今すぐどうにかなってしまうとも思われない。でも、悪い病気にでも罹《かか》ったら、十貫そこそこのこの身体はひとたまりもないだろう。去年のように肺炎にでもなったら、今度はもう助からないだろう。父は十二年間、脳溢血も再発しなかった。だが、もう一度倒れたら、命は取り留めたとしても、もう歩けないだろう。

――いつまでこんなことが続けられるのだろう。終りは必ずあるはずだ。いつかは永遠に別れなければならないのだ。だが、その最後の日を、私はなるべく先に延ばしてやりたい。生きられるだけ生きさせてやりたい。そして愉しませてやりたい。

父の寝顔を見ながら、夜毎私はそんなことを考えた。

五

ある日の夕方、私は和服に着替えて散歩に出掛けた。

龍泉寺の川にかかる二間ほどの石橋を渡ると、アスファルトの道の左右に大きな田圃が拡がっている。田面《たづら》を渡る風が、皮膚に沁み入るように襟元や袖に吹き込んできた。植えたばかりの苗は力なく揺れていた。田の隅に、ところどころ苗の小さな束が、ちょうど生花の剣山のように置いてあった。

北側を除いて、三方になだらかな山が連なっている。山といっても丘のようなもので、五分もあれば頂辺《てっぺん》まで登れそうだ。あるところには、アイスキャンディを縦に並べたように、杉の木が整然と寄り添っていて、また、あるところには、雑木の若葉が盛りあがるように萌《も》えていた。

キィーンという金属の軋《きし》む音に振り返ると、川向うの盛り土《つち》の上に、紺地に細いクリーム色の筋の入った外房線の電車が、大きく横っ腹を見せてカーブして行くところだった。線路の先に見える山の上の空は、薄紅の夕映えに染まって、真ん中にオレンジ色の巨大な玉が燃えていた。その下に墨色の雲がひとかたまり浮かんでいた。

散歩の途中、道端でヘビが死んでいるのを見つけた。

ヘビは車に轢《ひ》かれてぺちゃんこになっていた。その死骸に、小さなアリが黒々と集まって右往左往している。

ヘビは体長約五十センチ、胴体は太めの牛蒡《ごぼう》ぐらいで、尻尾の方はトカゲ位しかなかった。数字の9の字のように丸まっていた。尻尾の方が、9の字の最後である。頭はない。胴体の真ん中辺と尻尾に近いあたりとに、牡蠣《かき》のようなピンク色の臓物《ぞうもつ》がはみ出ていた。背中の中央に幅一センチほどの褐色のすじが通っていて、その両側に、赤と黒の横縞《じま》が、右ひだり食い違って続いていた。注意して見ると、それらの筋にも縞にも、さらに細《こま》かな、実に複雑で精巧な模様が整然と刻まれているのであった。しかし、尻尾に向かうにつれて、その模様は消えて黒く変色していた。その様子から、私は死後三日と推定した。

しゃがむと、さかなの腐ったような臭《にお》いがした。アリは死骸の下に潜り込んだり、背中の上を歩いたり、腹から飛び出た臓物に乗っかったり、とにかく忙《いそが》しそうだった。目を凝《こ》らしてよく見ると、アリはヘビの腸か何か、白い粒をくわえては田圃側の草叢に持って帰り、またその中から出動して来るのだった。

今は死骸にとりついているこのアリたちも、一日に何十四と車に轢かれて死んでいるのかもしれなかった。

私は夕闇迫る田圃の中の鋪装道路にうずくまって、もう何の意思も持たない、一個の死骸をしばらくの間見つめていた。

数分後、立ちあがると軽い眩暈《めまい》がした。死骸から離れて歩き出した途端、ゥンガゥンガゥンガゥンガゥンガ……、という蛙の鳴き声がしきりに聞えてきた。

うすべにいろの空に黒雲はすっかり消えて、夕日は今しも山の端《は》にかかるところだった。

六

次の日、再び新田川に行った。

この日はよく釣れた。仕掛けを振り込むと、すぐにピクピク当りがある。私も父の隣で竿を出した。

昼食後、釣りを再開して、しばらくしたときだった。

私は土手で小便をした。ちょうどオシッコの出が頂点に達した頃、何気なく横を向くと、スローモーションでも見るかのように、父がゴロンと土手を転がっているところだった。信じがたい光景だった。

次の瞬間には、父はすでに首まで川につかり、ゴクンと一口水を飲んでいた。

私は無意識のうちに川に飛びこんだ。

「あぅあぅあぅあぅ！」

父は水面から顔だけ出して、訳のわからないことを叫んでいる。

私が胴を抱えて土手に押し上げ、母が手を持って引き上げた。

父は草をかき分けて、イモリのように土手を這いあがった。

土手の上に立たせると、父は悪い方の腕をくの字形《なり》に曲げてブルブルふるわせた。私が手で押えても、止まらなかった。

長靴を脱いで逆さまに振りながら見ると、斜面の草が三尺ほどの幅で濡れて倒れていた。

父の鳥打帽子とパイプ椅子は、川底に沈んだ。

私が首から提げていたカメラは、動かなくなった。

父はオシッコをしようと、独りで立ちあがろうとしたらしい。悪い右脚に力を入れようとして、踏ん張れずに、ゴロゴロッと一回転して川にダイビングしたのだった。

すぐにタクシーを呼んで伯母さんの家に帰り、風呂に入った。

「ダンナ、釣りはもう止めるか？　危ないからな」

風呂から上がって新聞を読み始めた父に訊いてみた。

「やるよ。お父さんの楽しみなんだから」

「ダンナも好きだねぇ」

「そうさぁ、お父さん、子供の頃からやってんだからな」

私は内心、ほっとした。

蒲団を敷いて、父を南向きの部屋で寝《やす》ませた。

しばらくすると、父は口をかるく開けて鼾《いびき》をかきはじめた。疲れたのか、鼾はだんだん大きくなる。

私は父の枕頭に寝転んで本を読んだ。

その角度で真後ろから見る人間の頭とは妙なものだ。黒い円の上に扁平な額がのっかって、その真ん中に三角形の鼻が飛び出ている。両脇には鍋の把手《とって》のように耳がついている。

見つづけていると、のっぺらぼうで無気味な形だ。ヤカンのようにも見える。死者が横たわっているようにも見える。

その晩、夢を見てひどくうなされた。

――土手に、何か丸いものが燃えている。どうもヤカンらしい。近づいてみると、ヤカンではなくて、人間の頭らしい。火達磨になっている。どうやら、それは父の頭らしい。なす術《すべ》もなく突っ立っていると、姉から電話がかかってくる。姉は今、火葬場にいるという。「秀夫君、何をしているの？　早く来ないと、終ってしまうよ」と言う。――

七

東京へ帰る前の日の夕方、私は父と散歩に出た。

空は青く、鴨川の方へ向かって、サッと刷毛《はけ》で掃いたような白い雲が数条走っていた。その下に、大きな鯨のような形をした灰色の雲が、いくつもいくつも、ゆっくりゆっくり、北へ流れていた。

小橋の手前で、道の真ん中に雨蛙が轢《ひ》かれていた。ボウリングでボールを投げ終った瞬間のような恰好をしていた。背中はうつ伏せになっているのに、顔は仰向けになっていて、エラの張った白いあごの輪廓がくっきりと浮かんでいた。

私は数日前へビの死骸を見つけたときのように、じっと観察する気にはなれなかった。

——数年前の夏の暑い日、父は選挙から帰って、様子がおかしくなったことがあった。両手を拡げてテーブルを摑《つか》んだまま、声が出なくなり、右脚が水平に硬直した。一過性脳虚血発作というのだろうか、しばらくして治ったが、念のため救急車を呼んで病院で診《み》てもらった。

昨夏は、肺炎になって二十日ばかり入院した。

退院後半月ほどして、寿司を咽喉《のど》に詰まらせて、人事不省におちいった。掃除機で吸い取ったのだが、三途の川を渡りかけたはずだ。

父の生は、それぞれあそこで断《た》ち切られていても不思議ではなかった。

——いつかは来る日。必ず来る日。私の一番おそれる日。

その日のことを思うと、それまでの一日一日が、私はいとおしい。

死んでしまえば、あのスズメやヘビと同じだ。いや、それより悪いかも知れない。この身体が燃やされてしまうのだ。

「秀夫君、ちょっとこれ……」

父は立ち止って、背中をのばした。

私は父の麦藁帽子の紐をしめてやった。一瞬、川底にしずんだ鳥打帽が脳裏に映った。私と父は、カラスノエンドウの紅い花がポチポチ見え隠れする耕地の間の道を歩いた。ズーズ、ズー、ズーズ、ズー、……。父は去年の入院以来、すっかり脚が弱ってしまい、爪先を引きずる。

――思えばこの十二年、しあわせ過ぎたのだ。父は八十五歳。平均寿命は疾《と》うに過ぎた。生きているだけでも仕合せなのだ。歩けるだけでも仕合せなのだ。

十二年前、父が退院することになったとき、私はこれからは父を遊ばせてやろうと思った。毎日、おもしろおかしく暮らさせてやろうと思った。

二人で釣堀にも何十回と行った。そういえば、夏になるとナイターでやったなぁ。母と三人で、小旅行にも百回は行っただろう。天覧山にも登ったことがあった。よく登れたなぁ。二年前まで、毎週日曜日には将棋を指しに出掛けた。二人で墓地へ散歩にもよく行った。護国寺まで足を延ばしたこともあった。田舎にも毎年春夏に来て、毎日のように釣りをした。

あのとき誓ったことは、もう十分達成されたのだ。

――しあわせ過ぎたのだ。こんなに仕合せなことは、滅多にあるもんじゃない。もう十分なのだ。十分過ぎるのだ。十二年前、父は倒れてよかったのだ。

私は父が発病したことによって、この世で遇《あ》い難きしあわせに出合った。

「ダンナ、どうだい」

私は声が上ずった。

「えっ？」

「脚の具合は、どうなんだい」

「うーん、まあまあだな」

「重いのか」

「そうだな、疲れ易いんだな」

「ダンナ、帰ったら、また家の脇を歩いて鍛えてくれ。毎日練習すれば、また以前のように歩けるようになるよ」

「そうか。一所懸命やるよ」

「ダンナ、元気出しなよ。去年の夏は、世を儚《はかな》んでいたらしいじゃないか」

「ああ、あのときは退院してから、がっかりしちゃってね。何もする気になれなくてね。もう長くないかと思ってね」

「そんなことじゃ、駄目だよ。元気出さなきゃ」

「ああ、また一所懸命歩く練習するよ」

「また、夏に来るかね」

「ああ、また来よう」

前方の山の麓に、一軒の農家があって、そこに鯉幟が立っていた。黒、赤、緑、青、紫……、大小色鮮やかな鯉が七つ、大きく腹《ふく》を脹らませて、気持良さそうに風に流されていた。

竿の天辺の金の球が、カラカラ廻りキラキラ光る。矢車がまわる。

七つの鯉のぼりは、互いに絡み合ったり、ほどけて身をくねらしたり、跳ね上がっては尾を揺らめかしたりして、黝《くろ》ずみ始めた山裾にひるがえっていた。

立冬

鬼子母神の御会式《おえしき》がおわると、急に肌寒くなってきた。

土曜日と日曜日の午後、父と雑司ヶ谷墓地へ散歩に行くのが、今年になってからの私の習慣になっている。

父は脳血栓の後遺症で右半身が不自由なのだが、昨年肺炎を患って、なお脚が弱った。ふだんの日は、独りで家の脇の私道を行ったり来たり歩いている。

この日も昼食後一服して出掛けた。

私は小さな座蒲団のふたつ入った紙袋を提げて行った。

都電の踏切を渡った角の家に、夏蜜柑がたくさん生《な》っていた。こんもり茂った葉の中に、わずかに色づいた果実が、側面だけ日を浴びていた。その隣の大きな屋敷には、枇杷の木が二本、コンクリート塀から高く突き出て、枝先を空に向けていた。

私と父は、墓地の入口で墓の囲いに腰掛けて小休止した。

欅は梢のほうから、ほんのりと紅葉していた。

目の前に、お椀を伏せたような形をした、人の背ぐらいの墓があった。左半分は、厚い苔におおわれていた。

前から気になっていたので、私は立ちあがって正面に廻ってみた。

「元深川墓地所在遺骨合葬之冢　大正十一年一月」と書いてあった。

右横に、「深川共葬墓地合葬之墓　明治四十四年改葬」と大きな字の刻まれた、見上げるほどの石碑が立っていた。どういう訳かその目の前に、睨《にら》み合うように棕櫚《しゅろ》の木が直立していて、碑の上部に細長い葉が団扇《うちわ》のように垂れさがっていた。

冢《つか》の傍らの椎の木の下に、地蔵の彫られた、膝の高さほどの墓が三つあった。

左手の地蔵は、眉毛がなく無表情だった。背中のふくらみが、一皮きれいに剝《は》がれ落ちていた。右手のは、目を細めて穏やかに微笑んでいた。どちらも胸の前で掌を合わせている。

真ん中のは、しずかに目を閉じて、眉間に皺《しわ》をよせ、何かを思念しているようだった。鼻はつぶれていた。左手に宝珠をのせ、右手に錫杖《しゃくじょう》を持っている。杖はギザギザに摩滅していた。頭の上に梵字がひとつ記されてあった。石の根元から、欅であろうか、実生《みしょう》が伸びていた。落葉をかき分けて土蜘蛛の巣が三本、地蔵の足下にへばりついていた。

地蔵の右側に二行、左側に一行、小さな文字が彫ってあった。

　法幻童女宝永五子十二月□三日

　普保童女享保八卯十一月□□日

　単譽直遷信士寛保元酉四月九日

石に顔をつけるようにして、やっとこれだけ判読した。

宝永、享保《きょうほう》、寛保《かんぽう》とは、いったいいつごろだろうか。

ここは確か、明治初年に元徳川家の薬草園だったのを東京市の墓地にしたものだ。だから、それ以前の墓はないはずなのだが、この地蔵も深川から移ってきたものなのだろうか。

いずれにしろ、二百五十年以上前のものだろう。父の生きた年月の三倍を閲《けみ》している。

この地蔵は、二世紀以上の歳月、雨風にさらされてきたのだ。

「ダンナ、寛保という年号は、いつ頃かね」

私は父のところに戻って訊いた。

「さあ、知らないね」

「江戸時代かねぇ。ダンナの生まれる随分前だね」

父は杖を突いて腰をあげた。座蒲団を仕舞おうとすると、紙袋の底に、蚊取線香のかけらとライターが見えた。

清立院《せいりゅういん》の手前を左に折れて少し歩いたところで、二回目の休憩をとった。椎橋家という黒御影石の墓だった。

清立院の庫裏《くり》の上から斜めに日が射し、ふたりの上半身の影が真後ろに長くのびた。

私は中学生の頃、T君とこの近くの欅の木の根元に、スズメを捕るワナを仕掛けたことを思い出した。

T君は色の白い子だった。目尻がちょっと下がっていて、タレメという愛称で呼ばれていた。いつもニコニコ笑っていた。同じ中学の一年下だったが、一緒にソロバン塾に通って仲好くしていた。

夕方になると、テレビの上の磨《す》硝子《り》が、チャン、チャン、と鳴る。

「秀夫。タレメだよ」

と母が呼ぶ。

よしきたっ、と私は柱に下がったマジックバッグをひったくるようにして外に飛び出す。T君のが黒、私のが青、お互い真新しいドロップハンドルの自転車に飛び乗って塾へと急ぐ。……

私はその欅の木をさがしに行った。すぐに分かった。道を塞《ふさ》いで突っ立っている、二抱えはあろうかという大木である。根元から、子供の背丈ほど樹皮がはがれて抉《えぐ》れていた。

指で押すと、スカスカだった。根は瘤《こぶ》のようになって土を摑《つか》んでいた。

スズメのワナには、レンガが四つ必要だった。

まず、レンガをふたつ、辞典をレンガとすれば、背表紙を地面に向けて、本の厚さ分の間隔をあけて平行に置く。ふたつのレンガの間に、三つ目のレンガを同じ向きにして、三、四センチばかり重なるように置く。その反対側から、四つ目のレンガを三つ目のレンガに斜めに寄りかからせる。四つ目のレンガが倒れてこないように、ふたつのレンガの間に短く折った枝を支《か》う。そして、四つのレンガの中に米を数十粒まく。レンガの上にも少しまく。

ある日、スズメは樹のうえからレンガの上の米を見つける。久し振りにいいご馳走にありつけると、勇んで枝から飛び下りる。最初、レンガの上の米を狂ったように突っつく。そのうち、レンガの囲いの中にたくさんの米粒を発見する。スズメは小躍りして咽喉《のど》を鳴らす。中の米を食べようと、血走った目でひとまず枝の切れ端に留まる。その瞬間、枝はガツッという音をたててレンガのなかに落ちる。スズメも落ちる。すると間髪《かんはつ》を容《い》れず、四つ目のレンガは三つ目のレンガに倒れかかる。ゴンという重い音がして、四つのレンガの内側と外界とはキッパリと区切られる。スズメは、四つのレンガが作った空間から脱け出せなくなる。仲間のスズメが何十羽と助けに来ても、レンガはびくともしない。ワナにかかったスズメは、闇《くら》い空間に蹲《うずくま》っているしかないのである。

ある冬のことだった。

私はT君と一緒に、数日前に仕掛けたワナを見に行った。霜融けの道で重たくなった靴を引きずって歩いた。

遠くから見ると、四つ目のレンガは倒れていた。私の胸は高鳴った。T君も目を細めてうれしそうだった。小走りに近づき、レンガをちょっぴり立てて中を覗くと、果して獲物は入っていた。

だが、スズメは、ひどく痩せ細っていた。レンガの隙間から、怯《おび》えるように私を見上げて、ブルブルふるえていた。頭の羽が、禿《ち》びた竹箒を倒さにしたようになっていた。スズメは米粒を食べ尽した後、厳寒の中、飲まず食わずですっかり衰弱してしまったのだった。

私はさすがに悪いことをしたと思った。躍った胸はすぐに緊《し》めつけられた。T君も蒼い顔をしていた。

そっと掴んで土の上におくと、スズメは立っているのがやっとだった。ときおり羽を拡げるしぐさをしてはよろめいた。

私たちはその様子を見ながら、気まずく黙っていた。

T君はそれから一年ほどして、高校の入学試験の朝、山手線の電車に轢《ひ》かれて死んだ。

私はすでにT君より三十年も長く生きている。

「秀夫君、行くか」

「――ダンナ、T君、知ってるか？」

「えっ？」

「ほらぁ、よく、ソロバン塾へ行くのに、誘いに来たじゃないか」

「ああ、そう言えば、そんな友達がいたね。死んだんじゃなかったかね」

「そうだ。十四だったよ」

「気の毒なことをしたね。寿命かねぇ」

「――寿命かぁ」

私と父はふたたび歩き出した。


数日後の昼休み、私は図書館に行ってみた。

暖かな日だった。

百合の木がいちはやく色を変えていた。まだみどりいろの公孫樹の梢を越えて、黄色い大きな葉が空高く翻《ひるがえ》っていた。メタセコイアの葉も、鉋屑《かんなくず》のように縮れて枯れてきた。公孫樹の木の下では、そろそろと、落し物でも捜すかのように、ときおり地面に手を伸ばしている人たちがいた。

私は閲覧室で新聞の縮刷版をさがした。

昭和四十×年の二月を引っ張り出すと、目当ての記事はすぐに見つかった。憶えていたとおり夕刊だった。社会面の左面の左上にあるのも、思っていたとおりだった。

「受験の朝、悲し」「事故？　自殺？」

そんな見出しが躍っていた。二十九年前の真冬の夕方、その記事を見たときの驚きが甦《よみがえ》るような気がした。

私は無意識に、頭の中で二十九から二十三を引いていた。——六年？　そんなものだったのか……。その数字は非常に意外だった。二十三は、私が就職してからの年数だった。私が大学を出るとき、T君は、死んでからまだ六年しか経っていなかったのだった。しかし、私はその頃、随分長い年月が経ったと思っていた。今振り返るのとそんなに変りはないような月日が過ぎたように感じていた。——これはどういうことだろうか。

私は芥子《けし》粒ほどの活字を一字一字読んでいった。

まだ時間があったので構内をぶらぶら歩いてみた。

記念会館前の石畳に、椎の実がたくさん落ちていた。コーヒー豆をばら撒《ま》いたようだった。こげ茶色で、おしりのところが少し白くなっている。落ちてから時間が経った実か、色褪《あ》せているのもあった。踏んづけると、蹠《あしうら》に心地よい刺戟《しげき》がはしった。私はその感触を繰りかえしたのしんだ。

木に近づくと、象の足のような根元に、無数の実が固まっていた。よく見ると、巻貝のような白っぽい袴もたくさん交じっていた。

頭上で、キィーッ、キィーッという鳥の声がした。

しばらくすると、バサバサッ、と葉を掻《か》き分ける気配がしたかと思うと、椎の実がひとつ、矢のように落ちてきて、カチリと音を立てた。あとから、一枚の葉がゆらりと舞い降りてきた。

秋の逝く音だった。

その日の夜、職場を出ると、おやっと思った。

――リリリリ、ルルルル、リィーリィー、ルゥールゥールゥー――。

正門に続く闇《くら》がりの叢《くさむら》の中から、あえかに鈴をふるわせたような声が頻《しき》りに聞えてくる。

朝、雨が降って、植込み一帯にあわい靄《もや》がかかっていた。一時《いちじ》の勢いはないが、それでも、地を這うように、そこここから響いてくる。

私は驚いた。虫はまだ生きていたのだった。

もっと日の長かった頃、建物のドアを開けた途端に、夥《おびただ》しい虫の音が、地から涌くごとく、天から降るごとく、辺りの空間を圧するように聞えたものだが、もう何十日も前に耳にしなくなっていた。私はもうとっくに死に絶えたものと思っていた。

私は自転車をゆっくりと押して、植込み側に聞耳を立てながら正門まで歩いた。

帰りに銭湯に寄った。私は銭湯が好きだ。いつでも入れるように、カバンの中にタオルと石鹸を入れてある。

下足札を抜いて暖簾《のれん》をくぐった瞬間、別の世界に入ったような気がする。私はいつも広い湯船にとっぷりと浸かりながら、人生というものに対して、何かまとまった考えを見つけられないものかと思う。何か新しい心境が拓《ひら》かれないものかと考える。泡だらけの湯の中に両手を拡げて、「人生ってやつは、いったい……」そんな言葉を呟いてみたりする。でも、いつだって何も得ることなく出てくる。——あと何年たっても同じかもしれない。

帰路、山手線の踏切で電車を待った。

この踏切は、埼京線が出来てからなかなか開《あ》かなくなった。赤い丸ランプが二つ、連続的に鳴る鐘の音に合わせて交互に点滅する。中天に十五夜に近い月が懸かっていたが、一面の曇空で、煙のような雲に見え隠れしていた。

長崎道踏切――T君はこの踏切で死んだ。向う側の遮断機脇の石垣の下に、長い間T君のおばあさんが花を供えていた。

警笛の上の白い灯りが、八本のレールを冷たく照らしていた。手前から三本目の目白寄りのレールの近く、カメラのようなものが設置してあるあたりが、新聞の写真からするとT君の轢かれた場所と思われた。

その薄闇《ぐら》い空間を見つめていると、轟《ごう》音とともに左右から電車が疾走してきた。明るい箱の中に、大勢の人が片手を上げて過ぎて行く。すると今度は右上の土手に、西武線の廻送電車が、ゆっくりと明るい光を運んで行った。

少しすると、再び緑いろの横線の入った外廻り電車が目の前を流れて行った。乗客は皆、私を見下ろしている。間近で見上げる車両は、意外なほど背が高かった。銀色に光るレールの上を、黒い車輪と、床下に下がったさまざまな形の黒い箱とが、左へ左へ、一瞬の間に走り去って行く。わずかに沈んだレールと車輪の接触点に目を凝《こ》らしていると、鳩尾《みぞおち》のあたりがキリキリ痛み出した。

「二メートルだな……」

ふと呟いた。二メートル先は別世界なのだった。遮断機をくぐって二、三歩進めば、まったく違う世界に入ってしまうのだった。

警笛は忙《せわ》しく鳴り続け、赤いランプも明滅し続けた。


翌日は寒くなった。

仕事の帰りに注意して虫の音を聞いたが、植込みの中からは、何の音もしなかった。自転車から降りて、躑躅《つつじ》の近くで顔を傾けたり、石楠花《しゃくなげ》の前でじっと耳を澄ましたりしたが、あのあえかな声は聞かれなかった。私はちょっとさびしい気がした。

次の日もその次の日も、闇《くら》い植込みの傍らに足を止めたが同じだった。あの日の冷え込みで、虫は鳴くこともできないほど弱ってしまったのかもしれない。


十月も残りわずかとなったある日、仕事を終えて正門に向かって自転車を走らせていると、右手の暗闇から、かすかな音が聞えた。気のせいかと思ったが、自転車を置いて、植込み沿いにゆっくりと戻ってみた。石楠花の木の近くまで来ると、「リ、リ、リ」と、確かに虫の音がした。息が短く、かぼそい声だった。このあいだのような張りも艶《つや》もない、消え入るような声だった。しばらく植込みの下草のあたりに神経を集中してみたが、一匹だけの鳴き声だった。

私は今年の聞き納めと思って、その声の途切れるまで立ち止っていた。

月が変わって最初の土曜日の午後、父と散歩に出た。

風があったが、久しぶりの秋晴だった。父はもう冬のジャンパーを着ていた。

いつもの入口のところで憩《やす》んだ。

道路との境のフェンスに、南天の実が赤く枝垂れていた。

欅は茜色に染まっていた。見上げると、澄んだ空が、複雑に入り組んだ入江のように葉の間に透いて見える。その碧さが目にしみた。ときおり強い風が吹くと、潮騒のような葉ずれの音がして、髪を振り乱すように梢がゆれる。すると、あかね色の小さな鳥が一斉に飛び立つように、木の葉が斜めに散り落ちる。

私はまた地蔵の墓を見に行った。そこだけ日が当たっていて明るかった。

ふと足下に目をおとすと、落葉の上に何かが動いていた。しゃがんで見ると、コオロギが引っくり返って、もがいているのだった。

大きなコオロギだった。六本の脚を必死に掻《か》いている。腹と脚は、磨き上げた柘植《つげ》のように飴色に艶《つや》めいていた。うしろ脚はぷっくりと太く、付け根にまるでベアリングでも入っているように、ぐるぐる動く。狂ったようにばたつかせては、しばらく腹を波打たせ、口をもごもごやって憩む。また掻く。その繰りかえしだった。

だが、いつになってもコオロギは起き上がれなかった。私は身体を反してやろうかとも思ったが、しばらく見物していた。そのうち、コオロギはだんだん身体がずれて、枯草に絡まってきた。私は見かねて、落ちていた枝の先でおもてにしてやった。黒光りした背中は細長く、お尻から四本の針のような尻尾が一センチばかり突き出ていた。

コオロギは本来の体勢に戻っても、前脚が痙攣《けいれん》するようで、すぐにつんのめってしまった。そしてまた引っくり返った。

コオロギは、死期を迎えているのであった。命の終りを目前にして、最後の力をふり絞っているのであった。

生きとし生けるものは、なべてこのように死んでいくのだろうか。凋落《ちょうらく》――そんな言葉が胸にうかんだ。

――生まれて死ぬ。コオロギは、この地蔵がこの土の上に置かれるずっと前から、毎年毎年同じことを繰り返してきたのだろう。何万、何十万という霊魂の眠るこの墓地で、コオロギもまた、短い生を全うして土に還《かえ》って行くのだった。

欅の葉も、あと何回か雨にうたれて散り尽すだろう。

「秀夫君。なんだい？」

父が呼んだ。

「コオロギだよ」

父の横に坐りながら言った。

「コオロギ？」

「コオロギが死にそうなんだ」

「そうか。寿命かね」

「ダンナも、大分まいっているのかい」

「そんなことはないよ」

「ダンナ、長生きしなきゃだめだよ」

「長生きといったって、これも寿命だからな」

「そうか……」

父は足下の落葉を杖の先でいじっている。

私は杖をとって、底を見てみた。去年の夏取り替えたので、底のゴムはちょっとしか減っていなかった。くるくる廻しながら、もう一度……などと、あらぬことを考えたりした。

「ダンナ、明日は立冬だね」

「そうか、もう冬か」

「ダンナ、また寒くなるぞ」

「うん、寒くなるな」

突然、強い風が吹き、ふたたび潮騒の音がした。

立冬の日は雨だった。

しあわせ　――ふたつの光――

元日の午後、父と散歩に出た。

空は浅葱《あさぎ》色に晴れわたり、外はしんとしていた。

坂の途中で脇道へ入り、天理教教会を左へ折れて都電の踏切を渡ると、すぐに南池袋斎場の躑躅《つつじ》の垣根が見えてくる。垣根の白いコンクリート枠に、一間ほどの幅の陽があたっている。

手提げ袋から小さな座蒲団を出して、私はその黄色いコンクリートの上に置く。杖を小刻みに突きながら、父はゆっくりと軀を廻し、そこにお尻をあてる。私も横に坐る。背が低いので父の脚は伸びきっているが、杖の把手《とって》に両手をのせて、ともかく一服する。

「ダンナ、今年もよろしく頼むよ」

「いやあ、とんでもない。こちらこそ」

異人館趾《あと》に出来た公園の欅の冬枝越しに、穏やかな正月の陽がまっすぐに届く。

「秀夫君、今日は、ここまでにしておこうか。また、あったかくなったら、墓地まで行こうよ」

ちょっと顔を傾《かし》げて、父が言った。

「――そうか、ダンナ、もう疲れたか」

「そんなことはないけど。今、寒いからな」

――もう、春になっても墓地までは行かれないかも知れないな……。私はそう思った。

墓地の入口はすぐそこで、左を向けば、欅の梢が亭々と空をおおっている。

昨日までは、いつもどおり墓地へ入って、突当りの塀の手前で一憩《ひとやす》みして帰って来ていた。だが、父はこのごろ帰りは辛そうだった。前より右脚の出方に力がなくなったような気がする。――まあ、ここまで来られるだけでも仕合せだと思わなければいけないのかも知れない。

父と散歩に来るといつもここで憩むのだが、私はそのたびに、今こうやってふたり肩を並べて坐っているけれども、いつか、この垣根の向こうで父の葬儀を執り行うことになるだろうと思う。今、父はここにいるが、必ず後ろの建物の中で棺桶に入るときが来る。

――恐ろしいことだと思う。ほんとに恐ろしいことだと思う。でも、信じなければならないことだ。

何人《なんびと》も、死から免《のが》れられない。だが、人は、意識的に又は無意識に、普段そのことを忘れている。――太陽も死もじっと見つめることができない――そんな箴言《しんげん》を読んだことがある。

「秀夫君、行くか」

「ああ」

父は杖を突き立て、よろけながら立ち上がる。

「秀夫君、懐中電灯なかったかな。夜中に、時計が見えなくて困るんだよ」

ある夜、ベッドから父が呼んだ。

父は夜中、トイレに四、五回起きる。そのとき腕時計を見るらしいのだ。

「よし、明日買ってきてやるよ」

翌日は、新年初出勤の日だった。二時過ぎに学校を出ると、私は池袋の百円ショップを覗《のぞ》いた。立派な懐中電灯やら、大型のランプやら、掌《てのひら》に入るようなライトやら、いろいろある中に、針山を大きくしたような黄色いライトが一つだけ掛かっていた。

それを購《もと》めて家へ帰ると、私はさっそくベッドの柵に細長い板を取り付け、そこにライトを紐で括《くく》り付けた。

夜になって、風呂から上がってベッドに入った父に、ライトの具合を試させた。

こんもりと膨らんだ発光面を、父は肘でぐいぐいと押す。ミシミシ音がして、ぽっと灯りが点く。もう一度押すと消える。

「ダンナ、どうだい」

「ん、これゃいいや。これで時計見えるよ」

私はいつものように、空圧式のマッサージのブーツを父の脚に履《は》かせ始める。

一月下旬に、父は風邪を惹いた。最初、洟《はな》が出る程度だったが、そのうち咳がひどくなり、痰も絡むようになった。

――しまった。床屋へ行ったのがいけなかったか……。

前日の午後、私は父を床屋へ連れて行った。その日は、学校を休んで免許証の更新に出掛けたのだが、意外に早く済んだため、そんなことになった。

――しまった。休みなど取ったのがいけなかったか……。

もうどうにもならないことを、私は幾度も悔やんだ。

私は三年前の夏のことを想い出した。あのとき、父は風邪で六日間熱が退《ひ》かず入院した。肺炎との診断を聞いて、私は大変なことになったと思った。年寄りの肺炎は死に直結するものと思っていた。幸い、二十日ほどで退院できたが、脚はすっかり弱ってしまった。

具合が悪くなって三日目の夜、熱を測ったら八度二分あった。私は、すぐに解熱剤を飲ませた。

その晩、いい気持で寝ていると、勝手でドスンという音がした。反射的に起き上がって襖を開けると、父が壁に頭を当てて倒れていた。

「お父さん！　大丈夫か！」

「だい、だいじょうぶだ」

「転んだのか」

「ちょっと、滑ったんだよ」

抱き上げて立たせると、右脚が出ない。どうにかトイレまで連れて行くと、後ろ向きに廻転できない。右脚が思うように動かないのだ。

やっとのことで父をベッドに戻すと、私は自分の蒲団を父の部屋へ運び込んだ。

——しまった。どうして熱があったのに、最初からこっちの部屋で寝てやらなかったのだろう。——これは大変なことになった。もう外も歩けないかもしれない。——寝たきりになるのか……。

蒲団の中で、私は後悔ばかりした。考えは、どんどん悪い方向へ傾いてゆく。

翌朝になると、右脚は大したことはなかったが、風邪の症状は悪化する一方だった。

床に就いてから六日目に、池袋の救急病院へ入院させた。肺炎になっているという。私は午後から休みをとって、四日間父に付き添った。何よりも、脚の弱るのが心配だった。熱は治まっていたので、午後二回、夜一回、廊下の手すりをつかって父を歩かせた。オシッコを泄《も》らしたり、点滴が詰まって針を刺しなおしたり、いろいろあったが、父は六日間で退院することができた。

退院しても、父の痰はなかなか止まらなかった。勝手のテーブルの上に置いたティッシュ・ペーパーの箱の中身が、面白いように減っていった。

私は、父のベッドの裾と掃出し窓との一畳ばかりの間に蒲団を敷いて寝るようにした。足許《もと》は半畳の床の間で、枕許には整理箪笥が迫っている。

毎晩、私は父と一緒に風呂へ入る。風呂から上がると、ベッドに仰向けになった父の両脚にマッサージ器をセットする。二十分ほどでタイマーが切れると、器具を片付けてから私は蒲団にもぐる。

黄土色の壁と褐色に光る整理箪笥とが作る直角の隅に電気スタンドを置き、窓硝子に向かって私は本を読む。いつもと違うところに寝て、最初のうち、私は何だか他所《よそ》へ来たようだった。でも、日を逐《お》って、そこがひどく落ち着くようになった。その狭い空間で、たまに振り向いて父のベッドを見上げたりしながら、本を読む一時が無上の幸福な時間になった。

本を閉じ、薄暗い天井をぼんやりと見て、私は小さい時分のことを想い出す。

建て直す前の家の父の仕事場は六畳だった。玄関を上がると、右隅の板敷に、銀色に光る弾《はず》み車の付いた黒いミシンがどっしりと据えてあり、左隅の壁には、縦長の大きな鏡が掛かっていた。その傍らに、仮縫いの背広を掛ける人台が置いてあった。

まだ幼稚園にも行かない私と姉は、その人台に簾《すだれ》を立て掛けて、三角形の空間の中へ入ってよく遊んだ。その当時、夏の八百屋の店先には、そんなふうに葦簾《よしず》が張ってあった。八百屋さん、八百屋さんと言って、私と姉は嬉々として戯《たわむ》れていた。

あの頃――もう四十年以上も昔――、簾の向こうで、父はバイタに身を乗り出すようにして針を運んでいたはずである。あるいは、刷毛《はけ》で水をつけたズボンに、ジュッと音をさせてアイロンを掛けていたはずである。あるいはまた、前屈みになってズボンの尻を鑿《のみ》で解いていたはずである。眼のぱっちりとした精悍《せいかん》な顔で――。

父は七十三で身体が不自由になったが、それから、近くだが旅行にもたくさん行ったし、釣りもしたし、将棋も指したし、お酒も飲んだし、十分しあわせだったと思う。

私は父といるときが一番愉しかった。私は、もういつ父と別れても、ひとつも文句は言えない。十四年もの間、十分愉しんだのだから。

この先、転んで脚でも折ったら、父は歩けなくなるだろう。でも、車椅子に乗せれば、近くへなら連れて行ってやれるだろう。車椅子に移せなくなっても、ベッドの上で、新聞を読んだり、週刊誌を見たりできるだろう。――できればそういう手順を履《ふ》んで、私は父を見送りたい。

人間は、不幸には敏感であるが、しあわせには恐ろしく鈍感な生き物だ。

――しあわせとは、小さなものであろう。小石よりも、ゴマ粒よりも芥子《けし》粒よりも――道に落ちていても、よほど注意しないと見つけられないほど小さなものであろう。

――四十六年――これだけの時間を生きて、私が人生から得た感想は、この一事《いちじ》だけである。

ある晩、蒲団に入り、上林暁の「侘《わび》日記」という小説を読んでいると、次のような文章に出合った。

「なんにもせずにいても日は経つ。どうせ日が経つなら、何かを残して日を経たせたい」

私も何かを残したいと思った。文章で残したいと思った。

去年の春先、私は父のことを書いた文章を五篇輯《あつ》め、「不昧公の小箱」という本を造った。文章の稽古を始めてまだ二年しか経っていないのだが、父母が元気なうちにと急に思い立ったのだった。

一昨年の暮れから去年の正月にかけての十一日間、私は毎日、朝から夜十二時過ぎまで原稿の推敲をした。一行一行、一言一句、辞書を引いてみたり、音読してみたりして、繰り返しくりかえし吟味した。寝る前には、畳の上は開いた辞書だらけになっていた。一日が飛ぶように過ぎ、今までの私の人生の中で、これほど濃密で充実した時間はなかった。

そんなふうにして出版してみたが、哀しいかな、出来上がったものは、所詮素人の文章であり、隙だらけであった。それでも、二、三の方からは、涙の出るような感想をいただいた。私はそれらの手紙を押し戴いた。

あれから九ヵ月が過ぎ、本は二階の空き部屋に山のように積んだままである。最初から残るのは分かっていたのだが、ある程度まとまった量をさばく機会も、おぼろげに目論んでいた。ただ、そのときが来るのは、なるべく先のほうがよいのだが……。

――スー、ハー、スー、ハー、ズー、ズー、フー、フー、ンガー、ハー、ンガー、ハー――。

灯りを消して寝ようとすると、父の寝息が聞える。

私の位置からは、父のベッドの黒い枠の上にふっくらと盛り上がった、白い羽毛蒲団の裾しか見えない。眼鏡をはずした私の眼に、小玉電球の黄色い灯りがテニスボールのように滲《にじ》んで見える。

ンガー、ハー、ンガー、ハー――。

今度の入院で、父の本当の最期がぼんやりと見えてきたような気がする。

ンガー、フー、ンガー、フー――。

確実にやって来る、おそろしいものの迫り来る音が聞える。私は、いつになってもこの音の絶える日を迎える覚悟ができずにじたばたしている。

夜中、ぐっすり眠っていると、ゴトゴト音がする。父の枕許にポッと灯りが点き、ゴソゴソと羽毛蒲団をまくる音がする。心地よい眠りから起こされて、頭の後ろが痺れるように重い。ウーン、眠いなあ――。いったん四つん這いになってから、私は思いきって蒲団を撥《は》ね除《の》けて立ち上がる。柵のパイプを握り、父はやっとのことでベッドの横に軀を起こす。私は父の右腕を摑《つか》み、立ち上がらせる。父は、傴僂《せむし》のように歩き出す。

父と私は、一晩にそれを四、五回くりかえす。――

三月に入ると、父の痰はやっと出なくなった。

土曜日になるのを待って、私は父を散歩に誘った。退院後、父は初めて外へ出た。暖かな日だった。

「ダンナ、いつものところまで行かれるか？」

「行かれるさあ」

「無理するなよ」

父の右腕を握ってソロリソロリと歩く。

都電の踏切の向こうの家に、夏蜜柑がたくさん生《な》っていた。こんもり茂った葉の中に陽射しをいっぱいに浴びた実は、眩しいくらい明るかった。枕木の間に三つばかり、歪《いびつ》になった黄色い実が転がっていた。

いつものように、斎場の垣根のコンクリート枠の日溜りに父を坐らせた。躑躅《つつじ》の垣の間に、うすむらさきの花大根が一輪、わずかに縮れた四瓣の花びらを垂らしていた。

「ダンナ、また来られたな」

「うん」

「ダンナ、大したことなくてよかったな」

「うん」

「ダンナ、また墓地まで行かれるか？」

「うん、もう少しあったかくなったらな」

春のような陽光の中で、私はうとうとしてきた。

——しあわせというものは……、しきりにそんな言葉が胸に込み上げてきた。

父が退院すると、私はすぐに手すりの取付業者に連絡をとった。今まで、勝手などに手すりのあった方がよいと思いながら、父が大丈夫だというので、そのままになっていた。私は今度こそやって貰おうと決心した。

一週間ばかりで職人が来て、どことどこに付けるか決めていった。が、それからなかなか来てくれなかった。

父の部屋に寝る生活を一ヵ月ほどするうちに、私はこれでは軀が保《も》たないと思った。毎日頭が重く、週末になると昼間でも欠伸《あくび》ばかり出た。

ある晩、心配だったが、思い切って自分の部屋で寝てみた。その夜、私は朝までひといきに眠った。

三月半ばになって、やっと職人がやって来た。玄関に一つ、昼間父のいる部屋に一つ、勝手に二つ、トイレに三つ、父の寝る部屋に一つ、一日がかりで取り付けていった。

職人が引き揚げると、私は勝手を通るたびに、カーキ色に艶《つや》めく円い棒をぐっと握って、「うん、よしよし」と独り言を言った。

「ダンナ、手すりはどうだい」

私は父に訊いた。

「うん、楽になったよ。具合いいよ」

父はニコニコしている。

「ダンナ、よかったな、手すりがついて」

「うん、調子いいよ。助かるよ」

「夜中、危なくないか」

「うん、大丈夫だよ」

その夜、私と父はそんな会話を繰りかえした。


翌日の日曜日、父母と江戸川公園へ花見に行った。

江戸川橋でタクシーを降りると、神田川沿いの桜並木は満開だった。浅葱《あさぎ》色の空の下に、ふんわりとした薄桃色のかさなりが、川上へ向かってどこまでもつながっていた。どの樹も、鉄柵を越えて遥か下の川面へ手を差し伸べるように枝を垂らしている。

向う岸の黝《あおぐろ》く淀《よど》んだ水の上に、白い花びらが帯のように揺れていた。

ときおり強い風が吹くと、花びらは一時《いちじ》に枝をはなれ、狂ったように空へ舞い上がる。

青空に散った無数の白い小片は、絡み合いながらいったんしずかに下りてくるが、再び横殴りの風に乗って宙を走り、やがてひらひらと廻転しながら水面《みなも》へ吸い込まれてゆく。

川沿いの遊歩道を、母のあとから父の右腕を摑《つか》んでゆっくりと進む。花を賞《め》でながら、人々はそぞろに行き交う。

二百メートルほど行ったところでベンチに腰掛けて弁当を開き、一合の酒を父と半分ずつ、チビリチビリやりだした。

眼の前を、引っ切りなしに花見客が通ってゆく。

後ろの崖上に繁る、椎や椿や柊《ひいらぎ》や黐《もち》や棕櫚《しゅろ》などの雑木に、早春の陽光はあまねく降りそそいだ。葉という葉に、光の粒がキラキラ躍った。ナイフのような棕櫚の葉が、するどく光を撥《は》ね返しながらバサバサ揺れた。

「ダンナ、手すりはどうだい」

「うん、具合いいよ。楽になったよ」

桜の花は、ゆらりゆらりと枝ごと揺れている。

風が吹くと、径《みち》に落ちた花びらは、おはじきのように爪先立って、ころころと先を争うように転がってゆく。

「ダンナ、どうだい、手すりは」

「うん、調子いいよ」

「ダンナ、よかったな、手すりがついて」

「うん、助かるよ」

私は、ほんのりいい気持になってきた。

弁当を食べ終わった母がベンチを立って、桜の樹の下で後ろに手をつかねて花を仰いでいる。

父の肩に手を置いて、私は母の見上げる薄桃色の花のかたまりをぼんやりと眺めていた。

ふと、幹の三つに岐《わか》れるところを見ると、節穴ほどの円い光がふたつ当たっていた。左手を振ると、ひとつがすばやく動いた。父と私の時計の文字盤が反射しているのだった。

「ダンナ、よかったな、手すりがついて」

「うん、調子いいよ。助かるよ」

「夜、危なくないか」

「うん、楽になったよ。本当によかったよ」

「ダンナ、よかったな、手すりがついて」……

私は父の光の周りを撫でるように、もうひとつの光をゆっくりと廻していた。

わかれ

わかれ

病室へ駆けつけると、父はしずかな息をしていた
半月もの間、小さな軀全体を波打って、荒い息をしていたのが嘘のようだった
私と母の顔を見ると、父はもう感情のまったくない眼を、それでもかっと見開いた
怖ろしい顔だった
眼尻に涙がうっすら滲んでいた
母がハンカチの先を舐めて拭いてやった
——おとうさん、ごめんよ、勘弁してくれよ、おとうさん、ありがとうな、愉しかった
　よ、本当にありがとうな
それから、父は両眼をしずかに閉じて、消え入りそうなか細い息を数回吐いた
父の心臓は、それきり停止した

平成十四年六月十日、午後七時〇〇分、父はこの世の人でなくなった
――やるだけのことは、ぜーんぶやった
医者はさっさと出て行った

私は看護婦の後始末する側《かたわ》らで、父の髭を安全カミソリで剃った
頤から頬にかけて石鹸水をぬり、砂鉄のように伸びた髭を丁寧に剃っていった

屋根裏のようなところにある霊安室から
寝台車に乗せて父を家へ運んだ

あんなに帰りたがっていた家へ、父は死んで帰ってきた
近所の人が集まってきて、父のベッドの横に枕団子を供え、蠟燭を点し、線香を焚いた
茶碗にご飯を山盛りにし、真ん中に箸を突っ立てた

やけど

七十日ぶりに家のベッドに横たわった父の浴衣の裾を展《ひろ》げると
右脚の脹脛《ふくらはぎ》に、あかい大きな水脹れがふたつあった
お父さん、湯たんぽで火傷したんだな
ちきしょう！
さぞ、熱かっただろう
でも、もう熱いとも言えなかったんだな
ダンナ、ごめんよ、気がつかなくて
恕《ゆる》してくれよ
ダンナ、恕してくれよ

訃報

二時間位眠っただろうか

私はサンダルを突っ掛けてふらふらと外へ出て行った
角の掲示板には、すでに訃報が貼ってあった
　南池袋三丁目十八番四十六号
　永野誠二様（八十七歳）
　六月十日死去されました
ああ、私の一番懼《おそ》れていたことがついに現実となった
私はズボンのポケットに両手を突っ込んで茫然と見ていた
――どうかしたんですか？
項垂《うなだ》れて帰ろうとすると、近所の人が声を掛けた
――父が死んだのです
私は虚《うつ》ろな眼でそう答えた

棺

父の棺に入れたもの

杖
釣竿
将棋盤、将棋駒、将棋新聞
週刊誌
鳥打帽子、夏のシャツ、ハワイ旅行に穿《は》いていったズボン
お父さん、天国で棋譜を並べたり、次の一手を考えたり、釣りをしたりしていてくれ
釣りは、右手が不自由でうまくいかないか
いつか、俺が行って助けてやるからな
待っていてくれよ

通夜

ダンナ、通夜にはいっぱい人が来てくれたぞ
生花もたくさん届いたぞ

田舎から、正江さんも来てくれたぞ
十四年間、ずいぶん釣りで世話になったな
小沢のおばさんも来てくれたぞ
遺影は姉ちゃんの結婚式のときの写真にしたよ
今から十年前、お父さんの七十七歳の誕生日だったね
ダンナ、さすがに若かったね
ダンナ、今晩は俺が斎場の二階に泊るからな
安心してくれ、さびしくないぞ

挨拶

——お前、泣いてばかりいて駄目だから、別の人にやってもらおうか
お母さんはそう言ったけど、葬儀のあいさつは俺がやったよ

本日は、ご多用中のところ、父の葬儀に参列くださり洵《まこと》にありがとうございました。

父は、永い間、紳士服の仕立職人として真面目に働きました。社会的に大したことをした訳ではありませんが、それでも、いろいろの人の洋服を仕立てたり、誠実に直したりしました。小心者でしたが、私にとってはかけがえのないよい父親でした。

父は、昭和六十三年の八月に脳血栓で倒れ、右半身が不自由になりました。私はそのとき、父が退院したら、毎日父と遊び暮らしてやろうと思いました。父を愉しませてやろうと思いました。それからほぼ十四年の間、母と三人で毎月一泊旅行に出掛けたり、毎週釣堀に行ったり、春夏には、大原の田舎に行って何日も釣りをしたり、毎週将棋を指しに通ったり、脚が弱ってからは、ふたりでよくこの墓地まで散歩に来たりしました。

散歩に出ると、いつもこの斎場の垣根の外で一憩みしました。私はいつも、そこで父と並んで坐りながら、いつかここで父の葬儀をやることになるのだなと思っていました。今年三月十日に、この垣根のところまで来たのが最後になりました。

医者から父はもう駄目だと聞かされた晩、夢を見ました。

田舎の駅の改札を出たところで、私と父が釣竿を一本ずつ持って並んで坐っているのです。すでに夕闇が薄《せま》っています。ところが、父の仕掛けが絡まっているのです。――お父さん、どこで釣るの？　早く仕掛けを直さなければ日が暮れちゃうよ。ああ、もう浮子が見えないよ――。そこで目が覚めました。やはり、父は死ぬのかと思いました。

もう十分遊んだのですから、また、この世に永遠というものはないのですから、いつ父と別れても仕方ないとは思っていましたが、実際に父を失ってみると、その虚しさはかぎりがありません。もっとやさしくしてやればよかった、もっとたのしませてやればよかった、などと後悔ばかりが胸をつきあげます。

最愛の父を失ったかなしみは生涯消えることはないと思いますが、父と過ごした十四年間の思い出は、私の胸の中に大切にしまっておきたいと思っています。

父の最期は、いつの日か、数年前から志している文章に残して、私の心の中で昇華させたいと思います。

これからは、母とふたりで生きてゆきます。母に長生きをしてもらいたいと思います。町会の方々、どうか母をよろしくお願いいたします。

おとうさん、十四年間、本当に愉しかったよ。おとうさんといるときが一番愉しかったよ。本当にありがとう。

ダンナ、お別れだ。俺が死んだら、あの世で一緒に釣りをしようよ。それまで気長に待っていてくれ。

ダンナ、ダンナ、ありがとう、本当にありがとう。

茶毘《だび》

焼き上がった父の骨はたくさんあった
――ずいぶん多いですね、相撲取りでもこの骨壺ですからね
火夫《かふ》は言う
身長五尺余りの父なのに……
――これが咽喉仏、これが上顎、これが下顎、これが耳、これが頭蓋骨……
母とふたりで一片だけ骨揚げをした
親戚の人や近所の人たちが二人ずつ、次々に骨を拾った
残った骨を火夫が掻《か》き集めた
上からぎゅっと押さえつけて、父の骨はやっと骨壺に納まった
白木の箱に入れた骨壺を、私は抱きかかえるようにして受け取った

おそろしい空虚

父が死んで、私の心はがらんどうになった
朝、起きて部屋の襖を開けてみても
新聞を読んでいるはずの父がいない
おかしいなと思って、勝手に行ってみてもいつもの席に父はいない
トイレを開けてみても誰もいない
押入れを開けてみても父はいない
試しに、玄関の上がり框《かまち》の下を覗いてみても父はいない
やけに静かな家の中に
父の部屋の掛時計の単調な音だけが、やけに大きく響いてくる
私は大きな落し物をしてしまったような心地だ
何をしても、何を見ても、何の感情も湧かない
私は終日寝転んで上林暁の随筆を読んでいる
この空虚を埋めるにはどうしたらよいのか

天国の父

父は今頃、天国で何をしているだろう
父はきっと手頃な用水路を見つけて
草深い土手でパイプ椅子に坐り
背中を丸めて釣り糸を垂れているだろう
そして、餌をつけかえられずに困っているに違いない
きっと私の来るのを今か今かと待っているだろう
ダンナ、待っていてくれ
そのうち俺が餌をつけに行ってやるからな
そして、一束《いっそく》くらい、すぐに釣らせてやるからな

腕時計

私の机の上に金色の腕時計が置いてある

十年ほど前、私が買ったものだ
父はこの時計を死ぬ数日前まではめていた
時計の裏を見ると、バンドの付け根に手垢がいっぱいこびりついている
私はときどき手にとって
その垢を落とさないように、ためつすがめつ見つめている
私はその垢を恋う

堂々巡り

死ぬ病気じゃなかった
死ぬ病気じゃなかったんだ
それなのに、父を助けられなかった
助けられなかったばかりか、あんな苦しみを父に与えてしまった
それを思うと、私の胸は張り裂けるように痛む
父は死んだんじゃないんだ

死なせてしまったのだ

もう、独りで歩かせなければよかった
そうすれば転ぶこともなかったのに
転んでから十日ほどして息苦しそうにしていたとき
すぐに医者へ連れていけばよかった
そうすれば、肺への出血も少なかっただろうに
病院で吐くようになったとき
もっと早くおかゆに変えてもらえばよかった
そうすれば、腎臓を悪くすることもなかったかもしれないのに
人工透析が始まって、オシッコがよく出てきた頃
食事をさせるのではなかった
そうすれば、誤嚥《ごえん》することもなく、肺炎にもならなかったのに……

後悔は果てしなく堂々巡りする
後の祭と思ってみても、失くしたものは命なのだ

十四年

十四年間、私と父は何をするのも一緒だった
風呂も一緒
旅行も一緒
釣りも一緒
将棋も一緒
散歩も一緒
床屋も一緒
十四年間、私は愉しかった
父と一緒のときが一番愉しかった

今までの人生の中で一番かなしかったこと
それは父が倒れたことだった
今までの人生の中で一番うれしかったこと

それは父の身体が思ったよりよくなったことだった
人は、あの身体で十四年間愉しんだのだから、もう十分だという
私もそう思う
そう思うことにした
しかし、最期にあんな苦しみを父にさせてしまった
それが私の胸を刺す

後悔

生きている間にもっとやさしくしてやれなかったか
もっと愉しませてやれなかったか
常に最期のときのことを考えて父に接したか
否、否、否！
それが日夜私の心を責める

あのとき

臨終のとき、父は私の方を向いて両眼を見開いた
父はあのとき何か言いたかったのだろうか
人は、私への感謝の言葉ではないかという

否、否、否！
父はもっと生きたかったのだ
もう一度家に帰りたかったのだ
もう一度家に戻って、俺と一緒に風呂に入りたかったのだ
もう一度、枝豆で一杯やりたかったのだ
もう一度、田舎へ行って釣りをしたかったのだ

お父さん、助けてあげられなかったな
勘弁してくれよ
勘弁してくれよ

手すり

勝手へ行くたびに、私は両手で手すりを握って凭《もた》れかかる
強く握ると、ぎしぎし音がする
お父さん、せっかく付けたのに
十日ほどしか使わなかったな
天国では、杖だけで大丈夫か
俺がいなくて危なくないか
いつか俺がそっちへ行ったら、また一緒に歩こうな
愉しみにしているぞ

風　呂

独りで入る風呂はさびしいなあ

お父さん、いつも一緒に入ったよな
愉しかったよ
――秀夫君、風呂へ入ろう
毎晩九時過ぎにお茶を飲み終わると
勝手からそう言って俺を呼んだね
このごろは、俺がいつも右脚を持ち上げて湯槽《ゆぶね》を跨《また》がせていたよね
お父さんが洗うとき、俺はいつも後ろで立って見下ろしていたね
ときどき、お父さんの背中が俺の膝に触れたね
右手が不自由なのに背中を洗ってやらなくて悪かったな
自分でやった方がリハビリのためにいいと思っていたんだよ
勘弁してくれよ
洗い終わると、右の腋《わき》の下に手を入れて
よっこらしょと立ち上がらせたね
それが、年を逐《お》って、だんだん重くなってきたね
それから、背中を軽く洗って、お尻の割れ目をグリグリ洗ってやったね
それから、シャワーで石鹸を流してやったね

——どうもありがと
ダンナはいつもそう言って、右足から脱衣場へ上がって行ったね
ダンナともう一度風呂に入りたかったなあ
もう一度、お尻をグリグリ洗ってやりたかったなあ

酒

今日、お母さんとふたりで位牌を注文してきたよ
仏壇が小さいから、おばあさんのと同じ大きさのにしたよ
帰りに、巣鴨の銭湯に入ったよ
何年か前、お父さんを連れて行ったよな
ブクブクと泡の出る湯槽に入って
ダンナ、気持良さそうにしていたよな
風呂から上がって、あの廉《やす》い食堂でご飯を食べたよ

お父さんもよく行ったよな
刺身定食やうなぎ定食をよく食べただろ
酒も一本飲んだぞ
ダンナが入院してから全然飲まなかったけど
ダンナに代わって飲んだよ
猪口に二三杯飲んだら、涙が溢《あふ》れてきて困ったよ
ダンナも飲みたいだろうな
そっちは酒があるのかい
枝豆はあるのかい

思い出

小さい頃、お父さんに釣りに連れて行ってもらったのを思い出したよ
三回連れて行ってもらったね
土浦の桜川と、高浜の新川はオデコだったけど

霞ヶ浦湖岸の木原のホソはよく釣れたね
朝、三時起きで行ったね
前の日の夜に見た天気予報で
関東地方が全部晴マークだったのを憶えているよ
日暮里発の一番列車に乗ると
お父さんは、すぐにポケットウイスキーを取り出して飲んだね
二人で、木原、大須賀津《おおすかづ》、八井田《やいた》、馬掛《まがき》と釣り歩いたね
ツンツンという当たりに合わせると
ころころと肥った鮒が宙を飛んできたね
ちょうど、乗っ込みの頃で
後ろの田圃の縁《ふち》に大きな鯉がじっとしているのを見たよ
お父さんに言いに行こうと思ったら
うしろから来た釣師が、網で掬《すく》っていってしまったんだ
帰りに、パン屋の秤《はかり》で、どのくらい釣れたか量ってもらったね
それから、真っ直ぐな田舎道をバス停までふたりでブラブラ歩いたね
もう四十年も前のことだね

ある老人

今日、お母さんと巣鴨の銭湯へ行ったら
随分痩せた年寄りがいたよ
背はお父さんと同じくらいだけど、ガリガリに痩せているんだ
胸は肋骨が浮いて洗濯板みたいだったね
腕なんか、手すりの棒みたいだったよ
首と鎖骨の間がぽっかりくぼんで、一合くらい水が溜まりそうなんだ
とにかく骨と皮だけなんだ
それでも、立ったままパンツを穿《は》いたりして元気そうだったね
俺は、羨ましかったぞ
心《しん》から、羨ましかったぞ

日記

ミシンの脇の四段ボックスを整理していたら
お父さんの日記が何冊も出てきたよ
随分つけたもんだね
――平成七年五月十六日（水）雨　秀夫君のズボン腰廻り出す
――平成七年五月十七日（木）曇　秀夫君のズボン裾ちどる　将棋研究　一、八一八歩
――平成七年五月十八日（金）晴　墓地散歩　木村整形外科　九、八二五歩
――平成七年五月十九日（土）晴　成増将棋同好会　三勝二敗　六、四〇六歩
あのころは、まだ、なんとかズボンも直せたんだなあ
ダンナ、ありがとうよ
――ダンナ、お駄賃やらなきゃいけないな
――いやあ、そんなものいらないよ、いつも世話になってるからな
そういえば、あのとき、こんな会話をしたね
字もしっかりしているね
ダンナ、もともと字はうまかったよな

俺より上手だったよな
仕事をしている頃は、よくバイタの上で、チラシの裏に字の練習してたよな

梅　雨

ダンナが死んだ日から、梅雨になったよ
今日も一日雨だ
学校へ行くと、紫陽花《あじさい》のまるいかたまりに
しとしとと雨が降っていたよ
ダンナの涙のような気がしたよ

朝

朝起きると

ああ、お父さんは死んじゃったんだなあ
ああ、お父さんは死んじゃったんだなあ
いつもそう思うよ

朝、いつも電気カミソリで髭を剃ってやったよな
ダンナ、頤《あご》を上げて気持よさそうにしてたよな
もう一度剃ってやりたいな

今日で、お父さん死んで十日経つね
学校でお父さんのこと思うと
涙が出てきて困っているよ
もう一度、お父さんに会いたいなあ

遺影

お父さん、俺、線香上げてやらなくて悪いな
お父さんの写真を見るのが辛いんだよ
お父さんに睨まれてるような気がして、辛いんだよ
勘弁してくれよ

息

今晩、横になって、お父さんのしたような荒い息をしてみたよ
ちょっとやっただけでとても苦しかったよ
やめてからもしばらく胸が痛かったよ
お父さん、さぞ辛かっただろうね
本当にごめんよ
お父さん、あの小さな軀で、よく十五日間も堪えたよね

お父さん、もっと生きたかったんだよな
家に帰りたかったんだよな

罰

十四年間も、あんなに愉しい毎日を送ったのに
しあわせに狎《な》れすぎてしまって
俺に感謝の気持が足りなかったから
神様が俺に罰を与えたのではないか

このごろ、父を何であんな辛い目に遭わせてしまったのかと思うと
いつもそんな考えに行き着く

本

まだ元気は出ないけど
寝転んでばかりいても仕方ないから
お父さん、また本を造ることにしたよ
十年前、お父さんの書いた生い立ちを載せようと思って
毎晩、文章に手を入れているよ
ダンナ、ずいぶんいろいろなことやったんだね
洋服屋の小僧、軍隊、担ぎ屋、進駐軍、永野洋服店
お父さん、若かったね
担ぎ屋時代、白河で捕まって留置場に抛り込まれたことなど
俺の小さい頃からよく話していたよね
本にしたら、みんなに読んでもらうからね
愉しみにしていてくれよ

夢

今朝、ダンナと床屋へ行った夢を見たよ
一月に行ったきりで、随分伸びたよね
こんなに長髪になったことなかったよね
——いやあ、大変な目にあったよ、病院はいやだね
鏡の前に坐ると、ダンナ、床屋のマスターにそう言ったね
バリカンで刈り上げると、青々とした襟足になったね
——ダンナ、どうだい
——うん、さっぱりしたよ
帰りは、いつものように
俺はダンナの読みそうな本を図書館へ借りに行ったね
ダンナは都電の停留所のベンチで
杖を握って背中を丸めて待っていたね
ふたりで都電に乗って帰ってきたね

ビデオ

押入れを開けたら
将棋のビデオが五本出てきたよ
ダンナが退院したら見せようと思って
毎週撮っておいたんだよ
もう、うっすらとほこりがついていたよ
俺も将棋が好きだけど、もう見る気はしないなあ
ダンナに見せたかったなあ

散　歩

今日、ダンナの杖を突いて、ひとりで墓地へ行ってきたよ
空はどんよりと曇っていたよ
天理教の前の大谷石の石垣に腰掛けてみたよ

わかれ

いつも最初にここで憩《やす》んだよね
この凹《くぼ》みのあたりだったかね、いつも坐ったのは
石垣の隙間から、蕺草《どくだみ》が二輪、白い小さな花びらを覗かせていたよ
うしろの青いブリキの塀越しに
もうピンク色の夾竹桃が咲き初《そ》めていたよ

都電の踏切をわたり
いつもの斎場の垣根のコンクリートの囲いでまた憩んだよ
しばらく来なかったら
躑躅《つつじ》の垣根は、ダンナの髪のようにボウボウに伸びていたよ
――それにしても、隣にダンナがいないとどうも変だね

墓地の中へ入って、いつもの突当りの塀のところまで行ってみたよ
いつものツルツルとした大理石の墓の囲いに坐ってみたよ
石井家の墓だね
座蒲団がないので、だんだんお尻が冷たくなってきたよ

耳を澄ますと、遠くでゴウゴウという音が聞えるけれどしずかだよ
小鳥の声に交じって、ときおりカラスの鳴き声がするよ

ダンナ、よくここまで来たな
春は都電の線路にうす紫の花大根の花を見て
夏は蚊取線香を焚きながら
秋は落葉の雨を浴びながら
冬は枯葉の山を掻《か》き分けて

ダンナがいつもオシッコをしたところに
茗荷のような大きな草が茂っていたよ
昨日の雨に濡れて
細長い大きな葉がつややかに光っていたよ
ダンナの小便がかかったようだったよ
ダンナの杖は俺には短いな

俺もいつか杖が必要になったら
この杖をもう少し長くして使うことにするよ

ダンナ、今日は、鼻紙をもってこなくて失敗したよ

日を逐って

人は、月日が経てば忘れるよと言う
でも、なんだか、日を逐《お》って悲しくなるような気がするよ
昨日より今日、今日より明日
だんだん悲しくなってくるようだよ

床　屋

今日、床屋へ行ってきたよ
──お父さん、そんなに伸びたんだったら、月曜日に刈りに行ってあげたのに……
マスターはそう言ってくれたよ
そうしてもらえばよかったな
マスターにもう一度刈ってもらいたかったね
さっぱりしたかったね

マッサージ器

今日、押入れを覗いたら、マッサージ器があったよ
三年前の夏、ダンナが肺炎で入院したとき本郷で買ったものだよ
毎晩、ダンナが風呂から上がってベッドに横になると
両脚と両腿《もも》にブーツやバンドをつけて、やってやったよね

田舎へ行くときも持っていったよね
二十分位でタイマーが切れるんだけど
ダンナ、終わる頃にはいつも寝てしまったね
俺、いつも悪いなと思いながら蒲団をまくって外したんだよ
このマッサージ器、丸三年も使わなかったんだね

事実

悪い夢を見ているようにも思っていたけれど
どうもその辺に隠れているような気もするけれど
やっぱり、お父さんの死んだのは事実なんだな
区役所へ死亡届も提出したし
学校へも家族異動届を出したし
身体障害者手帳も返したし
もう、お父さんは帰ってこないんだな

もう、お父さんには永久に会えないんだな
事実というのは、怖ろしいな

ヒゲソリ

今日、もうひとつの電気カミソリの蓋をあけたら
ダンナのヒゲがたまっていたよ
最後に剃ってやったのはいつだったかな
酸素マスクをつけてからは、一回しか剃ってやれなかったね

元気な頃は、トックリセーターの首廻りごと剃ってしまったことがあったね
どうもヒゲの滓《かす》に綿のようなものが交じっていると思ったよ
あれ以来、よく俺が剃ってやったよね
ダンナのヒゲは、そのままにして置こうと思って

しずかに蓋を閉じたよ

将棋新聞

学校から帰ったら、将棋新聞が届いていたよ
——無駄になるといけないから、今度から六ヵ月にしておこうか
新聞の購読が切れたとき
ダンナがこんなこと言ったのは去年だったかな
——ダンナ、そんなこと言うなよ、俺が悲しむじゃないか
俺、涙声になってそう言ったよね

あのころ、ダンナはもうそんなには生きられないと
ぼんやりと思ってたのかな

——ダンナ、長生きしなきゃ駄目だよ

――そんなこと言ったって、これは寿命だからな
散歩に行くと、よくそんな話をしたね

梅の実

昼休み、血洗いの池に行ったら
梅の実をひとつ拾ったよ
黄色く熟した皮に、ひとすじのくぼみがついていたよ
ダンナのお尻を思い出したよ

補聴器の電池

今日、ズボンのポケットから
シャツのボタンより小さな銀色の電池が出てきたよ

死ぬ数日前、取り替えてやった補聴器の電池だね
あのとき、ダンナは苦しがって意識も朦朧《もうろう》としてたね

ダンナ、今度退院したら、右の耳用のも作ったらどうかと思っていたんだよ
両耳にやれば、もっとよく聞えるんじゃないかと思っていたんだよ

補聴器は、ダンナの息が止まってから
ゆっくりと右へ廻してとってやったよ

アルバム

怖かったけれど、今晩、アルバムを見てみたよ
十四年間で、二十二冊あったよ
ずいぶんいろんなところへ行ってるね

ひとつきに二回もバス旅行に行ってるときもあるね
そのころは、ダンナ、まだ背中がまっすぐだったね
俺、お母さん、お姉ちゃんの三人の中で
ダンナの顔が一番変わってないように思うよ
あまりじっと見ていると、かなしくなって来そうなんで
パラパラとめくっただけで、元へ戻したよ

大往生

人は言う
――八十七歳ですか、それは大往生ですね
他人《ひと》に言うべき言葉にあらず

年齢

朝、いつも新聞の訃報欄を見るよ
八十八歳以上の人がいると、羨ましくてしょうがないよ

冬の夜

冬の夜、ダンナの脚にマッサージ器をつけ終わると
いつも電気毛布の上から羽毛蒲団を掛けて
首と肩の隙間が寒くないように
グイグイと蒲団を押しつけてやったね
ダンナ、いつも顋《あご》を上げて気持よさそうに首を左右に振っていたね
――ダンナ、どうだい、寒くないかい
――うん、あったかいよ

もう一度、あのグイグイというのをやってみたいなあ

自転車

ダンナと別れるのと
中一のときダンナに買ってもらった自転車の毀《こわ》れるのと
どっちが早いかなってよく思ってたけど
ダンナとの別れの方が先だったね
自転車も三十四年乗って大切にしてたけど
ダンナに比べればどうだってよかったんだ
自転車は触っても冷たいものなあ
ダンナの腕のように、ふにゃふにゃしていて
あたたかくてやわらかくないものなあ

涙

どこか広い原っぱにでも行って
泣けるだけ泣いたら
それきりピタリと出ないようにならないものか
涙というのは

手順

ピラミッド校舎の周りの池に
紅い睡蓮の花が咲いたよ
大きな鯉が数匹、花を揺らして泳いで行ったよ
ダンナにも見せたかったなあ

ダンナ、鯉を見るの好きだっただろ

転ぶ前の日、江戸川公園へ花見に行って
ふたりで神田川の鯉を見下ろしたよね

でも、ここまで来るのは
タクシーに乗って、正門から車椅子を押してこなけれゃいけなかったかな

これから、もっと脚が弱ったら
車椅子を買って
もっと身体が弱ったら
家の中だけで過ごして
もっと弱ったら
ベッドの上で——

できれば、そういう手順を履《ふ》んで
ダンナと別れたかったな

一回

一回きりだったんだな
一日、一週間、一月、一年と長い月日のように思えたけど
死が一回きりなら
生も一回きりだったんだな

あきらめ

あきらめはついているんだ
永遠に生きられるわけがないもの
俺はいいんだ
普通の親子の何十倍もいっしょにいたんだから

ただ、ダンナをあんなに苦しめてしまったのが可哀相なんだ
苦しまなくて済んだものを
苦しませてしまったのが
俺の胸を痛めるのだ

週刊誌

毎週五冊も週刊誌買ってたけど
もうよしたよ
俺が読んでも仕方ないもの
サライもやめたよ
ダンナ、サライはもっと早くとればよかったね
遠慮してたのかい
お金なんかいくらかかったってよかったんだよ
ダンナが喜べば、それが一番うれしかったんだよ

夕刊

家へ帰ってくると
上がり框《かまち》に夕刊が二つ折りにして置いてある
私はそのきれいに畳んだ新聞を展《ひろ》げる
ダンナの読んだ後は、いつもくしゃくしゃになっていたよね
でもその方がよかったな
この新聞、きれい過ぎて、何だか変だね

分かってなかったこと

いつかはと思っていたけれど
こういうことだったんだね
死ぬということは、いないということなんだね

ずっといないということなんだね
永遠に会えないということなんだね

分かっていたつもりでも
やっぱり分かってなかったんだね

いつか永遠に会えなくなるのに
いつもやさしくしてやれなかったね
やっぱり分かってなかったんだね

不昧公の小箱

ダンナ、去年造った本、皆に読んでもらうときがきたよ
こんなときに配ることもあるかなと、ぼんやり思ってたけど

とうとう現実になっちゃったよ
ダンナ、あの本、もっとたくさんの人に読んでもらいたかったんだろ
みんな読んでくれるといいね

午後七時

夜七時になると俺の胸はキリキリいたむ
ダンナがこの世で最後の息をした時刻だ

生まれ変わっても

もう一度生まれ変わっても
俺はダンナの子になりたい
はじめからじゃなくていいんだ

三月二十一日、ダンナの転んだ前の日からでいいんだ
一年か二年でいいんだ
だんだん弱ってゆくダンナを看《み》て
満腔《まんこう》の感謝をこめながら
――ダンナ、永い間世話になったな、ありがとうな
そう言って、しずかに別れたい

俺が死ぬとき

俺が死ぬとき
この世で最後に思うのは
やっぱり、ダンナのことだと思うよ

なぜ悲しいのか

なぜ、こんなに悲しいのか
もう永遠に会えないからか
それもある
死ぬ病気じゃなかったのに
死なせてしまったからか
それもある
けれど
ダンナをあんなに苦しませてしまったのが
それがいちばん悲しいのだ

秀夫君

秀夫君、秀夫君て

ダンナ、いつも言ってくれたね
もうそう言ってくれる人は
この世にひとりもいないんだね

もう一日あったら

父ともう一日過ごせるとしたら
何をしよう
旅行か
釣りか
墓地の散歩か
やっぱり釣りかな
五月晴れの新田川《にったがわ》の土手で
草のにおいのするそよ風に吹かれて

ときどき、かすかに木原線の電車の音を聞きながら
後ろの田圃の蛙のせわしい声を下地にして
裏山からひびく鶯の甲《かん》高い鳴き声を聴き
ふたりで飴色の水面に浮かぶ浮子をじっと見つめて
入れ食いで、一束《いっそく》くらい釣らせてやりたいなあ

納骨

闇《くら》い墓壙《はかあな》には
骨壺がふたつ入っていた
おじいさんとは四十三年振りに
おばあさんとは七十五年振りに
一緒になるね
ダンナ、こんな狭いところに入れてしまって悪いなあ
俺もいつかダンナの隣へ来るからな

また釣りや将棋の話をしようよ
俺、愉しみにしているよ

御挨拶

謹　啓
時下益々御清祥の段慶賀の至りに存じます
先般父永野誠二死去の節は御鄭重なる御弔詞を忝うし且つ霊前に過分の御供物を賜りまして御芳志の程洵に有難く厚く御礼申し上げます
　壽雲院棋心宗誠居士
過日五七忌法要を営み納骨を相済ませました
本日供養の印までに心ばかりの品をお届け申し上げます　御受納くださいますれば幸甚に存じます
父の生涯　特に晩年十四年間は身体が不自由になりましたがまずまず幸せな年月であったのではないかと思っております

永い間故人とお付合いくださり洵に有難うございました　衷心より感謝申し上げます
本来拝趨の上御礼申し上げるべきところ失礼ながら書中を以て謹んで御挨拶申し上げます

敬具

平成十四年七月

永野秀夫

日曜の午後

どうも変だなあ
日曜日は昼ご飯を食べて一服すると
——秀夫君、行くか
——おう、行くか
そう言って、ふたりで墓地へ散歩に出掛けたんだがなあ
俺のいちばんの愉しみだったんだけどなあ

ダンナのいない日曜日は
どうも調子がくるうなあ

そういうこと

いくら悲しんでも
いくら慟《なげ》いても
結局
ダンナは死んで
俺は生きている
そういうことなんだな

最後の写真

ダンナ、転ぶ前の日、江戸川公園で花見をしたね
今晩、その写真を見てるよ
神田川沿いの満開の桜を背景に
ふたりでベンチに腰掛けているね
ダンナ、左手で杖を持って
右手はやっぱり軽く握っているね
鳥打帽の下に覗いている右眼がずいぶん小さいね
ダンナの軀、俺の半分くらいしかないね
ダンナ、あれから三ヵ月も生きられなかったんだね

わかれの言葉

容態が急変してから

ダンナと別れの言葉らしいものも交さなかったね
――お父さん、俺がついてるから大丈夫だよ、心配するなよ、いつも一緒だっただろ
――お父さん、また田舎へ行こうよな、また釣りをしようよな
――お父さん、また東松山へ旅行に行こうよ、お父さんあそこ好きだろ
――お父さん、ありがとうな、愉しかったよ、お父さんといるときが一番愉しかったよ
俺、そんなことを言ったね
ダンナは、そのたびに、荒い息の間に
――ああ
とうなずくだけだったね

お父さんに会えるなら

死んだら
お父さんに会えるなら
怖いけど

俺、死んでもいいよ

夢

釣りの帰り
田圃の畦道で
お父さんをおんぶしている夢を見たよ
ダンナ、ばかに軽かったよ
——秀夫君、悪いな
ダンナ、そんなこと言ってたね
釣道具を忘れて取りに行こうとしたら
目が覚めてしまったよ
取りに戻らなければよかったよ

愉しいこと、悲しいこと

十四年間、愉しいこと、いっぱいあったよね
旅行もいっぱい行ったし
美味しいものも食べたし
お酒も飲んだし
温泉も入ったし
釣りもよくしたし
将棋も指したし

だから、最後にこんな悲しいことがあっても仕方ないのかなあ
苦しまないで、老衰のように死なせたいと思ってたけど
贅沢過ぎることだったのかなあ

天上から

ダンナ、俺のこと、天上から見ているのか
ダンナがいなくなって俺が毎日途方に暮れているのを
毎日、糸の切れた凧のようにふらふら歩いているのを
毎日、ダンナのこと思い出して泣いているのを
毎晩、身を捩《よじ》るようにして寝ているのを
夕方、下の坂を自転車から降りて、やっと上がってくるのを
昼休み、血洗いの池の八橋《やつはし》の欄干に顔を埋《うず》めているのを

ダンナ、俺、やっぱりダンナがいないと駄目だよ
ダンナがいないと、なにもかも灰色に見えるよ

やわらかいもの

ふと気がつくと
左手が何かを掴《つか》むしぐさをしている
何かやわらかなものをつかもうとしている
――ああ、そうか
お父さんの右腕だ
散歩するとき、いつも俺が握っていた
お父さんのあのやわらかな腕だ

詫び

お父さん、いつも怒らなかったよな
俺とお母さんが怒るばかりで
お父さん、いつも文句言わずに黙ってたよな

身体が不自由になって世話になるから
何も言えなかったのかい
悪かったな、ほんとに
それなのに、いつも秀夫君、秀夫君て
俺を頼りにしてくれたよな
ごめんよ
いつもやさしくしてやれなくて
ほんとにごめんよ

うれしいこと

俺、お父さんのどこが好きだったのかな
よくわからないなあ
よくわからないけど
この十四年間、お父さんの喜ぶのを見るのが一番うれしかったなあ

だから、お父さんがいなくなって
今はうれしいことは何もないよ

うしろの木

職場の席のうしろの窓から外を見ると
大きな桐の木が何本もの枝を空へ伸ばしている
その枝の形が、どうも人間の肋骨にみえる
ダンナもあの枝の途中から二、三本、折れていたのかな

どうもいやな形をした枝だが
どうも気になって
いつも、俺はじっと眺めているのだ

爪

ダンナの爪を最後に切ってやったのはいつだったかな
――秀夫君、爪、切ってくれないかな
そう言って
ダンナ、いつも左手で悪い右手の指を伸ばして
おれに差し出したよね
ダンナの爪はいつも二ミリくらい伸びていて
切り出があったなあ
俺、愉しみにしていたんだけどなあ

新盆施餓鬼会

本堂の真ん中に坐った僧侶が七人
それを挟んで並んだ参会者約百名

新仏三十八柱
縁の窓硝子に立て掛けた卒塔婆が七十本
低い読経の流れる中
俺は一番後ろに坐って
ただ泣いているだけだ

大原行

ダンナ、夏休みになって田舎へ来たよ
ダンナがあんなに行きたがっていたおばさんの家へ来たよ
いつもの床の間のある部屋にひとりで寝たよ
やっぱり窓寄りに蒲団を敷いて
ダンナの寝ていた場所は空けておいたよ
ときどき箪笥の方へ寝返りを打っても

ただ、黄色い畳が見えるだけだよ
夜中、トイレへ行くのにダンナの軀を起こしてやることもなくなったよ
ダンナが摑《つか》まるために、箪笥の抽斗《ひきだし》をちょっと開けておく必要もなくなったよ

釣り

八ヵ月ぶりに新田川へ来たよ
お母さんと二人で宮本橋の袂《たもと》で釣ったよ
鶯の声やニイニイ蟬の声を聴きながら
一日釣ってみたけど
ダンナがいないとつまらないなあ
ダンナもこの切株に坐ってよくやったよな
――秀夫君、あっちどうかな
――あの橋の下がいいんだよ
――あそこへ入れるとすぐ当たりがあるよ

ダンナのそんな声が聞えてくるようだよ

隅田の堰

石段を昇り切ると
堰《せき》には満々と水が溜まっていた
山の向こうへ落ちた夕陽の残照が
淪《さざなみ》に鈍《にぶ》い光を返している
私は白詰草の土手をゆっくりと歩く
向かいの山からカナカナのあえかな鳴き声が湧き
左右の山からは滲《し》み出るようなニイニイ蟬の声がする
ときおり鶯も鳴く
私は堤防の真ん中に立ち
浴衣の懐から文庫本を取り出す
パラリと披《ひら》いた頁に

最後に撮った父の写真が挿んである
私はじっと見つめてから
それを堰の方へ向ける
ダンナ、見えるかい
隅田の堰だよ
もう十年も前だけど
あの右へ廻ったところでよく釣っただろ
あの堰だよ
なつかしいだろ
ダンナァ

髪と歯

それにしても惜しかったな
あの髪の毛と歯は

ダンナ、入れ歯は二本しかなかったよな
あとは全部自分の歯だったよな
虫歯も二、三本しかなかったよな
ダンナの自慢だったよな
老人の歯のコンクールがあったら出るんだって言ってたよね
髪の毛も若い頃と同じくらい量があったね
白髪も大したことなかったね
八十七歳ではほんとに珍しいことだったよね
でも、どういうわけか、髪の毛は自慢しなかったね
もしかしたら、若禿げの俺に悪いと思ってたのかなあ

いつもの景色

釣りから帰り風呂に入ると
私は浴衣を着て床の間の前に据えた小さなテーブルに向かう

縁側から、木蓮の葉をさわさわと揺らしてすずしい風が吹いてくる
黄楊《つげ》の垣根の隙間から
龍泉寺の川沿いに、西日を浴びた白いガードレールが見える
遠くの山からは蜩《ひぐらし》の甲高《かん》い声がかすかに聞える
ときおり川向うで鶯が鳴く

いつもの夏と何も変わりはない
ただ、うしろを振り向いても
ダンナがお膳の向こうでサイドボードに凭《もた》れて
裸で新聞を読んでいないだけだ

涙

今日でダンナが死んで四十三日経つね
涙の出なかった日はないけど

いつになったら出なくなるのだろう
でも、その日が来るのも何だか怖いような気がするよ

散歩

夕方、耕地の道を散歩する
左右の田圃には黄色い稲穂がたわわに稔っている
風が吹くと一条の波がさっと色を変えて田の面《も》を撫でてゆく
ダンナと一緒に歩いたのはもう十年も前だろうか
夕陽を背に受けて
私の影は五メートルの巨人になる
頭が小さく脚の長い影は
ところどころ縦に罅《ひび》割れた鋪装道路を
ふらふら、ふらふらと進んでゆく

廃屋

夕方散歩に行くと
新橋の先の廃屋が潰《つぶ》れていた
去年の夏は廃屋のまま立っていたはずなのに
家は中心へ向かって崩れ落ち
瓦の山から太い梁《はり》が突き出ていた

父もこういうふうに死なせたかった
肉体が老いても、自然に倒れるまで
生きられる間はずっと生きさせてやりたかった

手紙

お父さん、会えなくなって四十日以上経ちますが、どうしていますか
毎日何をしていますか
仲間は出来ましたか
将棋の相手はいますか
釣りをするところはありますか
週刊誌を買うお金はありますか
脚の具合はどうですか
相変わらず歩いていますか
風呂はどうしていますか
誰かに助けてもらっていますか

こちらは、あの日以来、さっぱり元気が出ません
お母さんも、夜、テレビドラマを見なくなりました
私はどうも大きな落し物をしてしまったようで

毎日ふらふら歩いています
紙と鉛筆があったら
近況を教えてください

別れの言葉

秀夫君、永い間世話になったな
いやあ、ダンナ、こちらこそ世話になったよ、ありがとうな
お父さんが死んだら、母ちゃんと仲好くやってくれ
ああ、分かったよ
ダンナ、ひとまずお別れだけど
俺、生まれ変わったら
もう一度ダンナの子供になりたいと思ってるんだけど
どうかね

ああ、また一緒に遊ぶかね
おう、また将棋を指したり、釣りをしたり、旅行に行ったり、大いにやろうじゃないか
そうか、また遊んでくれるか
おう、待っててくれよ、ダンナ、しばらくの辛抱だ
うん、これで安心して逝けるよ
それじゃ、ダンナ、お別れだな
ああ、どうもありがと

――こんなふうに別れたかったなあ

おんぶ

ダンナを最後におんぶしたのはいつだったかな
去年の秋
新田川の梅の木のところで

道が悪くておぶってやったけど
あれが最後だったかな
——秀夫君、悪いな
肩に手を掛けながら、ダンナはそう言ったね
土手の上でおろすと
——もう大丈夫だ、どうもありがと
そう言ったね
それから、また右腕をくの字に曲げて
一所懸命に歩いて行ったね

ある夜の夢

だだっ広い原っぱのベンチに、老人が杖を持って坐っている
——何だ、ダンナ、こんなところにいたのか

――おお、秀夫君か。どうしてたんだい、ずいぶん待ったぞ
――いやあ、俺もずいぶん捜したよ。病院で別れたきりだったけど、また会えてよかったよ
――いやあ、お父さんも困ってたんだよ。やっぱり秀夫君がいないと、お父さん駄目だよ
――俺もだよ、ダンナがいなくなって、どうしていいか途方に暮れてたんだよ
――秀夫君、また、よろしく頼むよ
――ああ、こちらこそ、また一緒に遊ぼうや
老人は背中を曲げて杖を突いて歩いて行った
私は老人の右腕を掴《つか》んでゆっくりと進んだ

目覚めのおもい

父はどうしていなくなってしまったんだろう

――ああ、そうか。そういえば、父は焼いてしまったんだ
落合の火葬場で燃やしてしまったんだ

自分の死

父が死んで、自分もいつかは死ぬのだと思った
実感はないけれど、人間は皆死ぬのだと思った
死ぬのは怖いけれど
もしかしたら、あの世で父に会えるのではないかと思うと
嬉しいような気がしてきた

言葉

かなしい

さびしい
くるしい
いたい
くやしい
つらい

——他になにかぴったりした言葉はないものか

墓地で

今朝、チリ紙を持って墓地へ行ってみたよ
いつもの石井家の墓まで行ってみたよ
ダンナがいつも坐ったところに腰掛けたよ
ニイニイ蟬が鳴いていたよ
ダンナ、夏はよく蚊取線香を焚いてここまで来たね

ここで、いろいろな話をしたね
釣りの話やら、将棋の話やら、ダンナの昔話やら……
愉しかったね
そんなこと思い出しながら
泣けるだけ泣いて
鼻水も氷柱《つらら》のように垂らすだけ垂らして
帰ってきたよ

夢

今朝、久し振りにダンナの夢を見たよ
どういう訳か昔の家の玄関の硝子戸をガラッと開けると
——いやあ、秀夫君、転んじゃってね
ダンナ、ニッコリ笑ってそう言ったね
でも、舌がもつれていたね

驚いてシャツの首筋から背中をのぞくと
ダンナ、ひどく痩せていたね
でも、ダンナ、うれしそうに話したね

ダンナの声

秀夫君、元気だしなよ
お父さん、最期は苦しかったけど
やっぱり寿命だったんだよ
お父さん、十分生きたよ
秀夫君には、永い間世話になったね
感謝しているよ
お母さんにも随分世話をかけたなあ
礼を言うよ
お父さん、脳血栓で倒れて身体が不自由になって辛かったけど

皆によくしてもらったよ
秀夫君、元気を出してくれよ
これからは、秀夫君の好きなことをやってくれ
土曜、日曜は、いつもお父さんに付き合ってくれたものな
お父さん、遠くからいつも見守っているよ
しっかり、やってくれ
何十年かしたら、こっちでまた会おうよ
お父さん、それまで愉しみに待っているよ

わかれ

父を恋う

ダンナと呼び秀夫君と呼び合ひし黄金《こがね》の日々は断ち切られたり
とことはに消えぬかなしみ我が生の果つるときまでつづくかなしみ
幾千日ともに入りし浴室にひとり坐りてうなだれてをり
入れ食ひとなればかなしも父あらば幼子のごとよろこびしものを

にびいろの空と山とのかなたよりひびきてかなし海鳴りのおと
甃石《しきいし》に散らばり落つる椎の実に訊《たず》ねてみむか父はいづこに
もみぢ燃ゆる下にて父を想ひをれば授業の果つる鐘鳴りわたる

蟬

父を亡くして、さびしい日を送っていた。

ある朝起きると、台所のテーブルの上に、黒い小さなものが乗っかっていた。眼をこすってよく見ると、油蟬が引っくり返っているのだった。

蟬は、六本の脚を拡げてピクリともしない。が、人差指で前脚を突っつくと、力なくそれぞれの脚をバラバラに動かした。後脚の一本は、付け根から痙攣《けいれん》していた。前脚の一本は、第一関節から先がなかった。縫針ほどの太さでちょん切れている。

そっと摘《つま》んで、裏返してみた。褐色の羽に葉脈のような細い黄緑の筋が走っている。堅牢そうな黒い頭は、精巧な彫刻のようだ。

「お母さん、これどうしたの」

「外流しのところにいたんだよ。さっきは、チッチッと鳴いてたけどね」

「――蟬は、どのくらい生きるのかな。十日くらいかね」

「さあ、もう少し生きるんじゃないかね」

——父が死んで、今日で二月《ふたつき》経つんだなあ……。蟬の脚をチョンチョンと突っつきながら、そんなことを思った。

朝食後、自転車で医者へ出掛けた。

父の死後、少しして私は腹をこわした。それがなかなか治らなかった。私の胃弱はもう十五年に及んでいる。

医院は混んでいた。文庫本を読んでいる若い女性、採血のあとを押さえている老人、茫然と何か考え事をしている中老の男性……。待合室の人たちをチラチラ見ながら、蟬は腹を毀《こわ》したりしないだろうな、とつまらぬことを私は考えた。

一週間ばかり前まで、父のことを思うと無闇に涙が溢《あふ》れてきたのだが、数日前からあまり出なくなった。それも私にはさびしいことだった。

私は、ぼんやりと父とのわかれを考えた。転んで肋骨を折り、血胸になり、急性腎不全になり、肺炎になり、敗血症になり……、父は、悪い方へ悪い方へと向かって行った。父の最期は、思わぬことからポッキリと折れて、尻切れ蜻蛉《とんぼ》のようだった。

八十七歳と言うと、それは大往生でしたねという人がいた。私は九十でも百でも生きてほしかった。

ふと、私は三百六十五に九十を掛けてみた。

——三万日。

——それと十日とを比べてみても仕方がないか……。

「やあ、どうオ」

「ああ、よくないんだよ」

「よくないって……」

「もう長くはないさ」

「そんなあ、大袈裟だね」

「この齢になっちゃね。後は死ぬのを待っているようなものさ」……

そんな会話が聞えてきた。


帰りに墓地に寄ってみた。

真夏の煎《い》るような陽射しを、青々と繁った欅の大木が遮り、乾き切った土の上に濃い影をつくっていた。

父とよく散歩に来て憩《やす》んだ、石井家という真新しい大理石の墓の前で自転車を降りた。

父が死んでから、私はここへ二度来た。二回とも父の杖を突いて来た。私はその度に泣けるだけ泣いてみた。洟《はな》が氷柱《つらら》のように垂れた。

ニイニイ蟬と油蟬の声を下地にして、オーシンツクとミンミンの高い鳴き声が、四方八方から湧くように聞える。

風が強く、欅の梢が、のの字を描くように大きく揺れる。ナイフのような棕櫚の葉が小刻みに震えるたびに、光はするどく反射した。ときおり、木の間に覗く青空を、迷子のように方向転換しながら飛んでゆく蟬の姿が見える。

この墓の囲いに腰掛けて、父といろんな話をしたけれど、父はもういない。私ひとりだ。いないということは絶対的なことだった。しずかなことだった。

——死は一回きりなのであった。だから、生も一回きりなのであった。しかも、何かと取り替えられるものではなかったのだ。眼の前の自転車は、中学生のとき父に買ってもらって三十四年も乗っているが、毀《こわ》れたら別のを買えばそれですむ。が、父の命はそうはいかないのであった。

常住、そう思って父に接しられなかった。そのことが一番の悔いである。

父の齢まで生きたら、後四十一年、——私はその間、毎日父のことを懐い出すだろう。

そう思ったとき、涙が滲《にじ》んできた。

径《みち》には、円い小さな穴がそこここに開《あ》いていた。よくこんな土の中からと思われるほど、径はカチカチに固まっていた。

蟬はこの穴から這い出て、十数日しか生きられない。はかないといえばこれほど儚いものはない。まるで、死ぬために生まれてくるようなものだ。

この墓地へ毎朝父と蟬をとりに来たのは、もう四十年も前のことだろうか。父は、ちょうど今の私ぐらいの齢だった。——あれから、父は洋服を仕立てたり修理したりして二十五年以上勤勉に働いた。七十三のとき、病気で身体が不自由になって、それから十数年、旅行へ行ったり、釣りをしたり、将棋を指したり、リハビリに励んだりして、父はこの世を去った。

父の命は、蟬に比べれば途方もないほど長かった。蟬と比較してみても仕方のないことだが、生が一度きりということにおいては、人間も蟬も同じだった。

うしろの樹の上で、鳥の声が激しくなった。

私はゆっくりと立ち上がり、自転車のハンドルに手をかけた。

家へ帰ると、テーブルの上の蟬はもう動かなかった。それは、しずかなことだった。黒い頭から、かすかに艶《つや》のきえたような気がした。

仰向けになって脚を拡げた蟬を見つめながら、私は二つ三つ消え入るような息をした、父の最期の瞬間を想い出していた。

白い小舟

バスを降りると、一面に冬枯れの田が拡がっていた。刈りあとに伸びた穭《ひつじ》も萎《しお》れている。田圃の果てに小高い土手が見える。重く曇った日で、灰色の空に薄墨色の煙のような雲が幾条《いくすじ》も棚引いていた。

石ころ道を歩いて行くと、堤の手前で幅三尺ばかりの水路にぶつかった。流れの向う側へ渡って、しばらく歩いた。釣師の姿は見えない。

わずかに青草の残るところでリュックをおろした。

六尺の竿を延べ、仕掛けを結ぶ。餌をつけ、水面《みなも》に覆《おお》い被さる枯草の下へ浮子を入れてみる。少しすると、シモリの玉がわずかに沈んだ。手首を返すと、軽い手応えがあり、銀色の柿の種のような鮒が上がってきた。

——四十年前、ここには二間半の竿を使うほどの用水が流れていた。

私は小学一年生、父はまだ五十前。木原から竿を出し、大須賀津《おおすかづ》、八井田《やいた》、馬掛《まがき》と、一里ほど釣り歩いた。ちょうど乗っ込みの頃で、ころころと肥った鮒がよく釣れた。

あるところで、水田の縁《ふち》に一尺はあろうかという大きな鮒がじっとしていた。紫がかった胴の真ん中が、ふっくりと脹《ふく》らんでいる。私は息を呑んだ。すぐに父に報せに行こうとすると、うしろから来た釣師が、あっという間に大きな網で掬《すく》っていってしまった。去ってゆく釣師の広い背中を、私は茫然と見送っていた。

「秀夫くん、当たりはあるかい」

「うーん、駄目だよ」

「じゃあ、向こうへ行ってみようか」

「うん」

そんなことを言い言い、父と子は湖岸の用水路を移動していった。……

米粒ほどの鉤《はり》に赤虫を刺し、そっと仕掛けを下ろす。六つのシモリ浮子は、水面《みなも》の空をすべり、先頭の数個が水中に入って止まる。

——あのとき、釣場に着いて父が支度をしようとすると、仕掛けがないという。

「この近くに盗人《ぬすっと》がいるぞ！　皆気をつけろ！」

突然、父は立ち上がって大声を張り上げた。周りの人が驚いて一斉に振り返った。

私は俯《うつむ》いていた。父は誰かに仕掛けを盗《と》られたという。そんなことあるのかなあと、私は幼心に思った。

軍隊や闇商売で鍛えたからか、軀は小さいくせに、父には糞度胸のようなものがあった。担ぎ屋時代に白河で捕まって、一晩留置場に抛り込まれたことを、元気な頃よく話していた。軍隊で誉められたというだけあって、父の声は破鐘《われがね》のように大きかった。……

灰色の水に浮かぶ赤いシモリが、ズルッ、ズルッ、と潜ってゆく。すかさず竿を立てる。手元に心地よい感触が伝わる。

――父は、あの荒い息の下で、もう助からないと思ったことがあっただろうか。それとも、意識が朦朧《もうろう》として、もう何も分からなかったのだろうか。最期に涙を浮かべて私を見つめたとき、何か言いたかったのだろうか。生から死へ入ってゆく瞬間はどんなだっただろう。ふっと意識の消滅し、無限の闇黒の世界へ入ってゆくその瞬間は――。

手套《てぶくろ》を脱ぎ、母の作ってくれたおにぎりの包みを展《ひろ》げた。一合瓶の蓋をひねり、一口食べては一口飲んだ。

向こうの丘の裾から、ひとすじ煙が立ち昇っている。

枯草に小瓶を置いて、コートのポケットから文庫本を取り出した。パラリと披《ひら》いた頁に、二葉の写真が挿まっている。

一枚は、三月に父と撮った花見の写真。この世の父の最後の姿。満開の桜の下で、私の隣にちょこんと坐った父。頰にほんのりと赤みが差し、鳥打帽の下から小さな眼がのぞいている。

もう一枚は、純白の布に埋まった父の顔。小豆色《あずき》の唇からわずかに見える前歯の先。脱脂綿の飛び出た鼻の穴。凹《くぼ》んだ眼窩《がんか》。生涯これほど伸ばしたことはなかったであろう黒々とした髪。頤《あご》の下には、ハワイへ着て行ったワイシャツと鳥打帽子。鬢《びん》の横には、大きな白百合が一輪。半月もの間あんなに苦しんだのに、頬などふっくらしていて、しずかに眠っているようだ。出棺の前に、何度も何度も頬ずりした父の顔……。

——長い十四年間だった。

病院でのリハビリ、退院してからの旅行、釣り、将棋、散歩……。よく遊んだなあ、愉しかったなあ、でも、最期はかわいそうなことをしたなあ——それからそれへ、私の想いは断《き》れぎれに飛ぶ。

唇の端にじわりと流れ込むものを、私は手の甲で拭う。

土手へ上がった。広々とした湖面が見えた。波はない。向う岸に、砂嘴《さし》のような陸《おか》が左右から迫っている。

岸辺の枯葦、鈍色《にびいろ》の湖水、黝《くろ》い陸、灰色の空……。あたかも墨絵のような風景を眺めていると、葦原の陰から一艘の小舟があらわれた。

舟は白い舷《ふなばた》をわずかに上下させながら、一条《ひとすじ》の白波を曳いて湖上を辷《すべ》って行った。湖心まで進むと、俄《にわか》に舳先《へさき》を曲げ、靄《もや》のように煙る陸の切れ間へ向かってだんだん小さくなっていった。そうして、やがて水と空のあわいの果てへ吸い込まれていった。

瞳孔の開いた茶色い眼をしずかに閉じた、父の最期の瞬間が脳裏を掠《かす》めた。

——この近くに盗人がいるぞ！

耳の底に、破鐘《われがね》のような声がひびいてきた。

冬の梢

暮れの二十八日に、父の墓参りに行った。

地下鉄広尾駅から地上へ出ると、ビルの上に浅葱《あさぎ》色の空が拡がっていた。大通りに駐まる自動車のボディーに、冬の陽が盛んに跳ね返った。

眼の前の交差点の先に、黒い山門が見えた。

祥雲禅寺——大きな石塔を左に見て門をくぐり、道形《みちなり》に行くと本堂の屋根が長く裾を曳《ひ》いていた。枝という枝を剪《き》り落とされた公孫樹が二本、円い切り口を曝《さら》して境内の入口に突っ立っていた。

鐘楼の奥の墓守の小屋で、手桶と柄杓を借りた。線香に火も点けてもらった。

本堂脇の墓地へ入り、墓石と塔婆の倒れる古びた甃石《しきいし》の径《みち》を歩く。

四阿《あずまや》の下にある井戸で水を汲んだ。細長い筒の先に被せた白い木綿の手拭を脹《ふく》らませて、水は清らかに流れ出た。

径沿いの墓に、和服の母子《おやこ》が来ていた。上品そうな中老の婦人と若い娘だった。

「お父さま、こんなところに入ってしまって……」

白いうなじが大きく傾いた。

少し戻って右へ折れたところに父の墓がある。

「空風火水地為壽雲院棋心宗誠居士大練忌供養塔」

眩しそうに陽を浴びた塔婆は真新しかった。

線香立ての燃え滓《かす》を除《と》りながら、おやっと思った。月初めに供えていった酒の小瓶がない。

十二月二日、三月《みつき》前職場の文学賞に応募した文章が選に入ったのを私は知った。その夜、私は父の墓を訪ねた。雨上りの参道に、夥《おびただ》しい公孫樹の落葉がへばりついていた。表通りのガソリンスタンドの灯りのほんのりと照らす中で、私は長い間父の墓に語りかけた。

父の容態の急変する前の日、私は父にその原稿を見せた。父は苦しかったのか、一枚目の数行を見ただけで、「ケッ、ケッサクだね、これは」と言って、眼を離した。それが、会話らしい会話の最後になった。

墓の隅に溜まった落葉をひろい、花を挿した。線香を立てると、白菊や淡い紅色の百合に、紫の煙がゆらゆらと立ち昇った。

足下の唐櫃《かろうと》の蓋の周りに、白いセメントが塗りつけられていた。

納骨後、施餓鬼に来たとき、この白い線の中に蟻が一匹這っていた。蟻は、一直線に進むとちょっと立ち止まり、すぐにまた忙《せわ》しなく走り出した。

墓石に水をかけた。大理石《なめいし》を滑り落ち、線香立ての下を潜り抜けた水は、白い線を薄墨色に変えていった。

父と別れて半年経った。

毎晩のように、私は父の夢をみる。

――朝起きると、玄関の上がり框《かまち》に父の杖が寝かせてある。どこへ行ったのかと表へ出ると、右脚を引きずりながら、父は横丁を曲がって行ってしまった。あわてて角まで飛んでゆくと、もう誰も見えない……。今朝のはそんな夢だった。

――冬の曠野のある一点に、父は杖の把手《とって》に頬をのせて坐っている。父に背を向けて、私は歩いてゆく。ときどき後ろを見ると、父は同じ恰好で私を見ている。振り返るたびに、父の姿は小さくなってゆく。もう表情も分からない。――毎日、そんな思いがする。

父が死んでから、涙の出ない日はなかった。かなしみという液体が溢《あふ》れ出るように、一日一回は堰を切ったように涙が零《こぼ》れ落ちた。ところが、昨日は出なかった。父のことを想い出さなかったわけではないが、出なかった。――人は、このようにして死者を忘れてゆくのだろうか。

生きているうちにもっとやさしくしてやればよかった、あれもしてやればよかった、これもしてやればよかったと思っても、もはやどうすることもできない。父の死は、私がこの世で初めて出合った取返しのつかないことだった。

――常住、死を意識して生きられないのが、人間の一番のかなしさだろうか。

黝《くろ》ずんでゆくセメントの線を見ながら、この石の下で、自分が骨になって、父と仲好く並んでいる姿を想像してみた。意識というものの全くない、永遠の虚無の中で、それでも父の側《そば》にいられると思うと、なんとなく慕わしいような気がした。

この世ではもう父に会えない。絶対に会えない。が、もしかしたら、あの世では会えるかも知れない――そう考えると、漆黒の闇の彼方に、ほのかな灯《ともしび》を見るような心地がする。

赤銹《さ》びた四阿《あずまや》の屋根の端に陽が射していた。その軒を掠《かす》めるようにして、欅が立っていた。太い幹が屋根の上で二叉に分かれ、すぐにまた二叉に、さらに三叉に……だんだん細くなって、冬空高く無数の枝を拡げていた。幹と枝は影絵のように黝々《くろぐろ》としていたが、梢には冬の光が漲《みなぎ》っていた。

私はしばらく、浅葱《あさぎ》色の空の透《す》ける小枝のかさなりを見上げていた。

帰路、通路へ出ると、手桶を提げた母と娘が軽く会釈して歩いて行った。紅殻《べんがら》色の着物の尻の小皺《じわ》に、斜めに陽が当たっていた。

表通りへ出て、蕎麦屋へ入った。

もり蕎麦に熱燗を一本つけてもらった。

蕎麦は胃に沁みるほど冷たかった。私はあわてて熱燗を一口呷《あお》った。蕎麦をすすりながら杯を重ねるうちに、ふと、唐櫃《かろうと》の蓋の白い線が胸に泛んできた。つゆにつけたままの蕎麦の上に、涙がひとつぶ落ちた。

さらにどこかへ

大晦日の午前中、私は数日前に書いた文章を推敲していた。二十八日に父の墓参りに行ったときのことを綴ったものだが、いくら手を入れてもいい文章にはならなかった。

冬休みに入ってから、私は書くか読むかの日を送っていた。

私の部屋には、午前中、南向きの窓から隣家の庭の金木犀越しに明るい陽が射し込む。畳に届いた四角形の光は、しだいに東側へと移ってゆく。私は、その四角形のある時間を惜しむようにペンを執った。

墓参の小文は、「冬の梢」という題にした。父の墓前で、井戸の四阿《あずまや》の上に伸びる欅を見上げているとき、不意にその言葉が泛んだ。

ただし、この題は永井龍男の短篇小説にある。八十歳の折りの作者最後の作品である。名人と称《よ》ばれた専門作家の名作と同じ題をつけるなど、洵《まこと》におこがましいことだとは思ったが、私はどうしてもその題名にしたかった。

推敲に疲れると、私はふと思いついて、この作家の「冬の日」を本棚から取り出した。

以前読んだことがあるのだが、再読してみて私はうなった。

「薄日が軒先きの物干し竿の影ごと、進藤の膝に射して、すぐ吸い取られるように消えた。一日中、そんな日和の日であった。」

しびれるような、ふるいつきたくなるような描写だった。

「冬の日」は、まことに複雑な人間関係を実に鮮やかに描いている。書き出しから結末まで、すべての文章が抜き差しならない表現に研《みが》かれていて、一語の無駄もない。

――私にも、こんな文章が書けないものだろうか。一生に一篇だけでよいから……。私は心の底からそう思った。


日が暮れて、私は自転車で上り屋敷の銭湯へ出かけた。足掛け三十五年になる自転車は、ビックリガードを越えて、快調に師走の風を切った。

私の行った浴場は鉱泉が湧いているのだが、マッチ箱のように小さく、脱衣場も洗い場も三坪ほどしかない。

黄土色の湯に浸かり、私はこの一年を振り返った。

父を亡くした悪夢のような年だった。

父と過ごした十四年間のくさぐさが脳裏に泛んだ。

病院でのリハビリ、退院してからの旅行、釣り、将棋、散歩、――よく遊んだなあ、――でも最期はかわいそうなことをしたなあ、――人は死ぬものか、――私もいつか骨壺に入って、父の横に坐らなければならない……、私の想いは断《き》れぎれに飛んだ。湯槽《ゆぶね》の縁《ふち》にうなじをのせて物思いに耽《ふけ》っていると、脚の不自由な老人が息子と洗い場へ入ってきた。

老人はでっぷりと肥って肌の色艶が頗《すこぶ》るよいが、まったくの脚萎《あしな》えで、流しを這っていた。頭を短く刈り込んだ五十がらみの息子は、小柄だが拳闘選手のように引き緊まった軀をしていた。

四つん這いになった老人に、息子は湯を掛け、全身に石鹸を塗りたくると、背中から尻へ、胸から腹へと、タオルでゴシゴシ擦《こす》っていった。片膝を突いたり、背中を跨《また》いだりして、老人の頭の天辺《てっぺん》から足の裏まで隈《くま》なく洗うと、湯槽の湯を十杯ばかり立て続けに浴びせた。もうもうとした湯煙が老人を包み、やがてその中から丸々としたさくら色の軀が現れた。白い湯気の立ち昇る大きな背中を、タオルを絞りながら息子は満足そうに見下ろしていた。

毎晩シャワーを掛けてやった、丸まった小さな背中を私は思い泛べていた。

湯槽へ入れるのがまた一苦労だった。狭い洗い場のことで、浴槽は眼の前にあるのだが、老人は息子に胴を抱えてもらい、湯槽の縁に抱きつくようにしてやっと中へ入った。まるで大きなマグロか何かが、岸壁から海へ落ちたようだった。夥《おびただ》しい気泡の噴射する湯に首まで浸かった老人は、無上の心地よさといった態《てい》で眼を細めていた。

風呂から上がり、私が脱衣場で着替えていると、老人は息子に腰を押してもらって、洗い場から必死に這い出てきた。茹蛸《ゆでだこ》のような老人の軀を、息子はバスタオルで丹念に拭いていった。

「旦那さん、親孝行ですね」

一段落した息子に、私は声を掛けた。

「いやあ、そんなことはないっすよ」

そう言って、息子は煙草の箱を半分ほど開けて差し出した。

「いえ、私は……」

と、私は掌《てのひら》を向けたが、息子は美味《うま》そうに煙草を吸い始めた。

──「親孝行ですね……」

それは、今後、私が父に関して絶対に他人《ひと》から言われることのない言葉だった。──過去形で言われることはあるかも知れないが……。

帰宅して、私は永井龍男の「秋」という小説を読んでみた。作者七十歳の作である。この作品も、私は何度も読み返している。

「秋」の最後は、「私」が鎌倉瑞泉寺へ月見に行き、酒のゆったりとまわってきた頃、「靴の滑る位は些細なことで、ここからどこか、さらにどこかへ入って行けそうな気もしてきた。」と結ばれている。

――私の父も、「さらにどこかへ入って」行ってしまったのであった。

箱庭

春分の日は、朝から青一色の空が拡がった。

昨年は花が早く、この日に江戸川公園へ花見に行った。満開の桜の下で、父母と弁当を食べ写真を撮った。それが父の最後の写真になった。

朝食後一服していると、玄関で男の声がした。父の寝ていた介護用ベッドを取りにきた業者だった。

「秀夫、捨てようよ」

「…………」

「狭くてしようがないよ」

「…………」

母は、奥の六畳の間にある父のベッドを処分しようと、前から言っていた。私は、いつもよい返事をしなかった。父の想い出がなくなってしまうようでさびしかった。

父が亡くなって半年間、涙の出ない日はなかった。一日一回は堰《せき》を切ったように涙が溢れ出た。仕事が終わると、よく上り屋敷の銭湯に寄るのだが、線路沿いの道を自転車で行き、踏切を過ぎて暗がりへ入ると、極《き》まって怺《こら》えきれなくなった。

父が死んで、日記が十数冊出てきた。私はその日記を毎晩清書した。父のことを綴った自分の文章とともに本にしようと思い立ったのだった。が、三月《みつき》ほどやって、途中でやめてしまった。毎日、数行しか書かれていないが、それでも十年となると相当の分量だった。本にするには厚過ぎる。大体、本にしてみたところで、私にしか価値のないものだった。

十二月になって、九月に応募した文章が職場の文学賞の選に入ったのを私は知った。父と別れてから、唯一の嬉しいことだった。

その夜、私は父の墓を訪ねた。雨上りの参道に夥《おびただ》しい公孫樹の葉がへばりついて、街灯に光っていた。薄暗い墓所へ入り、父の墓前に酒の小瓶を供えた。表通りのガソリンスタンドから漏れる灯りが墓石の字を斜めに照らす中で、私は長い間父の墓に語りかけた。

父の夢を、私は毎晩のように見た。ある朝は、ふたりで用水路の畔《ほとり》に坐り、仲好く釣糸を垂れていることもあった。ある朝は、ベッドの父の首がとれて、喘《あえ》ぎながら最期の言葉を話したこともあった。ある朝は、夢の覚めぎわに父の軀を掻《か》き抱いていたこともあった。

業者の来る朝、私は低く下げたベッドに仰向けになってみた。

父はこのベッドを四年使った。私は、重態になってから父のしたような荒い呼吸をしてみた。数回やっただけで心臓が痛くなった。父は半月の間、この苦しさに堪えたのだった。珊瑚《さんご》色のマットレスに涙が二条《ふたすじ》こぼれた。

玄関に立っていたのは、パンチパーマの大男だった。

「病人の寝たベッドなんで、重いんですよ」

母は男に言った。

「病人が寝たんじゃない。お父さんは身体が不自由だっただけで、病人だったんじゃない」

私は吐き捨てるように言った。

玄関の戸をはずし、男とふたりでベッドを外へ運んだ。男は表通りに停めたトラックを後ろ向きに家の前につけると、ベッドを反転させて荷台へ引きずり上げた。白い鉄の脚を見せて、ベッドは仰向けに載っかった。

二階から母がベッドの柵をふたつ持ってきて、荷台へ投げ入れた。柵の一つに、小さなライトがセロテープでぐるぐる巻きにしてあった。去年の冬、父が夜中トイレに起きるとき、時計を見るのに私が付けてやったものだった。

「買うときは高いけど、捨てるときはゴミだもんね」

荷台の囲いを上げて固定すると、パンチパーマの男は、そう言って運転台に乗り込んだ。無蓋《むがい》のトラックに載せられたベッドは、白い脚の枠と鉛色の二つのモーターを曝《さら》し、春らしい陽射しをいっぱいに浴びて、都電の手前のカーブを過ぎて見えなくなった。

午後、母と広尾の寺へ出掛けた。

地下鉄から地上へ出ると、商店街は買物の人で賑わっていた。

山門をくぐると、鉤形《かぎがた》の参道に自動車が犇《ひしめ》いていて、案内人が出ていた。

鐘楼の奥の墓守の小屋で手桶と柄杓を借り、線香を頒けてもらった。本堂横手の墓地へ入ると、赤や黄や白の花がそここに見えた。

石畳の小径《こみち》を行き、井戸に並んでいる人の後ろについた。緑色の長い鉄の把手《とって》を上下させると、筒の先に被せた木綿の手拭を脹《ふく》らませて、水は迸《ほとばし》り出た。空《から》の手桶を提げた人たちの視線が、白い手拭の先にあつまった。キイキイと脳天に響く金属の軋《きし》む音が消えてからも、水は清らかに流れ続けた。

父の墓前へ行くと、母は花を挿し、線香を立て、墓石に水を掛け、両手を合わせた。

私は何もしなかった。そのかわり、唐櫃《かろうと》の蓋の下にある父の骨壺に向かって、「辛かったな、お父さん、ごめんよ……」と心の中で呟いた。

家の仏壇にも、私は一度も線香を上げたこともなければ、手を合わせたこともない。偶《たま》に写真を覗いて、じっと見ているだけだ。仏壇に、父がいるとは思えない。戒名は坊主の考えたもので、位牌は仏壇屋の作ったものだ。そんなものに、父の魂のいるわけがない。父は私の胸の中にしかいない。

「秀夫、すみれだよ」

眼を落とすと、紫色の小さな花がふたつ、墓の裾から顔を出していた。水をかけると、ペタリとコンクリートに花びらを垂れた。

母と、奥の高台へ登ってみることにした。

鬱蒼とした楠《くすのき》の下を抜けると、急な石段の手前に、ビルの柱ほどある大きな墓がいくつもあった。生成《きな》り色の膚《はだ》に、天保、寛政などという文字が見えた。

高台にも墓はたくさんあった。奥へ奥へと歩いてゆくと、白い大理石を三坪ほど敷いた真ん中に、小さな四角柱を立てた墓があった。塀の外の煉瓦色のマンションのうっすらと映る大理石《なめいし》に、春の陽はしずかに照りつけていた。

ぐるりと廻って元へ戻ると、崖下に墓地が一望できた。

茜色の折紙のような、井戸の四阿《あずまや》の屋根を中心にして、印材のような墓石と、爪楊枝のように並んだ塔婆があちこちに見えた。その間を、人間がジグザグに動いていた。墓には色鮮やかな花々が供えられ、ところどころにうっすらと煙が立ち昇っている。陽光は満遍なく墓石の頭に射し、墓の間を行き来する人の肩に射した。墓も塔婆も、人も四阿も、すべてが小さく、まるで箱庭のような風景だった。

――地上の人と、地下の人と……、永劫《えいごう》にくりかえす光景なのかも知れない……。

春光の降りそそぐ箱庭に、ただ井戸の軋む音だけが響き、薄紫の煙とともに空へ吸い込まれていった。

家へ帰ると、ベッドのなくなった部屋は、ひろびろとしていた。

一服して、母はさっそく六畳の間に掃除機をかけた。

畳をこする掃除機の轟《ごう》音を聞きながら、私は原稿用紙をひろげ、「箱庭」としたためた。

時計の針

三日ばかりの出張から戻り、勝手口を開けて上がり框《かまち》に飛びあがると、父はちゃんちゃんこを着て、ひとりで炒め物をしていた。

私はその曲がった背中に手をやり、

「ダンナ、長生きしてくれよ」

と声をかけた。

父はびっくりして、

「ああ、……」

と答えた。

横顔の眼は小さいなと思った瞬間、これは夢なのだと分かりかけて、急にかなしくなった。夢と現《うつつ》のあわいで、「お父さん！」と、私は父の軀を掻《か》き抱いていた。……

——私は一日おきくらいに父の夢を見る。

意識の底に常に父の面影が横たわっていて、仕事をしているとき以外消えることがない。

どうかすると、仕事中もふっとあのときこのときのさまざまな父の表情が脳裏を廻《めぐ》り、眼頭の熱くなるのをどうすることもできないときがある。

父がいなくなって、私は心棒をなくした。

最初の数ヵ月、私はただただ悔やんだ。あんな病院に入れるのではなかった。あのとき、早く退院させてくれれば死ぬようなことはなかったのに。——あのとき、こうしていれば、ああしていれば……、と取り返しのつかないことを毎日毎日思い続けた。

秋になると、私は父の遺《のこ》した十数冊の日記を写し始めた。父との別れを書いた自分の文章と一緒に本にしようと思い立ったのだった。三ヵ月ばかりの間、私は勤めから帰っては、毎晩せっせと書き写した。だが、平成十年まで進んだところで、あまりに量が多いので止めてしまった。一日に数行しか書かれていないのだが、十数年となると、相当の分量だった。本にしてみても私にしか価値がないとも思った。

私はこの数年、毎年職場の文学賞に応募している。例年、文章の骨格が出来上がると、締切りの九月半ばまで、私は毎日のように推敲を重ねる。

年が明けて、原稿はほぼ書けた。が、私は手を入れる気になれなかった。私には生来文筆の才など毫《ごう》もなく、繰り返しくりかえし厭《あ》きるほど吟味して、少しでもいい文章に仕上げなければならないのだが、今年はする気になれなかった。父と最後に花見をしたときの文章と、父との別れを綴った詩のようなもの、それに、冬休みに書いた父を追想する三つの小篇を加え、まとめてひとつの作として出すつもりなのだが、私は見直すのが怖かった。かなしみの込み上げてくるのが怖ろしかったのだ。

日記の清書を放擲《ほうてき》した後、私は学校から戻ると、子供の頃のことを綴ってみたりしていた。

私の机の脇に据えた三段ラックの上段には国語辞典が五冊ばかり並んでいるが、その前に金色の腕時計が置いてある。父は、その時計を死ぬ一週間前までしていた。文章書きに倦《う》むと、私は円い文字盤を見てぼんやりしていることがあった。

ある夜、私はその時計が止まっているのに気づいた。針は十二時二十四分三十二秒を指していた。やや右に傾いた短針が秒針と一直線になり、それを長針が踏ん張って支えるような恰好になっている。

この時計は、最初私のものだった。十年ばかり前の夏のある夕、私と父は石神井公園の釣堀のナイターに行った。あたりが暗くなって、池の面をライトが照らし出したころ、俄《にわか》に烈しい夕立に襲われた。私はあわてて物置からテントを取り出してきて父に被せたが、大粒の雨は前からも容赦なく吹き込んだ。私と父は竿を置いて、しばらく互いのテントに叩きつける猛烈な雨音に身をすぼめて、照明を斜めに切る矢のような雨脚を眺めていたが、結局、途中で止して帰ることにした。雨に濡れたためか、次の日私の腕時計は動かなくなった。

　私が池袋で新しい時計を購《もと》めてしばらくはめていると、父がそれを欲しがった。文字盤の数字が見やすいというのだった。それ以来、父の銀色の腕時計と私の金色の腕時計とを交換して使っていたのだった。

　数年前、電池が切れたのでデパートへみてもらいに行ったことがある。店員は、竜頭《りゆうず》が錆《さ》びているので、電池を替えても長くは保《も》たないかも知れないと言った。私はそのとき、この時計の止まるのと父と別れるのとどちらが早いだろうかと、ちらっと思った。

　十二時二十四分三十二秒という時刻に、身体が不自由になってからの十数年間、父は何をしていただろうかと私は考えてみた。多くの日は、家で昼ごはんを食べていただろう。でも、あるときは、春の光溢れる伊那梅園の梅や桜や連翹《れんぎょう》の花々に囲まれて、うぐいすの声に聴き入っていたはずであり、あるときは、黄一色に染まるニッコウキスゲの霧ヶ峰高原を散策していたはずである。またあるときは、青梅の多摩川を見下ろす芝生の上でお酒を飲みながら弁当を食べていたこともあり、またあるときは、比企丘陵の小さな溜池に釣糸を垂れていたこともあり、天覧山の頂上に立ち飯能の町並を展望していたこともある。そういうときは、いつも私と母が一緒だったはずだ。そういう何千日という日を送って、父はこの世を去ったのだった。

三月のある晩、郵便を出しに行った帰りに日出小学校の前を通ると、校庭は工事中だった。終戦直後から計画のあった明治通りのバイパスを通す工事だった。千登世橋の袂《たもと》から雑司ヶ谷停留所へと都電の軌道沿いに北上し、さらに住宅地を斜めに貫いて、サンシャイン60方面へと繋《つな》げる道路を造るとのことで、この数年、都電沿いの家は一軒また一軒と取り壊され、櫛の歯が欠けたようになっていた。

闇《くら》い校庭に眼を凝《こ》らすと、だだっ広い路の輪郭が朧《おぼろ》げに見えた。その行く手には、サンシャイン60ビルが、幾何学的模様に窓灯りを点し、衝立のように夜空に聳えている。漆黒の闇に埋まる最上階は、妖しいピンク色の光に包まれていた。

振り返ると、背後には大きな駐車場の跡地を横切って、やはり道路の形がぼんやりと判った。ここは昔、写真工場の原っぱのあったところだ。今から思えば空襲の跡だったのか、倒壊した煉瓦造りの建物が無残な姿を曝《さら》していた。これも今考えれば防空壕だったのか、欠けた煉瓦の堆《うずたか》く重なる床の下に、這いつくばってやっと通れる迷路のような地下道が掘ってあったりして、私は仲間と塀を乗り越えて入り込んでよく遊んだ。父は子供の頃、よくここでキンヤンマやギンヤンマを捕まえたという。

この道路ができるまで、父は到底生きられないだろうと私は思っていた。実際、開通するまでには、後十年はかかるだろう。そのとき、私はすでに六十に近い。――そういう年齢になれば、私のかなしみも少しは和《やわ》らぐだろうか。

私はこのごろ、自分が将来半身不随になることを思う。杖を突いてやっと歩いている自分の姿を思い泛べる。その不自由さを考える。そして、自分の死ぬときのことを思ってみたりもする。父は、歩くのは大変だったのだろうなと今になって思う。父の生きている間、私はそれに思い至らなかった。今度は自分の番だと思う。

闇《くら》い校庭を、私はしばらく見つめていた。項垂《うなだ》れて帰ろうとすると、夜空に浮かぶピンク色の光は、にわかに鮮やかな緑色に変わっていった。

四月最初の日曜日、母と江戸川公園へ花見に行った。

去年、父と坐ったベンチに腰掛けて弁当を食べた。

桜は満開だった。神田川の両岸には、右を見ても左を見ても薄桃色のかたまりが延々と続いている。川沿いの小径《こみち》を、花見客はそぞろに歩いてゆく。陽の光は、崖上の雑木の葉にキラキラ踊る。径に散った花びらは、おはじきのように爪先立って転がってゆく。

――すべてが、一年前と同じだった。

あのとき、私と父の時計の文字盤が桜の幹に反射した。

私は手首を動かしてみた。眼の前の樹に、まるい光がひとつだけ映った。

文字盤を見ると、父の時計の止まった時刻に近かった。かぼそい秒針が、短針を越え、長針を過ぎ、一瞬、短針と一直線になった。が、何事もなかったかのように、すぐに一秒一秒同じ速さで動いて行った。

父が最初にはめていたこの時計も、いつかは永久に止まるときが来るだろう。そして、いつかは私自身の生という時計の針も——。

春の陽の跳ねる白い文字盤の上を、銀色の秒針は規則正しく小刻みに廻り続けていた。

白い鯉

大晦日は冬晴れの穏やかな日だった。

冬休みに入ってから、死んだ父のことが思われてならなかった。

何であんなことになってしまったのか、私がもう少し注意していればもっともっと生きられたのに、生きていれば楽しいことがまだたくさんあったのに、別の医者にかかっていたら……今まで何百回とした後悔を、私は飽くことなく繰り返した。

うかうかと五十年近い歳月を生きてしまったが、私の真の人生は、父と過ごした十四年間の中にだけあったような気がする。

そんな私の心の中にも、ほのかに明るんでいるところがあった。それは、春になったら父のことを綴った本が出来上がることだった。秋口から取り掛かっているものだが、本を造ることだけが私の生活の張りだった。

本が完成したらさぞかしうれしいことだろう。でも、多分それも一時《いっとき》のことに違いない。

大体、人に読んでもらえるようなものかどうかも分かったものではない。

私は、このごろ旅行へ行ったりすると、車窓を過《よ》ぎる何気ない小さな家に心惹かれる。それは、マッチ箱のような平屋の貸家だったり、庭前《にわさき》に建て出した子供の勉強部屋だったり、あるいは畑のはずれの作業小屋であったり、山陰《やまかげ》の茅葺《かやぶき》の廃屋だったりする。

冬の寒い夜、あんなところで、ひとりしずかに書き物をしたり、本を読んだりしたら、どんなによいことだろう。そして、どんなにさびしいことだろう。

私の晩年は、そんなところで送るのが相応しいように思われる。


午後遅く、私は自転車で外出した。前日、念入りに掃除して青いバーテープを取り替えた自転車は、ピカピカに光っていた。我ながら、三十六年も乗っているものとは思えないほどだった。

雑司ヶ谷墓地を突っ切り、菊池寛旧邸跡のマンションを横に見て不忍《しのばず》通りをわたった。目白台の住宅街を抜け、和敬塾脇の急坂を下ると、左手に落葉に埋まった庭と二階建ての古い日本家屋が見えた。新江戸川公園の松聲閣《しょうせいかく》だった。

公園の角を曲がり、石塀について自転車を押して行くと、すぐに神田川の鉄柵が見えてきた。もう少し行くと、塀が尽きたところの高台に、水《すい》神社の公孫樹の古木が二本聳えていた。裸の枝々がもうもうと重なり合い、傾いた陽をいっぱいに浴びている。斜面は落葉で黄一色だった。気根《きこん》の垂れる幹の間に小さな祠《ほこら》が見えたが、私は石段を上ってみる気になれなかった。
　駒塚橋から神田川を見下ろすと、鴨が一羽、V字型の波を曳いて川面をすべっていた。
　橋畔に自転車を置いて、川沿いの小径《こみち》に入ると、芭蕉庵の塀越しに、芭蕉の大きな葉が
ゆらりゆらりと首をふっていた。まるで巨大な鳥の羽根のようだった。道端でぼんやり見
上げていると、椿山荘の方から焼芋屋がやってきて、リヤカーを停めた。煙突の下の赤黒
い布に、「やきいも」と書いてある。
「甘藷問屋」と白く染めぬいた紺色の短い前掛けを付け、臙脂《えんじ》のジャンパーに紺のズボン、
鶯色の帽子に白い運動靴――そんな出立ちの焼芋屋は腰が少し曲がっていた。老人は釜の
蓋をとり、小さな四角い板でしきりに石をかき混ぜた。
「おじさん、ひとつ頂戴」
　松飾を持った主婦が声をかけた。
「へい、いらっしゃい。ひとつね」
　白い軍手が、焦茶色の小石の中から蓮のような形をした薩摩芋を掘り出した。老人の顔
の色は、石の色に似ていた。
「おじさん、儲かる?」

「いや、大したことないよ。晩に一杯やれるだけの金になればいいんだよ」

武家屋敷のような瓦をのせた黄土色の壁に、桜の枝の影が這っている。

かなしみは時とともに和《やわ》らぐと他人《ひと》は言うが、いつになっても変わらない。日を逐《お》うごとに深くなってくるような気さえする。

父は死んでどこにもいない。が、その面影は片時も私の胸を去らない。だから、私の生の尽きるときが、父が本当にこの世から消えるときかも知れない。

「旦那さん、さびしそうな顔してるね。一本どうだい？」

陽のあたる石塀をぼんやり見ていると、突然、老人が声をかけた。

「いえ……」

「まあ、食べてごらんよ。うまいよ」

老人は、太々とした芋を茶色い紙袋に入れてくれた。

「何があったか知らないが、あんた、人生はかなしいっていうのが本当だよ。——この世に生まれたこと自体、かなしいことさ」

「そうですか……」

「そうさ、そういうものさ」

私は芋を半分に折って、一口かじってみた。ほかほかとした甘さが口の中に拡がった。

乳母車を押した若い夫婦が来て、芋を買った。

黄色い陽の射し込む乳母車の中に、赤い毛糸の帽子を冠《かぶ》った赤ん坊が気持良さそうに寝ていた。毯のような頬っぺたをしている。

――この白い顔が老人のような色になるまでには……。

私は川を覗いてみた。鴨が三羽、身震いするように羽をばたつかせたり、首を返して背中を撫でたりしながら、金の漣《さざなみ》の上を行ったり来たりしていた。

ふと川岸を見ると、平べったい岩の下に、白い大きな鯉が一匹、棒のようにじっとしていた。尾鰭《びれ》と胸鰭がかすかにゆれている。

「鯉は、二百年も生きるのがいるらしいね」

老人が隣に来て、柵に手を乗せた。

「二百年ですか？」

「ああ、人の一生は、それに比べれば短いよ」

白い鯉の横を、真鯉が一匹、体をくねらせながら後退《ずさ》りしていった。が、白い鯉は川底に頭を突っ込むようにしてじっとしていた。

「旦那さん、そんなに悪いことばかりもないさ。どうぞよいお年を」

「あの、お金……」

「いいよ。旦那さん、元気だしなよ。また、いいこともあるさ」

赤銅色《しゃくどう》のハンドルを跨《また》ぎ、老人は前傾姿勢をとった。チリン、チリン……呼鈴を鳴らし、リヤカーはゆっくりと動き出した。赤黒い布に夕陽を受けたリヤカーは、むらさきの煙を燻《くゆ》らせながら新江戸川公園の塀を曲がって行った。リヤカーが見えなくなってからも、鈴の音はしばらく聞こえた。

川面には、星型の光が眩《まばゆ》いばかりに跳ねていた。水底には網目状の陽がゆれていたが、白い鯉のいるところは暗かった。

青く淀《よど》んだ岩陰に、白い鯉はいつまでもじっとしていた。

お初地蔵

今年ももう数日で梅雨入りかというある夜、私は近所の古本屋で購《もと》めた「明治大正事件史」という本を読んでいた。セピア色に変色した頁を繰ってゆくうちに、お初地蔵という項に出合った。

「大正十一年七月五日、月島荷揚場に手提げ鞄が漂着し、中から頭部両脚を切断された女児の死体が出てきた。警察の調べにより、死体は浅草区新福富町三十二、セルロイド内職業松村関蔵（五十四）と同人内縁の妻常磐津師匠兼崎まき（三十七）夫婦の養女はつ（十）であり、同年七月二日、養父松村関蔵宅にて両名によって折檻を受け殺害されたものと判明した。松村関蔵、兼崎まき夫婦は、それ以前にも度々はつを折檻し、二十七回にも及ぶ警察の説諭や指導を受けていた。新聞には、『生地獄の様に養女はつを虐《しいた》げ』『半裸体にして天井裏に吊す』などと衝撃的な見出しが躍り、はつの生前の写真も公開された。初七日にあたる七月八日、はつの首が厩橋《うまやばし》付近に漂着するに及んで、はつの話題はさらに紙面を賑わした。おはつ殺しの両名に対する傷害致死死体遺棄事件に関する初公判は、同年十一月二十二日に開かれ、非情なまでの虐待の実態が明らかにされた。その後、厩橋に近い浅草黒船町（現在の蔵前）榧寺《かやでら》では、はつを憫《あわ》れみ『お初地蔵』と称《よ》ぶ地蔵を建立したところ、諸方面から同情が集まり日夜香華《こうげ》が絶えなかった。この事件は継子《まま こ》いじめの芝居に仕組まれ、映画も作られて、当時の庶民大衆の涙をさそった。最後の場面には、おはつの幽霊が出て、鬼夫婦を苦しめるのがお極《き》まりであった。」

読み終えて、私は顔が熱《ほて》った。お初地蔵には、このような謂《いわ》れがあったのか……私は自分の無知を恥じた。

榧寺――そう云えば、あのときの寺は、たしかそんな名前だった。私は本を伏せ、去年の秋の一夜を想い出した。……

地下鉄銀座線のうす汚い階段を上り切ると、松屋デパートの角に出た。眼の前に、神谷バーのネオンが煌々と灯っていた。

雷門から延びる大通りを、私は厩橋目指して歩いた。銀杏並木の歩道は暗く、道行く人もまばらだった。

「十七歳の春、サラリーマンになるか職人になるか迷っていると、親父の会社で給仕を一人欲しがっていたので、働きながら夜間の中学にでも通ってはどうかと考えました。でも、当時は職人の方が食いっぱぐれがないし（勤め人は馘首《くび》になると、今と違ってなかなか職に就けなかったのです）、これからは洋服の時代になるとの見通しもあって、紳士服仕立の仕事が適当であるということになったのです。

新緑の五月、親父と風呂敷包みを抱え、上野広小路の前から歩いて、北富坂町《きたとみさかちょう》十六番地（厩橋の少し手前、お初地蔵のそば）の中林洋服店に小僧として入店しました。」

父の遺《のこ》した生い立ちの記には、このように書かれている。

その日、私は学校が退《ひ》けてから、昭和初年、父が洋服仕立の徒弟修業をしていた土地を訪ねて行ったのであった。戦争をはさんで七十年の歳月を隔て、中林洋服店が現存するとはとても想像できなかったが、厩橋近くへ行って、お初地蔵なるものを探し当てれば、だいたいの場所は分かるのではないかと思った。何十年経っても、地蔵が無くなることはあるまい——そんな考えもあった。

厩橋の袂《たもと》の交差点を、橋を背にして渡ると、電柱の広告の裾に蔵前三丁目と表示があった。左手に地下鉄の出入口が開いてい、その向こうに大きな鉄の門扉が見えた。

榧寺——くらい門標を、私は見上げた。扉は固く閉まっていた。

寺の脇から、横道へ入った。ビルやマンションの裏口ばかりで、ひどく淋しいところだった。商店も仕舞屋《しもたや》もなく、私はどこへ尋ねてよいか困った。

そも、お初地蔵とは何だろう。私は漠然と路傍に建つ地蔵かと思っていたが、とげぬき地蔵のように、寺の境内に置かれたものかも知れなかった。そうだとすれば、さっきの寺などはどうなのだろうか。

私が事前に調べていったのは、地名の変遷だけであった。

「北富坂町〈台東区〉〔近代〕明治五年から昭和十六年の町名。明治四十四年まで浅草を冠称。浅草富坂町を南北に二分し、浅草北富坂町・浅草南富坂町を起立。成立時に近隣の武家地を併合、当時の戸数三八五、人口一、四〇五（府志料）。はじめ東京府、明治十一年浅草区に所属。町域内に大槻修二の浅草文庫があった。昭和十六年全域が桂町の一部となった。現行の蔵前三、四丁目のうち。」（『東京都の地名』（日本歴史地名大系十三）なお、桂町は、地元出身の東京市長頼母木桂吉の名前の一字をとって付けられたという。

「ごめんください」

最初に尋ねたのは、昔ながらの雑貨屋だった。洗剤やティッシュ・ペーパーなどを載せた台の前に、竹箒が数本、逆さに立て掛けてあった。

狭い三和土《たたき》に立って案内を乞うと、出てきたのは白髪の老女だった。奥でテレビの大きな音がし、障子に嵌《は》め込んだ硝子から、主人の横顔が覗いていた。

「この近くに、お初地蔵というのはありませんか」

「さあ、知らないねえ」

「ここの町名は、昔……」

「昔は、浅草桂町だね」

「その前は……」

「北富坂町と云ったね」

おばあさんの頰に当てた手が、小刻みにふるえた。渋紙のような甲の皺《しわ》は、父と同じだった。

「その頃、中林洋服店というのはありませんでしたか」

「うーん、洋服屋はないね。うちも戦前からいるんだけどねえ」

「そうですか」

「この辺は、戦災ですっかり変わっちゃってね。――ちょっと、あんたあ」

おばあさんは、座敷の旦那を呼んだ。硝子の中で、主人が大儀そうに腰を上げた。

「お初地蔵というのを知らないかねえ」

腰の曲がった主人は、店へ下りながら上目遣いに私を見、

「はあ？」

と、おばあさんに顔を寄せた。

「お初地蔵だよ」

「おはつ？……」

「ごめんなさいね。耳が遠くてね」

おばあさんは、愛想笑いを見せ、

「お初地蔵だよオ。この辺にお初地蔵っていうのはないかねエ」

と、おじいさんの耳許で大きな声を出した。

「お初地蔵？　さあー」

おじいさんは、大きく首をひねった。

私は表通りへ出て商店をさがした。歩道のプラタナスが、ときおり枯れかかった葉裏を翻《ひるがえ》した。

国際通りをわたると、蔵前四丁目に変わった。ここもビルばかりであった。

十代後半の三年間、父はこの辺りにあった洋服屋に小僧として住み込んでいた。栄養不足で脚気《かっけ》にかかり、一時家に戻ったこともあるという。

夜、仕事を終えて銭湯に行くのが一番の愉しみだった。帰りに今川焼を買ってきてこっそり食べているのを親方に見つかり、よく叱られたという。

あるとき、用足しの途中浅草六区を通りかかると、艶歌師がバイオリンを弾いていて、その小気味よいテンポの、長い前奏に聞き惚れた。藤山一郎の「丘を越えて」だった。

私の脳裏に、六区映画館街の雑踏の中へ紛れてゆく、八接《やつは》ぎの鳥打ちに粗末な着流し姿の若者が泛《うか》ぶ。

もう一度三丁目へ戻り、次に尋ねたのは魚屋だった。店の角の黒い柱に、太い罅《ひび》が入っていた。

「ちょっと伺いますが、この近所に、お初地蔵というのはありませんか」

「お初地蔵？　聞いたことないねえ」

六十がらみの三角巾を被ったおかみさんが、ガラスケース越しに応えた。ケースの中の白いトレイに、売れ残った魚の鱗が光っていた。

「実は、私の父が昔、その近くに住んでいたのですが」

「あら、そうなの。――寺なら、この裏にもあるけれどね」

「洋服屋はありませんでしたか。中林洋服店というのです。父は、そこで奉公していたのですが……」

「洋服屋ねえ……。何時《いつ》ごろの話かねえ」

「昭和六、七年頃です」

「うーん、そうなると私もまだ生まれてないしねえ」

おかみさんは、腕組みをして天井を仰いだ。

私はまた大通りを歩いた。

「その店には、私より一つ年上の弟子がひとりいました。親方の実家は、今の武蔵藤沢で、その弟子の家は豊岡町（今の入間市）でした。兄弟子は意地悪な男で、よく苛《いじ》められました。冬のある寒い日、生地を地伸《じの》ししているとき、霜焼けで手がくずれて生地を汚したことがありました。それを兄弟子が旦那に告げ口したので、旦那が二階から下りてきて、いきなりヤール尺《ざし》で頭を叩かれました。ヤール尺には、先に金具が付いていて血が出たため、旦那も喫驚していました。

食事はお粗末なもので、旦那と私たちとは違います。夏になると、仕事が閑《ひま》になるので、毎日味噌汁とご飯ばかりです。兄弟子などは顔が青白くなり、気味が悪かったのを憶えています。奉公とは仕事を覚えるためなので、仕方がなかったのです。今だったら、児童虐待で法に牴《ふ》れます。」

何かひとつぐらい、当時の縁《よすが》となるものはないものだろうか。薄暗い歩道を歩きながら、私はだんだん焦ってきた。

再び横丁へ折れ、重い足取りで町並をたどってゆくと、ビルの間に一軒の蕎麦屋があった。下見板の古い二階家だった。看板の上の、今にも崩れ落ちそうな二階の窓の勾欄《てすり》を見ているうちに、その二階こそ父の仕事場だったように思えてき、ヤール尺で頭を叩かれたような痛みを覚えた。

私は吸い寄せられるように暖簾《のれん》をくぐった。

コンクリート敷に小さなテーブルが三つあるだけで、客はいなかった。何とか関という、力士の手形が品書の上に掛かってい、白い上っ張りを着た主人がひとりでやっているようだった。

もりそばに熱燗を一本たのみ、私はお初地蔵と中林洋服店のことを訊いてみた。結果は同じだった。

「私どもも相当古くからいますが、それでも、この土地へ来たのは戦後ですからね」

胡麻塩頭に鉢巻姿の旦那は、なかなか丁寧な物腰だった。

「そうですか。お父さん、洋服屋さんでしたか。昔は皆、徒弟修業をしたもんでね。私なんかもそうでしたよ」

そう言って、旦那は奥へ消えた。

父と別れて二年五ヵ月、私は相変わらず、一日一日、さみしく暮らしている。寝るときに想うのも、目覚めて泛ぶのも、父の面影である。さみしいとか、かなしいというのがこの世の真の姿なのだと、われとわが心に言い聞かせてみても、父の最期を想い出すと遣り切れない。半月もの間、父は身体全体波打つような荒い息をして死んでいった。

夜、私は原稿の推敲に倦《う》むと、机の抽斗《ひきだし》の奥から、恐るおそるうすい文庫本を取り出してみることがある。パラリと開いたページに、一葉の写真が挿まっている。純白の布に埋まった父の死顔——ぼうぼうに伸びた髪、凹んだ眼窩《がんか》、眼尻の大きな肝斑《しみ》、鼻の穴に詰めた脱脂綿、かすかに開いた唇からのぞく茶色い歯……お父さん、つらかったな、私は思わずつぶやく。

父が死んでしばらくして、私は、茶毘《だび》に付す前に父の髪を切って取っておけばよかったと悔やんだ。骨にしてからも、一片だけでも骨壺から抜いておくのだったと後悔した。

私の母は、毎朝、仏壇に線香を手向けたり、ご飯を供えたり、お茶を上げたりしているが、私は何もしない。線香を上げたことも、ただの一度もない。たまに写真をじっと見るだけだ。姉の結婚式——父の七十七歳の誕生日だった——で撮ったものだが、髪など黒々としている。

仏壇に父の魂のあるわけがない。ご飯や茶を上げたりするのは、生きている者の慰めに過ぎない。せめて、遺髪や遺骨があったら、少しは父を身近に感じられるのではないかと思うのだ。

私はときどき、広尾の寺に眠る父の骨を想うことがある。納骨のとき、闇《くら》い墓壙《はかあな》にはふたつの骨壺があった。その横へ父の骨壺を入れた若い石工が、いつまでも覗き込んでいる私に、もういいですかと言って重い蓋《ふた》を被せた。私はあの闇い唐櫃《かろうと》のなかで、自分が骨になって、父と仲好く並んでいる様子を想像してみることがある。意識というものの全くない、永遠の虚無の中で、それでも父の側《そば》にいられると思うと、なんとなく慕わしいような心地がする。お互い骨になって動けないのだから、長い間心配した父の身体の不自由なことも、もう気にしなくてもよい。

春に、私は「ふたつの光」という本を造った。父とのわかれを書いた文章などをまとめたものだが、五ヵ月掛かってやっと完成した。

「平成十四年六月十日午後七時〇〇分、父は八十七年の生涯を閉じた。

肉親を持つ者の必然の定めとは云え、父の死は、私にとって洵《まこと》に堪えがたい痛恨事であった。父に逝かれてみると、今までの私の生活の中で父の存在がいかに大きかったか思い知らされた。自分がどれほど父を好いていたか今更ながら確認させられた。

大正、昭和、平成と三代にわたった父の一生は、洋服屋での徒弟修業の後仕立屋として独立、軍隊への入隊、終戦後の混乱期の闇商売、芝浦の進駐軍での労働、結婚、ふたたび紳士服裁縫業への従事、発病、そして晩年十四年間のリハビリ生活という具合に経過した。

だが、私の脳裏にあるのは、毎日、バイタに身を乗り出すようにして針を運んだり、アイロンを掛けたり、ミシンを踏んだりしていた洋服仕立職人としての父の面影と、脳血栓で倒れ仕事を廃めてからリハビリに明け暮れた父の姿である。

父が倒れて十四年、私と母は父を助けながら暮らしてきた。私は、身体の不自由になってしまった父が不憫でならなかった。毎日毎日不自由な身体に堪えている父が気の毒でならなかった。だから、私はできる限り父を愉しませてやりたかった。父の喜びがすなわち私の一番のよろこびであった。父がいたから、私と母は毎日愉しく過ごして来られたのであった。私は、もう一度生まれ変わっても父の子になりたい。

父が死んで、私はしばらく糸の切れた凧のようにふらふらと歩いた。ちょっと進んでは立ち停まり、また俯いてのそのそと歩き出したりした。見るもの、聞くもの、すべてに何の感情も湧かなかった。

そのうち、この心の空洞を埋めるには、私の慟《なげ》きや哀しみを文章にして、私や父を知っている人に読んでもらうことしかないのではないかと思い至った。

以後、私はここに収めた文章を綴りそれを推敲することによって、かろうじて精神の平衡を保ってきた。思えば四年前、父のことを書きたくて始めた文章の稽古だが、私は文章で心の哀しみを表現するということに救われた。私に文章を綴ることができなかったら、この一年半ばかりの私の生活は、何の意義もない、空虚な、ただ肉体的に生きているだけ

のものでしかなかったと思う。」(「ふたつの光」あとがき)

父が死んでから、私はただただこの本を造ることだけを考えて日を送った。だから、本が出来上がり、二ヵ月程で知人にひととおり配りおわると、私はもう何もすることがなくなった。

「ふたつの光」のあとがきに、私は次のようにも記した。

「父逝いて一年六月、その面影は片時も私の胸を去らない。私はどうしても次の世でもう一度父に逢わなくてはならないと思う。

父を亡くしたかなしみは、私の胸の奥から終生消えることはないであろう。同時に、父の面影は、私の胸の中で私の生の熄《や》むときまで生き続けることであろう。

私は自分の天命の尽きるとき、この本を持ってあの世へ行きたいと念じている。そして、父と再会してこれを読ませたいと冀《こいねが》う。」

父と別れて、日を逐うごとに、この思いがますます強くなってゆくのを感じる。

私は一日おきくらいに父の夢をみて、ひどく魘《うな》される。

この間の夢。——家の外壁の土の下に、父は虫の息になって——鼠くらいの大きさになって——埋まっていた。私は空気穴を開けてやり、お父さん、大丈夫かと呼びかける。土の中から、うん、大丈夫だと父の声がする。そのとき、通りすがりの人が、「もう駄目だよ」と言う。振り向くと、その人はどういうわけか父なのであった。

ある朝は、父の体が落葉に埋まって焼けていた。私はあわてて落葉を搔《か》き分け、父の頬を人差指で突っついた。その柔らかな感触が、眼が覚めてからも指先に残った。

その日の朝も、私は父の亡骸《なきがら》の側《そば》で腹の底をふるわせて泣いていた。自分の腹の痙攣《けいれん》するのを感じている、もうひとりの自分がいた。

死んで、父は私にとって永遠の人になった。いなくなった父を懐《おも》うと、自分ひとり、誰もいない曠野に取り残されたような気がする。眩暈《めまい》のするような、深い谷底を覗き込むような心地もする。

私がいくら父を恋うてみても、父は還って来ない。私もいつか、父と同じような苦しみを味わって、この世を去らなければならない。劫初《ごうしょ》から無数の人間が繰り返してきたように、死んで何もなくなる。私の前方の光も、すでに背後の影より短いのである。

私が死んでしまえば私の心の中の父はどうなるのだろう（山崎方代）

私の胸のなかで、父はたしかに生きている。私の死ぬときが、真に父がこの世からいなくなるときであろうか。

もりそばを啜りながら杯を傾け、私はほんのりいい気持になった。

蕎麦屋を出ると、外はひんやりとしていた。私は急に尿意をもよおした。

あたりを見廻しながら四辻を曲がると、ビルの谷間に真新しい鳥居が見えた。左右に狛犬を据えた御堂へ、コンクリートの参道が仄白く延びている。

参道脇の玉砂利を踏み、私はズボンのチャックを下ろした。迷っている時間はなかった。

玉砂利に音を立てて、小便は迸《ほとばし》り出た。上体が前後に揺れた。

私は無意識のうちに、小便で父という字を書いていた。一回、二回、三回、四回……勢いよく放尿しながら、いくら戦災があったとは云え、この下の地下何メートルかの土は、七十年前と同じものではないか……そんなことを思ったりした。

十数回目の最後の一角を払おうとする途中で、小便は尽きた。

ズボンの前に手を添えたまま、私は暗い境内に佇《たたず》んでいた。

とちの実

鬼子母神の御会式《おえしき》も近づき、窓外の虫の音もかぼそくなった。

私は小さな机に対《むか》って書き物をしている。

壁際のスタンドの台の上に、栗に似たいびつな木の実がひとつ載っかっている。夏の終わりに、雲取山で拾ってきたとちの実だった。

筆がしぶると、私はよくそれを手にとってみる。褐色につやめく実を撫でているうちに、やがて霧につつまれた一本の道が泛んでくる。……

九十九折《つづらおり》の林道は、長かった。山側の曲り角へ来るたびに、私は杖に両手を突いて、その先を覗き込むようにした。道は一本道、迷うはずはないのだが、もう三時間も歩いている。

山裾深くエメラルド・グリーンに蛇行する奥多摩湖をはなれ、お祭《まつり》のバス停へ着いたのが十時二十分。登山靴の紐をしめなおし、バスの走り去った道路を歩いて行くと、すぐ右手に「三條の湯まで十キロ」と白い看板が見えた。後山《うしろやま》林道の入口だった。

「どちらまでですか」

うしろから、明るい声がした。いっしょにバスを降りた若い女性の二人連れだった。

「三條の湯まで」

「私たちも同じです」

ふたりとも、赤いリュックにあかいチェックの半袖シャツを着ていた。

「私、足が遅いので、どうぞお先に」

「それではまた向こうで」

「お気をつけて」

ふたつのリュックの背中を見送りながら、腕まくりして私は歩き出した。

ゴツゴツとした轍《わだち》の道が、くねくねと続いていた。赤い揃いのリュックは、二、三回顔を上げる間に見えなくなった。

オシイオシイと鳴くツクツク法師。木の間を流れ来る製材の金属音。はるか下から聞こえる渓川《たにがわ》の音。樹々の梢にのぞく白っぽい空――。

私は、父の杖を突いてきた。父はこの杖を突いて入院した。それが、杖を使った最後の日だった。

父と別れて四年、思い出をたどると、最後にいつもベンチに坐った父が、顔だけこっちへ向けてニコッと笑っている。はやく来いよと呼んでいるような気がする。私は一瞬、自分のいるところがこの世かあの世か分からなくなることがある。

歩き始めて三十分、路傍の古タイヤを積んだところでリュックを下ろし、昼食にした。タイヤに腰掛け、母の作ってくれたおにぎりをぱくつきながら、あの頃と同じだなと思った。中学生時分、越谷方面へ釣りに行くとき、母はいつもおにぎりを持たせてくれた。小さなプラスチックの箱魚籠《びく》のなかの新聞紙に包んだおにぎり四つ。あのインクのにおいの付いた大きなおにぎり。もう四十年近く前のことだった。四十年――頬あかい少年が突然頭のうすいおじさんになるわけもなく、あれからの長い年月、いったい自分は何をしてきたのだろう。

食べ終わって、私はぼんやりとアルミホイルの包みを伸ばしていた。いくらやっても、細かい皺《しわ》はとれなかった。まるで無数の鱗のようだった。

左足を出す、杖を突く。右足を出す。左足を出す、杖を突く。立ち止まって、頸のタオルで汗を拭う。左足を出す、杖を突く。右足を出す……。どこまで行っても、その繰り返しだった。前を行く人も、後ろから来る人もいない。ただ蟬の声と渓川の音とが聞こえるばかりだ。

一度、丸太を積んだトラックが、車体を大きくゆすって追い越して行った。しばらく行くと、轍《わだち》の中で茶色い小さな蛇がペチャンコになっていた。頭が地面に減《め》り込んでい、S字形の真ん中辺から牡蠣《かき》のような臓物《ぞうもつ》が飛び出ていた。爪糸ほどの尻尾が、かすかに痙攣している。

――ハァー、ハァー、ハァー、ハァー……この四年間、私の胸を去らないのは、父の最期のあえぎ声だ。父は半月の間、小さな軀全体を波打たせるような荒い息をして死んでいった。その息遣いが、一日たりとも私の頭から離れない。夜ごと、苦しい夢をみる。

左足を出す、杖を突く。右足を出す。左足を出す、杖を突く……。切り立った崖を幾曲がりしても、道は続いていた。

あるところで、大きな褐色の実が散らばっていた。見上げると、斜面の雑木の中に、二抱えはあろうかという橡《とちのき》が聳えていた。枝先に、ふたつ、三つずつ丸い実が垂れ下がっている。扁平な栗のような実をひとつ拾って、ズボンのポケットへ突っ込んだ。

左足を出す、杖を突く。右足を出す。左足を出す、杖を突く。――ハァー、ハァー、ハァー、ハァー……耳の奥に、父のあえぎ声がひびく。

ところどころで、鬱蒼とした樹々の間に、純白の帯のような滝が轟音《ごう》をあげて流れ落ちていたり、山葵《わさび》田が清流に沿って段々に傾斜していたり、山水の滲《し》み出る岩壁の下に、紫いろのつりふね草が群生していたりした。

午後三時、やっと林道終点に着いた。

左、三條の湯、雲取山方面、右、御祭《おまつり》、鴨沢《かもさわ》方面――傾きかけた道標を右に見て青岩谷《あおいわたに》の流れを渡ると、三条沢沿いのほそい山道《さんどう》へ入った。登ってゆくうちに、霧がふかくなってきた。私はシャツの袖まくりを下ろした。

カエデ科チドリノキ、カツラ科カツラ、カバノキ科ミズメ、モクセイ科トネリコ――霧に霞んで、左右の樹々にそんな札が見える。

巨木の名前に眼を奪われているうちに、石に躓《つまず》き、あッと思う間もなく、軀が大きく泳いで地面に手を突いた。父もこうして転んだのであった。あの日、転びさえしなければ……数え切れないほど繰り返した後悔だった。

やがて、径《みち》は急な折り返しの連続になった。流れはずんずん下になる。リュックも登山靴もひどく重く感じられるようになったころ、ふと斜面を仰ぐと、霧の切れ間から、山膚《はだ》にはりつくように細長い小屋が現れた。とうとう着いたのだ。腕時計を見ると三時四十分だった。

山小屋の前で、犬に吠え立てられた。黒光りするスラリとした軀が、鎖を鳴らして動きまわった。

「お疲れさまでーす」

向こうで、ベンチの二人連れが手を振った。

「やあ」

「ずいぶん遅かったですね。なかなか来ないので、諦めて帰られたのかなと、話していたんです」

ふたりは顔を見合わせて笑った。

彼女たちは、一時半に着いたという。

「そんなことはないけど、遠かったね。道を間違えたのかと思ったよ。それにしても、君たち、随分はやいね」

「このくらいが普通ですよ」

色白のそばかす顔が、胸を反らせて言った。

「そうかねえ。おじさんは、山へ来るのは二十年ぶりなんだよ。この靴も、二十年ぶりに履いたんだ」

「まあ、それじゃ、仕方ないですね」

丸顔のぽっちゃりした方が、気の毒そうに言った。

「学生さん？」

「ええ、大学三年です」

そばかすが微笑んで答え、

「私たち、もうお風呂に二回も入っちゃったし、何もすることなくて厭《あ》きちゃいました」

と、足をぶらぶらさせた。

「ほう、二回も……どおりで、きれいだと思った」

「まあ、うまいこと言って……おじさんも、お風呂浴びた方がいいですよ。とってもいいお湯、温《あった》まりますよ」

と、丸顔がにっこりし、

「そこを下りたところ、今、男の人の時間ですよ」

と、そばかすが勢いよく反対側を指差した。

雲取の間という八畳ほどの部屋へ荷物を置いた私は、タオルを頸へ掛け、小屋の脇を下りていった。崖下に、あかい屋根と煙突がすぐに見えてきた。

脱衣場へあがり硝子戸を開けると、三、四人入れるかと思われる浴槽に、黄土色の湯が張ってあった。急いで服を脱ぎ、湯に身を沈めた。タオルを頭にのせ、窓のブナ林を見ているうちに、身体がぬるぬるしてきた。

それにしても、長い林道だった。湯槽《ゆぶね》の中で、私はしきりに脛《すね》をもんだ。

雲取山、標高二、〇一七メートル――東京都最高峰。私は長い間、いつかこの山に登ってみたいと思っていた。が、毎晩父と風呂に入っていた私は、一泊で山登りへ行く気にはなれなかった。

今度の登山で、私は区切りをつけたかった。自分の心を整理したかった。私には、四年前に起こったことの整理がまだついていない。もしかしたら、一生つかないかも知れない。あるいは、整理のつかないうちに、記憶がうすれてゆくかも知れない。

この世ではもう絶対に逢うことの叶わない父、その父を毎晩のように夢見て苦しむ自分。そういう自分も、やがてこの現実世界から、誰もが逃《のが》れることのできない永遠の暗黒の世界へと入って行かなくてはならない。それまで、私はこの苦しみから解放されないのだろうか。

私は考えたかった。我々のこの生というものはいったい何だろう。生まれてしまったのだから、生まれる前の虚無の中へ還って行かなければならないのは当然といえば当然だ。しかし……父との――父が倒れてからの――十四年間の生活、あれは何だったのだろう。夢のような、別の世に流れたような時間だった。あれは何だったのだろう。

ガラリと戸が開いて、ずんぐりとした六十恰好の男が入ってきた。胡麻塩頭にタオルを巻き、顔中髯《ひげ》だらけだ。

「どちらから」

湯槽に浸かりぶるりと顔をぬぐうと、男はぼそっと呟いた。低いしわがれ声だった。

「池袋です」

「ほう。――雲取かね」

「はい」

私も黄土色の湯で顔をぬぐう。

「御祭から？」

「はい。五時間かかりました」

「五時間？　随分かかったね。三時間もあれば十分なはずじゃが」

「私もこんなにかかるとは思いませんでした。普段あまり歩かないもので……」

「まあいいさ。速ければいいってもんでもあるめえ」

「途中で、立派な橡《とちのき》がありました。実をひとつ拾ってきました」

「この辺のは大きいよ。何百年も前からあるんじゃから。変な恰好の実じゃろ。毎年毎年生《な》って、土に還ってゆく――その繰り返しだ。自然の営みはそんなものさ。我々もおんなじじゃよ」

男は湯に浮かべた腕を、さかんにこすった。手首から先だけ、赤銅色《しゃくどう》に灼《や》けていた。

「土地の方ですか」

「ああ、鹿を撃ってるのさ」

「鹿を？」

髯の横顔を、私は見た。

「鹿が増えて仕方ないんじゃ。樹の皮を食ってな。枯れてしまうんじゃよ」

男は、前を見たままだった。

「そんなに鹿がいるんですか」

「ここんところ増えてね。殺したくはないんじゃが」

「なんだか、かわいそうな気もしますね」

「仕事じゃからな。——たまに、死んでも眼を開《あ》いているのがいてね。悲しそうな眼をしているよ」

父の、瞼を閉じる刹那《せつな》の茶色い眼が泛んだ。眼尻に涙を浮かべ、かッと見開いたあの眼——意識の消えてゆく最期の瞬間、父は何を思っただろうか……。

「そう云えば、この間——猟のときじゃないんじゃが——鹿が死んでてね。側《そば》で、小鹿が屍骸の顔をさかんに舐《な》めているんじゃ」

男は、また顔をぬぐった。

「いつまでも、いつまでも舐めているんじゃよ」

斎場から火葬場へ向かう前、私は棺の中の父に何度もなんども頬ずりした。今は死人となって、数時間後に灰になってしまう父に、そうやって最後の別れをした。

男は勢いよく湯槽を出、窓を開けた。とたんにひんやりとした空気が流れ込んだ。

「霧が濃くなったようじゃ。雨になるかも知れんぞ」

窓から首を出して、男はブナ林を見上げた。

湯気の立ち昇る毛むくじゃらの尻をぼんやり見ながら、私は父の冷たい皮膚の感触を想い出していた。

風呂から戻ると、女学生たちはまだベンチにいた。

「おじさん、どうでした？」

「ああ、いい湯だったよ」

「そうでしょう。私たち、後でもう一度入ろうと思うの」

うれしそうに、ふたりは頷《うなず》き合った。

「鹿撃ちのおじさんがいてね」

隣のベンチへ、私も腰掛けた。

「シカウチ？」

「ああ、鹿が増えて困っているんだって」

「撃つって、殺してしまうのかしら」

と、そばかすが顔を曇らせた。

「それゃそうさ」

「でも、かわいそうだわ」

「仕方ないさ。樹を荒らすというのだから」

「おじさん、随分つめたいのね」

と、丸顔が口を尖《とが》らせた。

「どう仕様もないこともあるのさ、世の中には」

私は立ち上がった。

「残酷よね」

「何か他の方法はないのかしら」

「かわいそうね」……

沈んだ声を残して、私は小屋へ入った。

夕食後、こまかい雨になった。

灯りを消したひとりきりの部屋で、私はなかなか寝付かれなかった。雨の音か、渓川《たにがわ》の音か、ひっきりなしに枕の下を流れた。顔を左右にふって喘《あえ》ぐ父の様子や、鹿のかなしそうな眼や、轢《ひ》かれたヘビの臓物《ぞうもつ》やが泛んでは消え、輾転反側《てんてんはんそく》した。

半月の間、父はくるしい息の下で何を思っただろう。おぼろげな意識の中で、死を覚悟しただろうか。

この四年間、私は毎晩のように父の夢を見る。あるときは、別世界へ入って行こうとする父を引き戻そうと、両脚にしがみついていた。またあるときは、小さな池の畔《ほとり》で仲よく釣り糸を垂れていた。私は自分の死が来るまで、こんな夜を繰り返すのだろうか。

生というものは何だろう。いずれとも分からないところから突如この世に現れ、何万日という日を生きて、やがて永遠の虚無の中へ吸い込まれてゆく。生まれて生きて死ぬ――劫初《ごうしょ》から無数の人間が繰り返してきた生と死との間にある、この生というものは、いったい何だろう。

私は枕許の懐中電灯を点けてみた。闇《くら》い天井の隅に光の輪がぼんやりと拡がった。その輪が、父の死体の瞼を開けたときの茶色いビー玉のような眼に見えたり、鹿の屍骸の開《あ》いた眼に見えたりした。ハァー、ハァー、ハァー、ハァー……私の眼は、しだいに冴《さ》えていった。

翌朝は、五時に起きた。外は蒼白く、霧雨が降っていた。

食堂で朝食を済ませた私は、薄手のジャンパーを羽織ってベンチで憩《やす》んでいた。雨はほとんど止んでいた。鹿撃ちの男は、もういないようだった。

「おはようございます。おじさん、よく眠れましたか」

赤いパーカのフードを被り、すっかり身仕度をした女学生たちが前の部屋から出てきた。

ふたりは、自炊をしたようだった。

「お早う。いや、なかなか眠れなくて困ったよ」

「それはお気の毒でした。私たち、ぐっすりです」

と、そばかすが肩をすぼめた。

「今日は、どちらへ」

と、丸顔が小首をかしげた。

「頂上まで行って、鴨沢へ下りる予定なんだ」

「私たちは、三峰へ出ようと思っています」

「気をつけてね。もしかしたら、鹿に遇《あ》うかも知れないね」

ふたりは、ちょっと眼を合わせたが、

「それではお先に」

と、左手の山道《さんどう》へ消えていった。

荷物をまとめ、私もすぐに出発した。

径《みち》は下りで、私の脚は軽かった。細い沢を越えてから、山膚を巻くような上りになった。大した勾配ではなかったが、五分もすると、もう息が乱れてきた。大きな岩を越えたり、樹の根を跨《また》いだりしながら、朝霧の立ち籠《こ》める山道を一歩一歩登っていった。十分くらい歩いては立ち止まって息を整え、汗を拭ったり、水筒の水を飲んだりした。

一時間ばかり登ったときだった。ふいに、霧にけむる樹々の梢から矢のような朝日が射し込み、あたりがパッと明るくなった。放射状の清浄な光の条《すじ》が、霧にくっきりと浮かび上がり、濡れた山道を照らした。静寂の中に、ただ幻想的な光と霧の縞《しま》があるだけだった。父のいる世界も、このようなところだろうか。

この世のものとも思えない光景に見惚《と》れていると、斜面の上で熊笹を掻《か》き分ける荒々しい気配がした。波立つ笹の動きを追っていると、突然、径の向こうにスラリとした茶色い獣《けもの》が飛び出てきた。鹿だ。首を廻して、びっくりしたような顔付きでじっとこっちを見ている。朝霧の中、私も心臓の鼓動を意識しながら、息を詰めて立ち尽していた。十秒、二十秒、三十秒――キャアーン、キャアーン……異様な、金切り声のような悲鳴が静寂を破った。キャアーン、キャアーン……鹿は身を翻《ひるがえ》し、いっさんに斜面を駆け下りていった。キャアーン、キャアーン……はげしい葉ずれと鳴き声とが交錯し、薄茶色の軀と白い尻が、あっという間に霧の笹原へまぎれていった。

私は呆然と佇《たたず》んでいた。

突然、霧の中に重い音が轟《とどろ》いた。私の脳裏に、銃を片手に笹原へ躍り込んでゆく髯面《ひげづら》の男の姿が、ありありと泛んだ。

三条ダルミの鞍部から山頂までは、ひどい急登《きゅうとう》だった。私は一足一足喘ぎあえぎ登った。しまいには、五、六歩蹌踉《よろ》めいては杖に凭《もた》れて肩で息をした。タオルもズボンの腰も、ぐっしょり濡れた。難渋すること四十分、見上げる前方が急に明るんだ。私はホッと息をついた。

頂上は石山だった。標高二、〇一七メートル。気温二十度。霧。落葉松林の中に石ころだらけの下山道がうっすら見えるだけで、あたりは灰色一色であった。父のいる世界は、やはりこのようなところだろうか。

「おじさーん」

避難小屋前のベンチに、女学生たちがいた。

「やあ、もうだいぶ前に着いたの?」

私は帽子をとって、頭から顔からタオルで拭いた。

「三十分くらい前」

「いやあ、きつかった」

リュックを下ろし、私はベンチの端へどっかりと腰を下ろした。

「大丈夫ですか？」

そばかすが、私の顔をのぞきこんだ。

「最後の登りは、苦しかったね」

「大したことなかったですけど……」

「若いんだなあ。――途中で鹿を見なかったかい」

「えっ、鹿がいたんですか」

そばかすが、眼をまるくした。

「うん、すぐに熊笹の中を駆け下りていったけどね」

「見たかったわね」

丸顔が言い、そばかすが頷《うなず》いた。

「でも、今頃は……」

「えっ？」

「いやいや……これからどちらへ」

「雲取山荘から、三峰へ下りるんです」

「そうだったね。気をつけてね」

「ええ、おじさんも」

リュックを背負い、女学生たちは下山路と反対側の石山を登って行った。赤いパーカから覗いた、大きなふたつの尻が、すぐ霧にかすんでいった。

首をもどすと、落葉松林の中に、一本の石ころ道が続いていた。茫々としたその涯《はて》に、灰色の穴がぽっかり開《あ》いているようであった。

生きてゆく——生きてゆくしかないのだ。かなしみはかなしみのまま胸に抱えて、生きてゆくしかないのだ。よろこびもかなしみも一切の感情の消滅する、この生の最期の瞬間まで……。

下りは一瀉千里だった。杖を長くし、私は転がり出した石のように駆け下りた。ときおり、鹿のしろい尻が泛んだり、父のあらい息遣いが甦《よみがえ》ったりした。

麓《ふもと》まできて振り返ると、晴れ上がった空に杉の密林が青々と聳えていた。

ズボンのポケットの、とちの実のふくらみが、かすかに意識された。

逆川

逆川

私の机の上に、二枚の地図がある。

どちらも五万分の一の「野田」で、昭和四十五年編集、同四十七年修正のものと、昭和五十二年編集、平成二年修正のものとである。

見比べると、新しい方には、越谷駅東部を縦横に走る河川の間に、黒い点々のめっきり増えているのが分かる。

秋も深まったこのごろ、スタンドの下で、私は毎晩のようにふたつの地図を飽かず眺めている。

新方川《にいがたがわ》に架かる定使野橋《じょうつかいのはし》の袂《たもと》で、私はタクシーを降りた。重く曇った空に、法師蟬の声がした。

リュックを肩に、左手の緑地を通り抜けると、新方川に交差する逆川《さかさがわ》の大吉橋《おおよしばし》へ出た。

欄干に手を掛け、私は下流を見渡した。川幅約二間、コンクリート護岸の底の飴色の水に、桜並木の影が映っていた。両岸の緑道沿いには、ずっと住宅が建ち並んでいるようだった。

逆川——大落古利根川《おおおとし》の古利根堰から分水し、新方川を伏せ越し、元荒川までの約三キロを流れる用水路（葛西用水の別名）。増水時には、逆流することもあるのでこう称《よ》ぶという。

今から四十年近く前、中学二年生の早春、私は初めてこの川を訪れた。ちょうど乗っ込みのころで、手拭で頬被りした地元の釣師たちが、マブナやオカメタナゴを面白いように釣り上げていた。

白い運動靴に野球帽、継ぎの当たったズボンに肘のうすくなったカーディガン、青いプラスチックの箱魚籠《びく》にグラス竿一本……少年は、そんな出立《いでた》ちだった。

当時、この辺りはさびしいところだった。右岸は杉林、左岸は一面の田圃で、春先には田舟が浮かんでいることもあった。杉林の尽きる川沿いに御堂があり、砂利道はそこを迂回していた。

御堂の裏の川底で、あるとき、胴つきゴム長姿の男が、四手《よつで》網漁をしていたことがあった。竹竿で水面をたたき、漁夫は川中へ沈めた四手網へ魚を追い込む。網を上げるたびに一斉に銀鱗がきらめき、小鮒やクチボソが狂ったように跳ね続けた。護岸に腰掛けて、私はその様子を長い間見下ろしていた。

私の鮒釣りは、四つの年、千葉の田舎の小さな池で始まった。

——木洩れ日の散る水面にピクピクと動く麦藁の浮子、竿を上げる途端にぐっとくる手ごたえ、水に突き刺さったように動き廻る木綿糸、白い飛沫《しぶき》を上げ身をくねらせて跳ね上がる丸々とした鮒——その驚きと胸の高鳴りは、靄《もや》のかかったような記憶の彼方に昨日のことのように甦《よみがえ》る。

田舎での釣りは、小学生になっても夏休み毎に続いたが、中学へ入ると、ひとりで行徳の蓮田跡の池や草加越谷方面の用水路へと釣行するようになった。

逆川へは、池袋三越裏から越谷駅行の都バスに乗って行った。帰りの車中、バスの揺れるたびに魚籠から水があふれた。——油っぽい黒い板敷の床を、塵《ちり》の浮いた細い水の筋が何本かに分かれて延びてゆく。……

蟬の鳴く右岸の緑道を、ときおり、桜並木の間から柵越しに川面を覗き込んだりしながら、私は元荒川へ向かってゆっくりと歩いていった。

道沿いには、今風のしゃれた造りの家が多かったが、ところどころ昔ながらのどっしりとした構えの家も見られた。二軒、三軒と眼にするうちに、皆、同じ苗字であるのに気付いた。

四軒目の加藤さんの門前でうろうろしていると、右手の納屋から地下足袋姿の主《あるじ》が出てきた。

「こんにちは。私、中学生の頃、よくこの川に釣りに来たのですが、この辺、すっかり変わってしまいましたね」

鳥打ちをとって、私は話しかけた。

「ほう、そう。昔とは変わったよね。川は改修したし、田圃もなくなっちゃったからね。昔なら、今頃、稲刈りで大変だったよ」

主人は茶色い歯を見せて、口早に言った。七十過ぎに見えるが、背中などピンとしている。

「この近くに、御堂があったと思うのですが」

「うん、あった。川をいじったときに壊してね。今、ちょっと場所を変えて祠《ほこら》が建ってるよ」

と、主人は下流を指差した。

「お堂から上流は、杉林でさびしいところでした」

「そうそう、家はなかったね」

「御堂の先に、酒屋が一軒……」

「ああ、今もあるよ。斎藤商店」

「あの辺り、椎の木が生い茂って、鬱蒼としていたように憶えているのですが」

「うん、今でも面影はあるよ」

新方川《にいがたがわ》も、昔は千間堀《せんげんぼり》と云い……」

「そうだ、千間堀だよ。あんた、なかなか精《くわ》しいね」

「いやあ、懐かしくて」

「どちらから？」

「池袋です」

「池袋、またずいぶん遠くから……」

「当時、池袋から西新井経由で越谷駅まで都バスが出て……」

「うん、来てた来てた。東武バスも乗り入れていたよ」

「元荒川に近いところに、クリーニング屋があったはず……」

「うん、まだやってるよ」

「その対岸の田圃の中に、葦に囲まれた池がありましたよね。よく釣師が長い竿を……」

「あったあった。埋め立てちゃってね。今はマンションが建っているよ」

話の途中から、主人は次々に答えてくれた。

「まあ、せっかく来たんだから、ゆっくり見て行ってください」

長い問答が一息つくと、老主人は笑顔でそう言って、母屋へ入っていった。

帽子を冠《かぶ》り、私はふたたび歩き出した。前方に、墨のような雲がひろがっていた。

しばらく行くと、民家の間に祠《ほこら》がふたつ並んでいた。

「四つ谷区画整理神域遷宮記念碑　昭和六十二年一月二十五日建立　奉納　当所加藤源蔵」

傍らの石碑に、そう刻まれていた。

この祠が、あの御堂の中に入っていたのだろうか。杉林の中にひっそりと建っていた御堂は、五、六坪はあったと思うのだが……。ふたつの祠をぼんやり眺めながら、私は記憶の中の風景を喚《よ》び起こしていた。

もう少し進むと、前方に椎の大木が見えてき、道端に積み上げた赤いビールのケースが眼に入った。斎藤商店だった。下見板の古い平家は、白い二階家になっていた。

レジで、三十そこそこと思われる若者が、赤ん坊を抱いて店番をしていた。

私は中へ入り、アイスクリームを買った。

「昔、この川に――」

百円玉を渡しながら、前と同じように切り出した。赤ん坊は、ポカンと口をあけて私の顔を見ていた。大福の粉《こ》をふいたような頬っぺたが、ぷっくりと膨れている。

「ええ。そこの川は、以前、この道のところを流れていたんです。改修して狭くなってしまいました」

「そうですか。就職してから、最後にオートバイで来たとき、こちらの家の十歳くらいの子供が、私のオートバイに興味をもって、いろいろ訊かれた記憶があるのですが……」

「――兄貴かな。今年四十になりますよ」

座敷の硝子戸があいて、恰幅のいい旦那が出てきた。

「この人、昔、釣りに来たことがあるんだって」

「ほう」

若者は赤ん坊をあやしながら奥へ消えた。

「昔はよく釣れたからね。魚がいっぱいいたんだから」

「この先の御堂の裏で、四手網で小魚を獲っている漁師を見たことがあります」

「うん、そんなこともあったな。とにかく魚が濃かったんだ。家もこんなになかったしね」

「この店の前に石段があって、川へ下りられましたよね」

「そうそう。よく知ってるね」

「下へおりて、よく釣ったものです」

私はこの後も矢継ぎ早に質問した。加藤さんに尋ねたことの繰り返しだった。

斎藤商店を出て、アイスを舐《な》めなめ歩いた。黒雲がしだいに迫ってきた。たまに、向う岸の空地に菜園らしきものが見えるだけで、どこまで行っても民家は途切れることがなかった。沿道の真新しい家を見るたびに、私は物悲しいような心持になった。あれから四十年近く、自分はいったい何をしてきたのだろう。学校を出、就職をし、独身を通し、今に至っている。父が倒れたのが三十二のとき、それから父と遊び暮らして十四年、別れて五年。簡単に云えば、ただそれだけである。父の発病と、父との死別とを除けば、平坦な一本の道を歩いてきたに過ぎない。

——よっしゃ。秀夫くん、ちょっと待ちな。一丁作ってやるよ。

中学生時分のある朝、私が釣りに出掛けようとすると、仕事場の父はそう言って片膝を立てた。背後のダンボール箱を引き寄せ、大きな端切れを取り出しバイタに拡げた。ガスアイロンで皺《しわ》を伸ばし、チャコでサッサッと輪廓を引き、裁ちバサミで一気に切りとると、すぐに立ち上がってミシンに向かった。銀色に光るはずみ車に手をやり、ガタゴト、ガタゴト踏み始めたかと思うと、あっという間に手提げ袋が出来上がった。

その朝、私は前日釣道具屋で買った、床几《しょうぎ》のような折畳椅子を入れる袋を探して、まごまごしていたのだった。

このごろ、このような遠い日の小さな出来事をふと想い出し、そのたびに遣る瀬ない気持になることがある。過ぎ去ったある日、あるときのすっかり忘れていた些細な出来事に、胸を緊め付けられるようなこともある。年を取るとは、こういうことだろうか。

父は、半月の間、苦しんで苦しんで死んだ。この五年間、私はそのことが一日も忘れられない。自分も、そのようにしてこの生を閉じなければならないのだ。

俺が死ぬとき

俺が死ぬとき
この世で最後に思うのは
やっぱりダンナのことだと思うよ

三年前に造った『ふたつの光』という本に、私はこんな詩を載せた。

よろこびもかなしみも、希《のぞ》みも憂《うれ》いも、愛情も憎しみも、すべての感情がなくなる最期の瞬間――私の父恋いは、そのときまで続くのであろうか。

四つ、五つ、橋を過ぎ（昔は一つか二つ土橋があるだけだった）、対岸の黒っぽいマンションの前へ来た。空が急にせまくなった。元荒川は、もう指呼《しこ》の間にある。

途中、仕舞屋《しもたや》の家並にクリーニング屋が一軒あった。トタン葺きの昔の家は、モルタル造りに変わっていた。

桜並木の四阿《あずまや》で、一憩みすることにした。足下には、もう色づいた葉が散り落ちていた。柵の下の水路は底が露《あら》われ、真ん中にひとすじ、くすんだ緑色の水が淀《よど》んでいるだけだった。向こうの護岸の上に、黒い猫が一匹蹲《うずくま》っていた。

眼の前の衝立《ついたて》のようなビルを、私は見上げた。

昔、この建物のあるところは葦原で、真ん中に池があった。

——青い稲田と葦原と、葦の間に見え隠れする釣師のあかい帽子と、白鷺の長い脚と……くろい外壁の中から、そんな情景が泛び上がってきた。

「失礼するよ」

鳥打ちをかぶった長い頤鬚《あごひげ》の老人が、となりへ掛けた。

「はあ、どうも」

「見たところ、この辺の人じゃなさそうじゃが」

杖の把手《とって》に両掌をのせ、老人は用水に眼をおとして言った。帽子からはみ出た髪は真っ白だった。

「はい、池袋から来ました」

「池袋？」

老人は顔を上げた。

「中学生の頃、この川によく釣りに来たもので、懐かしくなって来てみたのです」

「ほう、それはそれは」

「旦那さんは、昔からの土地の方ですか」

「ああ、そうじゃよ。この奥のほうで、百姓をやっとった。今は、こんなに家が建ってしまったがね」

背中を伸ばすようにして、老人は首をうしろへまわした。

「もしかして、加藤さん……ですか？」

私は、皺《しわ》だらけの顔を覗き込むように訊いた。

「そうじゃが、何で知ってるんじゃ」

老人は、初めてこっちを向いた。

「川上に、加藤という大きな家が何軒もあったもので……」

「なるほど。皆、同族じゃよ」

老人は、水路へ視線をもどした。

「――このマンションのところは、以前、池でしたよね」

「そうそう、この辺りはすっかり変わったよ。滄桑《そうそう》の変なんて云う言葉があるけれど、まさにそんなようなもんじゃ」

「……あそこのクリーニング屋は、当時からありましたよ」

「うん、あの店は古い」

猫が、のそりのそり歩き出した。

「あんたが釣りに来ていた頃、わしは今のあんたくらいの年かも知れんな。——過去を振り返るのは、年をとった証拠だよ。森鷗外が、人は老いてレトロスペク何とかの境界《きょうがい》に入《い》る、と書いていたが、あんたもそれじゃよ」

「レトロスペク？」

「ああそうじゃ。レトロスペク何とか」

「そうですか。そう云えば、このごろ昔のことばかり想い出されるんです。そうして、なんだか物悲しい気持になることがあります」

「老いの入口ってところかね。もっとも、あんたはちょっとばかり早すぎるようじゃが」

猫は、ときおり干上がった川へ飛び降りそうな素振りを見せながら歩いてゆく。

「物悲しい……か、そうだな、そういうものかもしれないな」

「はあ」

「じゃがな、かなしいというのが本当のところじゃよ、我々の生というものは」

「………」

猫の尻が、だんだん遠くなる。

「じゃ、これで」

「はあ、どうぞお元気で」

「ああ、また会うこともあるじゃろう」

杖を突き立て、老人はやっと立ち上がった。

「レトロスペク……何と云ったかな」

老人は首をひねり、

「まあ、調べてみてくれ」

と手を上げ、片脚を引きずるように歩き出した。

桜並木の鋪道に、前屈《かが》みの背中が小さくなっていった。

四阿《あずまや》の屋根にかすかな音がし、水面にぽつりぽつりと輪がひろがった。

眼を瞑《つぶ》ると、一面の青田に風のわたる情景や、欄干のない土橋や、竹竿で魚を追いながら川底を大股で歩く漁夫の姿や、杉林の中のひっそりとした社《やしろ》のただずまいや、椎の木の生い茂る一軒家の酒屋の様子やが、次々に泛んでは消えた。私はそれらの風景の中に、プラスチックの箱魚籠《びく》に竿を持った、頬紅い少年を立たせていた。

屋根をたたく音がはげしくなり、川面の波紋もせわしくなった。

猫の姿はもうなかった。

翌日、私は図書館で森鷗外の著作を調べた。

全集を何冊か手にとるうちに、『なかじきり』という短文を見つけた。その書き出しは、次のような一節であった。

「老は漸《ようや》く身に迫って来る。

前途に希望の光が薄らぐと共に、自ら背後の影を顧みるは人の常情である。人は老いてレトロスペクチイフの境界《きょうがい》に入《い》る。」

「回顧的な」と註が付されていた。

『なかじきり』は、大正六年、鷗外五十五歳の作である。

私は当年五十一歳である。

白い山茶花

休日の夕方、私は雑司ヶ谷墓地へ散歩に行く。

落葉の小径《こみち》を、いろいろな形の墓石を見たり、墓誌を読んだりしながら歩く。高い囲いの奥深く聳える墓、屏風のように平べったい墓、半球形の墓、傾いた膝丈ほどの墓、茫々たる枯草に埋もれた墓、木の墓標、それぞれに趣があり飽きることがない。墓の下には、過去の一時期、この世に生きて活動した人たちの骨が埋まっている。墓の間をぶらつく私の姿は、天上から見れば、迷路を這う蟻のようなものだろう。

父逝いて五年、最近まで墓地へ行く気にはなれなかった。父の腕を支えて散歩したことを想い出すのが怖かったのだ。今でもふたりで歩いた南の外れには足を踏み入れない。

歩きながら何を考えるともないのだが、蟬を捕ったり、パチンコで雀を打ったり、墓の上から飛び降りたりして遊んだ子供の頃を想い出すことがある。人は老いてレトロスペクチイフの境界《きょうがい》に入《い》る——森鷗外はそう言ったが、私もその入口に差し掛ったのかもしれない。

今日も四時過ぎに出掛けた。1種21側3号——崇祖堂脇から白い標柱のならぶ小径《こみち》へ入ると、すっかり色づいた欅や公孫樹の葉裏を、小春日が明るく透かしていた。径にも墓にも、落葉は厚く積っていた。燥《かわ》いたかるい音が、足下にからみつく。

——わたくしは毎年冬の寝ざめに、落ち葉を掃く同じようなこの響きをきくと、やはり毎年同じように、「老愁ハ葉ノ如ク掃《はら》ヘドモ尽キズ蔌蔌《そうそう》タル声中《せいちゅう》又秋ヲ送ル。」と言った館《たち》柳湾《りゅうわん》の句を心頭に思い浮かべる。（中略）年々変わらない景物に対して、心に思うところの感懐もまた変わりはないのである。花の散るがごとく、葉の落つるがごとく、わたくしには親しかったかの人々は一人一人相ついで逝ってしまった。わたくしもまたかの人々と同じように、その後《あと》を追うべき時のすでにはなはだしくおそくない事を知っている。晴れわたった今日の天気に、わたくしはかの人々の墓を掃いに行こう。落ち葉はわたくしの庭と同じように、かの人々の墓をも埋《うず》めつくしているのであろう。——

永井荷風「濹東綺譚」作後贅言《ぜいげん》中の一節が泛んでき、広尾の寺に眠る父の墓が思われた。

今時分ふたりで散歩にくると、父の歩いたあとには、土の跡がひとすじついた。麻痺の残る右脚が落葉を引きずっていたのであった。紅や黄の落葉の雨のなかを歩いたこともあった。墓の囲いに並んで腰掛け、潮騒のような葉ずれの音とともにいっせいに散り落ちる欅の紅葉を仰いだこともあった。

墓地を東西に貫く大通りへ出ると、道端に白い山茶花《さざんか》が咲いていた。五瓣の花びらから、かすかに甘い香りがした。土の径《みち》へ下り、私はしばらくその白い花を見上げていた。山茶花の側《かたわ》らの墓は、スラリと高かった。枯れた樒《しきみ》と、草色の線香の燃え滓《かす》が残っていた。

「故陸軍砲兵上等兵勲八等功七級　尾花幸三郎之墓　陸軍中佐従五位勲四等功四級　本田森造書」

細身の、勢いのいい行書だった。「尾」の左払いの先端が刀のように鋭い。

左へ廻ると、「戰歴　昭和十四年六月二十八日應召出征滿蒙國境ノモンハンノ激戰ニ参加ハルハ河畔ニ力戰奮闘五旬八月廾七日イリンギンブルードロ○○高地ニ於テ敵ノ戰車ニ肉薄攻撃ヲ敢行スルコト數度ノ後火砲ト共ニ散華《さんげ》ス」と楷書で彫られていた。こちらは書家の筆と思われた。

背面「昭和十八年八月二十七日 尾花眞砂郎建之」、右側面「樹勲院雄幸全忠居士 昭和十四年八月二十七日 行年三十二歳」――存命であれば今年百歳のはずである。

私は、今朝の新聞記事を思い出した。

「真部一男氏（まなべ・かずお、本名・池田一男＝将棋棋士八段）二十四日、転移性肝腫瘍で死去。五十五歳。告別式は近親者で行い、後日、お別れの会を開く。一九八二年度の早指し選手権で優勝。著書に「升田将棋の世界」など。」

短い訃報だった。私はすぐに本棚の下の開きから、古い棋譜ノートを引っ張り出した。対局者、上手《うわて》、真部一男四段、下手《したて》、永野秀夫初段――パラパラとめくった頁に、青インクでそう記されていた。開始、昭和五十年四月六日午後一時。対局場所、池袋パルコ、ゲームコーナーカワダ。手合割、二枚落。手数、七十八手下手勝。備考、真部四段五面指し。指手、6二金、7六歩、5四歩、4六歩、5三金、4五歩、3二金、5六歩……。

昭和五十年春、大学二年生になった私は、真部四段に二枚落で指導対局をしてもらった。池袋パルコ六階店頭での催しで、上手の五面指しだった。二歩突っ切りの定跡で行くつもりだったが、序盤上手に5三金と構えられ、途中思いもよらない手で変化され戸惑ったが、冷静に対処し勝つことができた。

終盤、八筋へ追いつめた上手玉を、何度もなんども読み直して即詰にうちとると、隣の盤から眼を戻した真部四段は、すぐに、

「うん、これは……」

と、駒台へ手を置いた。

「ありがとうございました。いやあ、全然知らない変化で……」

私が頸に手をやって切り出すと、

「でも、対応が適確で、うまくまとめられましたね」

と、真部四段は鼻にかかった声で言い、微笑んだ。

専門棋士に接したのは、このときが初めてだった。三つ揃いの背広をびしっと着込み、上着の内ポケットから抜き出した細長い煙草を吹かしながら、しなやかな指先に駒をはさみ、あっちの盤、こっちの盤、鮮やかな手つきで指し廻す左利きの青年棋士は、眩しいほど颯爽《さっそう》としていた。

その後、真部四段は三十半ばでA級八段に昇ったが、頸の廻らなくなる奇病にとりつかれたと聞いていた。

三十二年前、池袋のビルの地上何十メートルかの空間で、私はこの人と盤を挟んで一時間あまり対峙していた。一手一手熟考を重ねた濃密な時間であった。十九の学生と二十二、三の新進棋士との間に、あれから長い時間が流れた。

私の脳裏に、長い舞台が泛んだ。下手《しもて》の袖から次々に人が現れ、とぼとぼと歩いてゆく。舞台中央を通り過ぎ、やがて上手《かみて》の袖へひとりずつ消えてゆく。

ここに一枚の細長い紙がある。その上に、三本の線――明治末から昭和にかけての短い線、戦後六、七年から現在までのやや長い線、その下のほぼ同じような線――が引かれている。三つ目の線が私の生であり、真部八段と同じ長さになるまでにはあと四年しかない。

風が出て、欅の葉が一度に散りはじめた。

「樹勲院雄幸全……」

戒名は黝《くろ》ずみ、墓の上の山茶花がひときわ白く浮き上がった。

振り返ると、欅の梢の空は茜色に染まっていた。

夕映えに向かって、私は右脚を引きずって歩いてみた。落葉の小径《こみち》に、一本のくろい条《すじ》が延びていった。

冬空のとおく

師走も半ばを過ぎ、欅も公孫樹も裸木になった。

午後晩く雑司ヶ谷墓地へ散歩に行くと、欅の梢越しに茜色の夕映えが見える。落葉の小《こ》径《みち》から眺めているうちに、ふと遠い日の出来事を想い出すことがある。

このごろしきりに脳裏に泛ぶのは、コンクリートの円い釣堀と、その縁《ふち》から釣竿を出している親子の姿である。池には一尺もある雷魚が放されてい、客はまだ四十代の父と六、七歳の私とふたりしかいない。

沼部――長い間、私には懐かしい地名だった。地図を見ると東急多摩川線の駅名で、多摩川のすぐそばだ。昭和三十年代の後半、私はその駅の近くの釣堀へ父に連れて行ってもらった。竹の延べ竿を借りて、大きな雷魚を何匹も釣った。帰りに、近くの鮨屋で海苔巻を食べさせてもらった。軒先の街灯の笠の下に、くらい電球が点《とも》っていた。

明日がクリスマスという日の朝、私は地図帳とおにぎりをリュックに入れて九時過ぎに家を出た。渋谷で東急線に乗り換え、小一時間で沼部へ着いた。

無人駅の改札を出ると、踏切の向こうに多摩川の土手が見えた。土手の上の空は青く澄みわたっていた。

右手の方が賑やかそうなので行ってみると、交差点の先に大きな寺院の屋根が見え、その手前に青い看板の商店が眼についた。奥行のある鮮魚店で、案内を乞うと、座敷から六十恰好の小柄な主人が下りてきた。

「つかぬことを伺いますが、昔この辺に釣堀がありませんでしたか。小さい頃、父に連れてきてもらったことがあるのですが」

「うーん、釣堀ねえ」

長靴に白い作業着姿の主人は、腕組みをして首をひねった。

「はい、コンクリートの円い池で雷魚を放してあったのですが……」

「うーん」と唸《うな》って、主人は眼を瞑《つぶ》った。

「釣堀、釣堀、うーん」

別の店で訊いた方がよいかなと思っていると、

「――あそこだな、うん、あそこだ」

と、主人は自分を納得させるように言った。

次の言葉を待っていると、主人はおもむろに腕組みを解き、

「そこの踏切を渡ってね、すぐ左へ行くんだ。二、三分で突き当るから、その辺でまた聞いてみるといい。小川さんという家が古いから、そこがいいかな。確かあの辺りだ。もう随分前のことだね」

と一息に言って、頭のうしろに手をやり、ニコリとした。

「そうですか。小川さんですね。どうもありがとうございます。来た甲斐がありました」

礼を言って、私は足早に踏切を渡った。

左手の路地を道形《みちなり》に行き、ＪＲ横須賀線の陸橋をくぐると、線路際に高圧線の鉄塔が見えてき、右手の角に小川家があった。門構えの立派な邸宅だった。横手の通用口から入り、玄関脇のインターホンを押した。

「どちら様ですか」

家《や》うちでチャイムが鳴り、年配の女の人の声が返ってきた。

事情を話すと、

「知りません」

ただ一言、そっけなく切られた。

道へ出ると、二階の小窓から中老の婦人が見下ろしてい、すぐに顔を引っ込めた。

気を取り直して筋向いの家を訪ねてみた。下見板の古い家だった。ブザーを押すと硝子戸が半分開き、半纏《はんてん》を着た頭のうすい男が顔をのぞけた。

前と同じように尋ねると、

「はあ、すぐそこ」

と言って、戸に手をかけた。

あわてて、「その角ですか」と訊くと、

「古いことなので……」

と、薄笑いを浮かべて、半纏の男は戸を引いた。廊下を腰の曲がったおじいさんの横切ったのが、ちらっと見えた。

この近辺ということは分かったが、私はどこなのか特定したかった。できれば、釣堀をやっていた人に話を訊きたかった。ただ、池がまだあるなどとは、最初から考えていなかった。あれから四十五年も経っている。いまどき、こんな住宅地で釣堀をやっているわけはない。

私は、線路際から多摩川の土手へかけての細長い区劃《くかく》を一廻りしてみることにした。道の左側に間口の狭い家が櫛比《しっぴ》している。突当りの角に庭付きの大きな家があり、土地の人と思われたが、いままでのことを考えるとインターホンを押すのが躊躇《ためら》われた。

門の前で迷っていると、向かいの家から奥さんが出てきたので、帽子をとって声を掛けてみた。

「ちょっとお伺いします。大分昔の話なのですが、この辺りに釣堀はありませんでしたでしょうか。小さい頃、父に連れてきてもらったのですが……」

「釣堀ですか。さあー」

五十半ばと思われる奥さんは、頰に手を当て、

「私も、ここに四十年ほどいるのですが……」

と、眼を落としたが、すぐに、

「ちょっと、あんた」

と、玄関のドアを開けて旦那を呼んだ。

「この辺に釣堀があったかしら」

旦那は、運動靴を突っ掛けて出てきた。ちょこんと頭を下げ、ニコニコしている。

「釣堀？　いゃあ知らないね」

と言いながらも、ズボンのポケットに両手を入れ、何か考えてくれている様子だった。

野球帽を冠《かぶ》り、小柄でいかにも人の良さそうな人だ。

「そうだ、そう云えば昔、駅の向こうにあったな」

「駅の向こう？」

「あったじゃないか」

「そうかしら……」

「あったよ。ほら、あの三角地帯」

「私、知らないわあ」

ふたりは真剣だった。

「駅の向こうですか……」

私は恐るおそる口を挟んだ。

「そう、お寺があったでしょ。あの近く。鯉を放していたよ」

「それは、小屋の中に木枠で池を作って、黒い水を張った箱釣りというものではないですか。いっときずいぶん流行ったものです」

「うーん、そうかも知れない」

「私の来た釣堀は、屋外のコンクリートの大きな洗面器のような池で、雷魚が入っていたのです」

「そうですか。それじゃ、違うかねえ」

その後も夫婦はあれこれ意見を出し合ったが、結局分からなかった。ただ、親身に考えてくれたのが、私はうれしかった。何か御礼をしたいぐらいだった。

私は次の角を曲がって、また線路へ向かって歩いていった。鉄塔が間近に迫った右手に、袋小路のようなところがあり、とば口の家の前に初老の男が蹲《うずくま》っていた。ホースの水でなにやら洗っている。年末の大掃除かもしれない。

「ちょっと伺いますが」

そばへ行き、腰を屈《かが》めて釣堀の話を切り出した。男は、ステンレスのトレイを束子《たわし》でこすっていた。

手を動かしながら聞いていた男は、

「ああ、そこだよ」

と、顔を上げ私のうしろを指さした。

「その蒲団の干してある家。そこが池だったね」

振り返ると、眼の前の家の二階に、蒲団と毛布が窓いっぱいに垂らしてあった。

「それは、外に掘った池ですか」

「うん、そう。室内じゃない」

「雷魚を入れてあったんですが」

「うーん、魚までは分からないが」

「釣堀をやっていた家は……」

「随分前に引越したよ。その家の奥にあったんだが、たしか、ホンジョウさんといったね。うちの子供がその家の子と同級生でね」

「そうですか。池はコンクリートの円い池でしたか」

「うん、そうそう」

「かなり大きかったように憶えているのですが」

「そこと向こうに鉄塔があるだろ」

「はあ」

私は土手の方角を見上げた。低層のマンションを越えて、鉄塔がもうひとつ建っていた。

「もう、高圧線はいらなくなってとってしまったんだけど、高圧線の下には、家を建てられなくてね。だから、当時、その一帯は空地だったんだ」

確かに鉄塔の間には送電線がない。すっきりと晴れた青い空が見えるばかりだ。

「旦那さんは、昔からここにいるのですか」

「昔といっても戦後だよ。学童疎開から帰って、ここに住みついてね」

男は、水を止めて立ち上がった。

「以前、タマちゃんの騒動があったよね」

「ありましたね」

「あれは、すぐそこの土手を上がったところだよ」

と、男は頤《あご》をしゃくり、

「この辺もすっかり変わったよ」

と、腰に手を当てて、左右の家並を見渡した。

釣堀の址《あと》の二階家に、あかい毛布が翩翻《へんぽん》とひるがえっていた。


多摩川の土手へ上《のぼ》った。風は冷たいが、陽はあたたかい。

川向うに川崎のビル群、右手に丸子橋の水色のアーチ、その下に窓ガラスをきらめかせて走る自動車、アーチの彼方の紫色の山脈《やまなみ》、左手の鉄橋をすべるように通過する新幹線……冬の陽光を浴びて、すべてがくっきりと映える。

土手下の緑地には凧揚げの親子が走り、手前の小径《こみち》をサイクリング車が行き交う。川は蒼く、金のさざなみをゆったりと下流へ運んでいる。川中に停まるボートの上に、ときおり釣竿の長い弧がキラリと一閃《いっせん》する。

私は枯芝に腰を下ろし、おにぎりを頬ばった。

今朝、父の夢を見た。

横たわった父の顔にうすい透明な液がかかっている。驚いて抱き起こし液を拭うと、父は生きていて、「おお、秀夫くんか」と小さな眼を開ける。私は骨ばった背中に必死に座蒲団を当てようとするがうまくいかない。お父さん、お父さん、と魘《うな》されて涙を流した。恐ろしい夢だった。夢を見てあんなに涙が出たのは初めての経験だった。

眼前の風景——空も川も、ビルも橋も鉄橋も山脈《やまなみ》も——は、私がこの世から消えた五十年後、百年後も、今日と変わりはないのであろう。四十五年前、父とこの近くの釣堀に来たことも、父と遊び暮らした十四年の歳月も、今この土手にひとりで坐っていることも、この世の出来事はしょせん皆まぼろしか。

眼を瞑《つぶ》ると、上空で飛行機のうなる音がした。ゴウゴウゴウ……過去も現在も未来も、すべての時間をのみこんでしまうような重い音だった。斜めうしろを仰ぐと、鉄橋の向こうに高圧線の鉄塔が聳えていい、その上に青一色の空がひろがっていた。光に満ちた青い空だった。この冬空の遠くに父はいるのだろうか。寒そうに背中を丸めて、じっとこっちを見つめて……。

冷たい川風に吹かれながら、私は長い間鉄塔の上の空を見上げていた。

大塚先儒墓所

大塚先儒墓所

大晦日の午後、散歩に出た。

冬休みに入ってから、私は毎日、雑司ヶ谷墓地や日出町の路地裏をぶらついた。ジャンパーに襟巻をし、落葉に埋まった墓石や墓誌を見たり、密集した昔ながらの町並みを見物したりした。

その日、私の足は豊島岡《としまがおか》墓地裏の塀沿いの道へ向いた。にわか雨の後で、空は浅葱《あさぎ》色に晴れあがっていた。片側の家々には、門松が飾られていた。

監獄通りの坂上を右へ折れて道形《みちなり》に下って行くと、建売住宅の櫛比《しっぴ》する間に、黝《くろ》ずんだ石柱を見つけた。「東京市管理　大塚先儒墓所入口　徳川時代儒者の墓所」とある。小径《こみち》の向こうに、急な石段が雑木林の高台へ延びていた。

私は惹き寄せられるように歩いて行った。

――見学希望の方は吹上神社にお申し出ください――石段下の小扉に南京錠がかかっていた。道へ引き返すと、右手の民家の屋根越しに、欅の樹が聳えていた。神社はその下にあった。社務所でノートに住所氏名を書き、木札《きふだ》の付いた鍵を受け取った。

墓所へ戻り、錠を開けて石段を上《のぼ》った。そこは、鬱蒼とした豊島岡御陵の森と高い塀で区切られた台地で、椎や櫟《くぬぎ》の間に古びた墓が散在していた。左手の崖下に、さっきの神社の銅葺の屋根の傾斜が見える。林の真ん中に、桜の老木が散り残った病葉《わくらば》を垂らしてい、雨に濡れた落葉の上に夥《おびただ》しい団栗《どんぐり》が落ちていた。右隅に夏蜜柑が日を浴びていて、そこだけ明るい。

塀際の木の間を、昌《しょう》ちゃん帽を冠《かぶ》った老人がちらとよぎった。

傍らに、墓所の謂《いわ》れを誌《しる》した案内板があった。

「国指定史跡　大塚先儒墓所　所在地　文京区大塚五―二十三―一　指定区域　六九〇坪（二、二七七㎡）指定　大正十年三月三日　先儒墓所墓銘　①室孔彰妻故太田氏之墓　②勿軒室君之墓　③室鳩巣先生妻故若森氏之墓　④室鳩巣先生之墓……」全部で六十三基の墓があり、徳川時代の儒者とその家族を祀《まつ》るという。

落葉と団栗を踏んで、私は墓を巡った。歩きながら、さっきの老人を捜したが見えなかった。

背後に、円形の石積みのある墓が多かった。儒教と何か関係があるのか、あるいは、この下に坐棺でも埋めてあるのだろうか。

苔生《むむ》した墓石に、嘉永、安永、文化、宝暦、等の文字が刻まれていた。劫初《ごうしょ》から一瞬も停《とど》まることなく滔々《とうとう》と流れて熄《や》まぬ時間——人の一生はその間に点《とも》ったたまゆらの灯のようなものかも知れない。人は代《よ》を択《えら》ばすに生まれ、束の間の生を生き、やがて跡形もなく消えてゆく。波のように、次からつぎへとそれを繰り返す。若葉が青葉になり、紅葉が落葉し、そうしてもう一度芽吹きの季《とき》が廻《めぐ》り……墓守の雑木も、毎年毎年同じことを繰り返してきたのだろう。

時間とは何だろう。我々の肉体、我々の営為、我々の感情、それら一切合財を無に帰す時間というものは何だろう——。

裸木の梢が鳴り、にわかに日が翳《かげ》った。襟巻をずりあげ、私はゆっくりと出口へ向かった。

案内板の前で、小腰を屈《かが》めてもう一度周囲を見渡してみた。が、昌ちゃん帽の老人の姿はどこにもなかった。豊島岡御陵の塀は、見上げるほど高い。左手は崖、右手は民家の裏手だが、網のフェンスが張られていて、どこからも入れそうにない。あの老人は、いったいどこから来たのだろう。そしてどこへ行ったのだろう。

門に鍵を掛け、木札を手に吹上神社へ向かいながら、私の脳裏に、雑木の間に見え隠れする老人の後ろ姿が泛んでは消えた。

桜の記憶

所用で石神井公園の近くまで出掛けた帰り、私は急に思いついて、駅前からバスに乗った。途中、樹々の覆《おお》いかぶさる狭い道を通って、十五分ほどで喜楽沼《きらくぬま》へ着いた。眼の前は大きな駐車場だった。

金網のフェンスに手を掛け、私はしばらくぱらぱらと車の置かれた徒広《だだっぴろ》い空地を見ていた。

ここは、以前、ヘラブナの釣堀だった。真ん中に桟橋が架けられ、周りを桜の古木に取り囲まれていた。

あれはもう二十年も前のこと――満開の桜の下、父と向こうの角の便所の前で釣った。緑色の水面に、桜の花びらは絶え間なく散り落ちた。薄桃色の花びらが池の面《も》に帯のように漂っていた。

対岸の隅に、いつもの老人がビール瓶のケースに腰掛けて竿を振っている。カーキ色のチョッキにつばの長い帽子を冠《かぶ》り、黒い編上靴を履いた老人は、池のコンクリート枠すれすれに仕掛けを振り込む。浮子が立つと、五秒もしないうちにするどく合わせる。水飛沫《しぶき》とともに跳ね上がった魚は、水面をすべり老人の差し出す網に吸い込まれる。

「あのおじいさん、相変わらずうまいね」

竿から手を放して、私は父に言う。

「うん、あの人は相当年季が入ってるね」

「いつも竿頭《さおがしら》じゃないかね」

「うん、お父さん今度コツを教えてもらおうかな」

背中を丸めて、父は老人の釣るのをじっと見ている。

父は不自由な右手で煉餌《ねりえさ》をつけ、必死に仕掛けを送り込む。長いへら浮子が寝たままスゥーと進み、クルリと立って半分沈む。すぐに、ツンツンと当たりが出る。いちばん大きな当たりに、父は「ん！」と両手で竿を上げる。道糸はピンと張り、竿は弓形《ゆみなり》に撓《しな》る。バシャリと飛沫を上げ、魚は水面に顔を出したり沈んだりしながら手許に寄ってくる。私が網を差し出し、掬《すく》い取る。

「いい型だね」

「ああ、こりゃでかいや」

父は両手で竿を上げたまま、ニコリとする。

瑠璃色の空から、桜の花びらは引っ切りなしに舞い落ちる。……

「いつもどのくらい上げますか」

昼、食堂で老人に話し掛けた。

「一束《いっそく》くらいかな」

くぐもった小さな声だった。

老人は九十歳。戦時中、主計兵として南方へ出征し、仲間はほとんど熱帯病で死んでいったと云う。

「復員してからも、不思議に病気はしなくてね。毎朝、近くの公園の鉄棒で三十回、斜め懸垂をするんだ。その鞄、持ってごらん。十五キロあるよ」

四角いヘラ鞄をちょっと持ち上げたが、ズッシリと重い。

胸ポケットから、老人は名刺を差し出した。

「中野区沼袋×丁目××番地××号　田中洋品店　田中猪太郎」

洋品店はもう息子さんの代になっているが、老人は今でも店を手伝っていると云う。

「日曜日にここへ来るのが楽しみでね」

よく見ると、眼鏡の奥の老人の眼はひどく凹《くぼ》んでいた。

「どうすれば、いっぱい釣れますかね」

父が尋ねた。

「魚は辺《へち》にいますからね。へちに振り込んだ方がいいですよ。一束は釣れるはずですよ」

「いやあ、なかなかうまく行かなくて」

父はそれから釣り方を細々《こまごま》と訊いたが、半分以上聞き取れないようだった。

その後、老人の姿はいつの間にか見られなくなった。

沼主の話では、老人は釣堀から家に戻ってこない日があって、それ以来、息子さんが一人で釣りに出さないようになったという。

釣堀跡の空地の前に佇《たたず》んで昔の回想に耽《ふけ》っていると、隣にサンダル履きのおじさんが来た。なんとなく見覚えのある顔だった。

「あのー、以前、この釣堀に来ていた方ですよね」

私は横顔に話し掛けた。

「ああ、そうだけど」

「私も、よく父と来ていたんです」

「――ああ、そう云えば、身体の具合の悪いおじいさんとよく来てた……」

「そうです、そうです」

「お父さん、どうした？」

「父は六年前に亡くなりました。――今、想い出していたんですが、田中さんという九十のおじいさんがいましたよね。いつも一束くらい釣っていました」

「ああ、あのおじいさんね。もう亡くなったんじゃないかね。よくあの隅で釣ってたよね。――あんた、いつも、お父さんをよく世話していたね。俺の仲間も、えらい息子さんだって皆言ってたよ」

おじさんはそう言って、

「もうずいぶん前のことだねえ。あの釣堀もこんなになっちゃったし……」

と、駐車場へ眼をもどした。

あの老人はどうしただろうか。あれからもう二十年――百十歳……とても生きている齢《とし》ではない。

父もあの老人も、遠いところへ行ってしまった。

天国の釣堀で、父は老人に教わりながら釣糸を垂れているだろうか。右手が不自由で、うまく魚を取り込めるだろうか。

桜の古木から糸を曳くように花びらの舞い散る中、ビール瓶のケースに腰掛け、繰り返しくりかえしコンクリート枠の際《きわ》へ仕掛けを打ち込んでいる老人と、その横で短い竿を出し、一心に浮子を見つめている猫背の父の姿とが、私の胸に夢のように泛んだ。

ある図形

小雨が降っていた。

あるビルの裏の暗がりに、男が四、五人何かを取り囲んでいた。端から覗くと、庇《ひさし》の下で野球帽の男がふたり、ダンボールに胡坐《あぐら》をかいて将棋を指していた。プラスチック駒の乱雑に置かれた板盤の上を、墨のようにくろい手が動く。傍らに、大きなボストンバッグと中身の詰まった手提げ袋が見える。

「いやあ、こりゃまいったなあ」

と、帽子から蓬髪《ほうはつ》のはみ出た男が、頸筋へ手をやった。

「もう投げたらどうだい」

と、相手の男が顔を上げて言った。半白の顋鬚《あごひげ》が長い。

「いや、まだまだ」

蓬髪は居玉《いぎょく》で、金銀もばらばらだった。顋鬚の美濃囲いは無傷だ。

「もう駄目じゃないか」

「助からないな」

「もう一番やったらどうだい」

観戦の男たちが口々に言った。皆、傘を差さず、薄汚れたジャンパーにズック靴を履いている。

蓬髪は飛車先を破られ、玉頭《ぎょくとう》に桂も成り込まれ、収拾がつかない。

「もう一番たのむ」

「いや、今日はこれで」

「そう言わずに……」

私は何番やっても同じだろうと思った。頤鬚の方が手つきもずっといい。

「じゃあ、これでもやってみなよ」

と、頤鬚は盤面をくずして、駒を並べ始めた。

玉方《ぎょくかた》、５一玉、その左右に金、１八と９八に角。攻方《せめかた》、１二と９二に飛車。持駒、桂、桂、香。

私は、あっと思った。

「さあー、詰むかね」

と、頤鬚は腕組をして、背中を伸ばした。

「何だか変な形だね。これが詰将棋かね」

と、眉根を寄せて身を乗り出した蓬髪は、すぐ5三香と打った。

「ほう、そうくるか」

頤鬚は歩《ふ》の間《あい》をした。

蓬髪は考え込み、

「香は下段からか」

と、香車を最下段に打ち直した。

「なるほど」

頤鬚は、また歩の間駒をした。

「うーん、同じかあ」

蓬髪はしきりに首をひねった。

私の胸に、スタンドの明かりに照らされたバイタの上の差込盤が泛びあがった。

——「秀夫くん、これ、分かるかい」

私は小学六年生、父はちょうど今の私ぐらいの年齢だった。

夜、父は仕事を仕舞うと、詰将棋を解くのが日課だった。その夜、父は初めて私に詰将棋を出題した。

バイタの上には、じゃぶ桶、刷毛《はけ》、糊《のり》、チャコ、針山、目打ち、裁ち鋏、ヤール尺《ざし》、ガスアイロン、鉄馬《てつまん》……などがあり、私の背後には人台が据えられている。

私はちょっと考えて、ふたつの角筋の交差する枡目に香車を打った。父は、一瞬おやっという顔をして一方の角でとった。私は角の利きがひとつになるように桂を打った。同馬の一手に、馬筋の消えた空間にもう一度桂を打つと、あっけなく詰んでいた。

「よく分かったな。面白い問題だろ。初手がポイントなんだ。角筋の焦点に打つところがね」……

もう四十年も前のことだった。

指貫《ゆびぬき》をはめたごつごつとした手と、なめらかな小さな手とが脳裏をよぎる。

私は街灯の明かりに手の甲をさらしてみた。初老と云ってもいい、艶《つや》のない小皺《じわ》だらけの手だった。

あのとき、父の手は今の私のようだっただろうか。それとも、空襲や軍隊生活や闇商売やで辛酸を嘗《な》めた手は、もっと皺深いものだっただろうか。

香を打って桂を捨てて桂で吊《つる》し詰め——あれからの年月は、煎じ詰めればそんなあっさりしたものだったような気もするし、長いながい時間であったようにも思われる。

「これ、本当に詰むのか」

「詰むさ、簡単だよ」

「うーん」

盤に覆《おお》いかぶさって、蓬髪は呻吟《しんぎん》した。雨が吹き込み、盤の色がしだいにくろくなっていった。

私は歩き出した。歩きながら、Xの形が泛んだ。その上を黒い大きな手と白い小さな手とが交錯するうちに、Xの一画が半分欠け、すぐにまた半分消えて一本の斜線になった。

雨は本降りになっていた。

アスファルトの路面に、五彩のネオンが滲《にじ》んでいた。

戢草と歩

私の机の抽斗《ひきだし》のすみに、眼薬やら雲取山で拾ったとちの実やらクリップやらネクタイピンやらの入った小箱がある。

ある晩、読書に倦《う》み、箱の底をごそごそやっているうちに、歩《ふ》が一枚出てきた。「歩」とだけ彫られた黄楊《つげ》の一字駒で、裏は「と」と赤い。

久しく忘れていたが、この駒の残り十八枚はこの世にない。六年前、盤といっしょに父の棺の中へ入れて燃やしてしまった。

カチッ、カチッ、カチッ、カチッ……机に打ち付けると高い音が響く。

この駒は、茨城県のT棋具から取り寄せた。父は見やすいと言って喜んだ。冬は炬燵の上で、春夏秋はお膳の上で、バイタを始末した元の仕事場に坐り、父はこの駒と板盤を使って毎日何局も棋譜並べをしていた。

カチッ、カチッ、カチッ、カチッ……物というのは怖ろしい。形の残るものは怖ろしい。人間は死んでしまえば骨が残るだけだが、物はそのままの形で残る。私の自転車は、四十年前父に買ってもらい今も健在である。駒も自転車も、捨てない限りこの世にいつまでも存在する。人の死んだ後も、形を崩さずに存在し続ける物というのは無気味だ。

梅雨入り後の最初の土曜日に、広尾の菩提寺で父の七回忌を営んだ。

古い本堂の大広間に、母と姉夫婦と並んで坐った。和尚の低い読経の中、木魚の合間に打つ磬《けい》の音が本堂に響いた。二度、三度、頭上で揺り戻しのように反響した余韻は、やがて天井の四隅に吸い込まれるように消えた。三千世界に響き渡るというこの鉦《かね》の音は、父のいるところにも届くのだろうか。

焼香のとき、祭壇に置いた小さな位牌に向かって、「お父さん、ありがと」と呟いた。涙がひとすじ流れた。

――かえりきたってー……ねはんのおーきしぃーにー……じゅうんいんきしんそうせいこじのしちかいきほうようをー……ながのおーけーのーをー……まかはんにゃはぁらみぃー。

読経の後、和尚と先代の話などをし、法要はすんだ。

塔婆を持って本堂を出、鐘楼裏の小屋で閼伽《あか》桶を借りて墓地へ入った。墓に花と線香を手向《たむ》け、柄杓で水をかけた。紫の煙の燻《くゆ》る中、百合と菊に飾られた墓石が艶《つや》やかに濡れ、文字の凹《くぼ》みに流れ込んだ水に薄日が光った。

空風火水地為壽雲院棋心宗誠居士七回忌供養塔——白い塔婆に、墨の色が映えた。顔を上げると、本堂の長い棟瓦の上に、鈍《にぶ》く霞んだ空がひろがっていた。

父逝いて六年、私は相変わらず日夜その面影をうつつに求める。私の父恋いは、私の生の畢《おわ》るときまで続くのであろうか。

墓地のところどころに白い蕺草《どくだみ》の花が眼についた。この花はどうも陰気な花のような気がする。日陰に咲くからだろうか。あるいは、父の死んだ頃に咲いていた花だからだろうか。

その夜、私は植物図鑑をひらいた。

ドクダミ——花期、六〜七月。ドクダミ科。生態、本州から沖縄までの日陰地に生える多年草。特徴、高さ十五〜三十センチ。葉は心形《ハート》でやわらかい。花弁状の四枚の白い総苞《そうほう》片《へん》の中心に、雄しべと雌しべだけの淡黄色の花穂《かすい》をつける。和名は「毒矯《どくだ》め」あるいは「毒痛《どくだ》み」からとされ、古くから民間薬に利用されている。別名のジュウヤク（十薬）は十の薬効があるということから。

四瓣の白い花びらと見えるのは花序《かじょ》の基部につく葉であり、真ん中の花穂に細かくついているのが花ということだ。

「蕺草は、毎年生《は》えるのかね」

私は机を離れ、居間の母に訊いた。

「ああ、多年草だよ」

テレビを見ながら、母が応えた。

「多年草というのは、宿根草《しゅっこんそう》のこと？」

「そうだよ」

「何年でも生えるのかね」

「ああ、性《しょう》が強いからね」

「百年でも生えるかね」

「ああ、生えるさ」

「今日、墓地にあったドクダミもいつまでも生えるのかね」

「生えるだろうね」

画面を見たまま、上《うわ》の空のように母は言った。

机に戻って、私は小箱から歩《ふ》を取り出した。スタンドの灯りに、くろい漆《うるし》が艶《つや》めいた。

カチッ、カチッ、カチッ、カチッ……父の墓が苔生《む》し、やがて私の骨が父の隣に納まっても、あの墓地には毎年毎年ドクダミが白い葉をひろげるのだろうか。

カチッ、カチッ、カチッ、カチッ……もしかしたら、この駒も十八枚の仲間と離ればなれになって、毎日哀しんでいるのかもしれない。

外は、雨になったようである。

軒のかすかな雨音を聴きながら、スタンドだけ点けた部屋で、私は飽かず歩を空打《からう》ちしている。

歳月

人影のない公園に、やわらかな陽が射している。

塀の向こうから、地を打つような重い音が響いてくる。

鈴生《な》りの柿の樹越しに、塀際の古い二階家へ重機の長い腕が伸びてゆき、巨《おお》きな嘴状《くちばし》の先端が、轟《ごう》音とともに屋根瓦を叩き落す。下見板を打ち破り、木舞《こまい》の土壁を突き刺し、物干し台の鉄柵を捥《も》ぎ取る。

もしかしたら、この家は昭和二十年以前に建てたものではないだろうか――巨大な鉄の嘴に蹂躙《じゅうりん》されるバルサ模型のような家を、私はベンチに凭《もた》れてぼんやりと眺めていた。


久喜駅に着いたのは、十一時過ぎだった。

改札を抜け跨線橋《こせんきょう》へ出ると、駅前にどっしりと瓦をのせた家が見えた。間口が広く、自転車預り所のようだった。私は急いで階段を下りた。

店内には、自転車が何列にも並べられていた。

「つかぬことを伺いますが、この辺に田口洋服店というのはありませんか」

鳥打帽をとり、受付の小窓を開けて尋ねた。

「洋服屋さん？　うーん、ないね」

半白の主人は、首をひねった。

「田口、田口……田島洋服店なら知ってるけど」

「田島ですか。その店はどこでしょうか」

同業なら、何か手がかりを得られるかも知れない。

「いや、もう引っ越していないよ」

「そうですか……。田口でなくてもいいんですが、他に洋服屋はありませんか」

「洋服屋って、売る人、それとも仕立てる方？」

「仕立てです」

「うーん、ちょっとないねえ」

主人は腕組みをして、天井を仰いだ。

「実は、私の父が終戦後その店で一時働いていたことがあるので、探しに来たのです」

「そうなの。それは残念だね」

気の毒そうに主人は言い、

「たまに、昔疎開していたと言って、懐かしがって訪ねてくる人がいるよ」

と、頬を弛《ゆる》めた。

礼を言って、外へ出た。

駅前ロータリーに、秋らしい陽射しが降りそそいでいた。どこか旧《ふる》い家をと、歩道を廻ってゆくうちに、線路際に交番を見つけた。私は早足になった。

「田口友一《ともいち》さんという人の家を探しているのですが……」

鳥打ちを手に、そう切り出すと、

「住所は分からないんですか」

と、初老の巡査がカウンター越しに訊いた。

「ええ、久喜市というだけで……」

「田口トモイチさんですね」

巡査はカウンターの下から電話帳を取り出し、あっという間に田口という姓を引いた。

「ああ、いますね。えーと、南の五丁目……」

私にもちらりと、田口友一と見えた。

電話帳を閉じ、巡査は今度は住宅地図をひろげて頁を繰った。

「えーと、田口、田口、うん、ここだ」

地図の一箇所を指で押さえ、

「ここですよ。駅前の道をまっすぐに行って、最初の交差点を左へ曲がって、二つ目の信号を右に折れたところ、この家ですね」

「はあ」

私は眼鏡をとって、地図に顔を近づけた。

「どのくらいかかりますか」

「なあに、歩いて五、六分ですよ」

意外に近い。

地図帳を片付け、巡査は外まで見送ってくれた。

こんなに簡単に分かるとは、思っていなかった。電話帳には田口友一とあったが、その人が生きているとは信じられなかった。田口さんの生年《せいねん》を知らないが、とにかく父より年長であることは間違いない。存命ならば、少なくても九十半ばは過ぎているはずだ。地図の家には、きっと田口さんの子供が住んでいるのであろう。

父の遺《のこ》した手記には、次のような記述がある。

「(前略)十七歳の春、サラリーマンになるか職人になるか迷っていると、親父の会社で給仕を一人欲しがっていたので、働きながら夜間の中学にでも通ってはどうかと考えました。でも、当時は職人の方が食いっぱぐれがないし（勤め人は馘首《くび》になると、今と違ってなかなか職に就けなかったのです）、これからは洋服の時代になるとの見通しもあって、紳士服仕立の仕事が適当であるということになったのです。

新緑の五月、親父と風呂敷包みを抱え、上野広小路の松坂屋の前から歩いて、北富坂町《きたとみさかちょう》十六番地（厩橋の少し手前、お初地蔵のそば）の中林洋服店に小僧として入店しました。

その店には、私より一つ年上の弟子がひとりいました。親方の実家は、今の武蔵藤沢で、その弟子の家は豊岡町（今の入間市）でした。兄弟子は意地悪な男で、よく苛《いじ》められました。冬のある寒い日、生地を地伸《じの》ししているとき、霜焼けで手がくずれて生地を汚したことがありました。それを兄弟子が旦那に告げ口したので、旦那が二階から下りてきて、いきなりヤール尺《ざし》で頭を叩かれました。ヤール尺には、先に金具が付いていて血が出たため、旦那も喫驚していました。

食事はお粗末なもので、旦那と私たちとは違います。夏になると、仕事が閑《ひま》になるので、毎日味噌汁とご飯ばかりです。兄弟子などは顔が青白くなり、気味が悪かったのを憶えています。奉公とは仕事を覚えるためなので、仕方がなかったのです。今だったら、児童虐待で法に抵《ふ》れます。

丸四年間奉公した後、その店を出て、東大の裏手に当たる池之端七軒町臼井洋服店に職人として入りました。そこを一年ばかりで辞め、小石川氷川下町の水本洋服店に入店しました。この店は、職人が五人もいて盛大にやっていました。そこに三月ほどいて、今度は渋谷区公会堂通りの内海洋服店に入店し、半年ばかり仕事をしました。次に、蒲田の武蔵新田《にった》の芹沢洋服店に入りましたが、二月位ですぐ近くの田口洋服店へ移りました。

田口さんという人は面白い人で、端役《はやく》ですが松竹蒲田の俳優でもあり、野球が好きでよくやったものです。

夏になると、朝五時に起きて、自転車で多摩川のそばの溜《たま》りに行き、鮒を釣ったものです。二十センチ位の鮒が二十枚位釣れるので、毎朝出掛けました。朝食のあと昼まで仕事をして、昼食後、近所の人と自転車に乗って多摩川へ遊びに行きました。川の真ん中まで舟で出て、一斉に飛び込むのです。泳げる人は向う岸まで泳ぎます。田口さんや私などは、あまり泳げないのですぐ舟に戻るのです。夕方五時頃までまた仕事をして、夕飯まで野球をやりました。その頃が一番愉しかったのです。

一年余りで田口さんのところを辞め、自宅で洋服屋を始めました。しかし、一年ばかりやっていると、戦争が激しくなってきました。配給制度になって生地はないし、皆、国民服を着ているので、商売はやって行けなくなりました。(中略)

昭和二十年四月十三日に赤紙が届きました。召集日は十四日です。その晩、府中に住んでいた義兄を招いて、家の者みんなで飲んでいました。すると、警戒警報が発令され、しばらくすると空襲警報に変わりました。急いで義兄を帰らせたのですが、そのときには、もう焼夷弾が雨のように落ちてくるのです。着の身着のまま、根津山へ逃げました。その夜の空襲で、雑司ヶ谷一帯は灰燼《かいじん》に帰しました。

翌十四日、東《あずま》通りは荷物を背負って避難してゆく人でごった返していました。私は煙で腫《は》れあがった眼を押さえながら、集合場所の高田第五国民学校（今の目白小学校）へ行きました。そこで乾パンひとつ貰って東京駅まで歩き、そこから電車に乗って横須賀へ行き、横須賀海兵団に入隊しました。

最初、外国へ連れて行かれるという話でした。私は本当の兵隊ではなく補充兵で、どうなるのだろう、どこへ連れて行かれるのだろうとびくびくしていると、海兵団での三ヵ月の訓練の後、田園調布にあった日本鋼管社長の家へ行くことになりました。そこで寝泊りして、蒲田にあった新潟鉄工所へ働きに行かされました。新潟鉄工所は軍需工場でしたが、工員が戦争に行って手が足りないので、その代わりというわけです。重いものばかり運ばされました。

召集を受けてから四月《よつき》経って、戦争が終わりました。家が焼けてしまったので、ひとまず、親父が疎開していた千葉の浪花《なみはな》へ帰りました。翌日から毎日近くの川で釣りをして過ごしました。

一週間後東京へ出て来ると、田口さんにばったり会いました。田口さんの田舎は埼玉の久喜で、来ないかと言われ、親父と一緒に厄介になることにしました。

約一年そこにいましたが、途中から担《かつ》ぎ屋をやりました。古河《こが》でカボチャを仕入れ、それを持って十条へ行き、駅前の道端に並べるとたちまち売り切れました。久喜で小豆を買って浜松で捌《さば》き、帰りに用宗《もちむね》でミカンを仕入れ、また久喜へ戻って駅の売店に卸したりもしました。

ジャガイモ、煙草、梨、その他いろいろなものを扱いました。池袋は危ないので降りませんでした。一斉取締りがあって、引っ掛かることが多かったのです。一回、東北本線の白河《しらかわ》で捕まって、留置場に入れられたことがありました。でも、経済違反は罰金で済んだのです。ただ、一回やられると元を取り戻すのが大変でした。

いつまでも田口さんの家にいるわけにはいかないので、親父が持っていた二万円ばかりの金に、担ぎ屋で儲けた金を足し、私の新品の洋服を売り、現在の場所に十坪の家を建てました。八万五千円かかりましたが、当時としては大変なものだったと思います。

引き続き二年ばかり闇商売をしていましたが、だんだん取締りがうるさくなってきたので、芝浦の進駐軍のレバー（労働者）として働くことにしました。（後略）」

父は戦後一年ばかり、祖父とふたりで田口さんの家に世話になっていた。洋服の仕立てを手伝っていたが、やがて担ぎ屋を始め、白河や福島の方まで闇米などを買出しに行っていた。

私の部屋の押入れの天袋に、行李ほどの大きさの、がっちりとしたジュラルミンの筒《はこ》がある。この筒は、父が闇商売に使ったものだった。両脇の把手《とって》に紐を結んで、肩から提げたのであろう、六十数年前、米や蜜柑や小豆を入れて、父と共に東北本線や東海道線を、すし詰めの買出し列車に揺られて行ったり来たりしていたのであった。

教えられたとおり、駅前通りの最初の交差点を左折した。片側一車線の道路は、たまに車が通るだけだった。心は急《せ》いたが、足は速く動かなかった。

しばらくすると、道沿いに立派な造り酒屋があった。軒下の茶色い酒林《さかばやし》と、陽を浴びた蔵の白壁が眼を惹いた。向かいは大きな公園だった。

もう少し行くと、公園側の仕舞屋《しもたや》の並びに戸崎屋洋服店という看板が見えてきた。私は道路を斜めにわたって、その店の戸を引いた。

「ちょっと伺いますが、田口洋服店というのは、この近くでしょうか」

人台の置かれた二坪ばかりの三和土《たたき》の上の座敷で、老主人がバイタに向かっていた。主人は喫驚したように私を見ていたが、すぐに腰を上げて下りてきた。職業柄か、背中が曲がって小柄な人だった。

バイタは二寸もある厚い板で、直し中のズボンやアイロンやチャコ削りがのっていた。私は二十年前に消えた、父の仕事場を想い出した。

「田口さんはもうやっていないよ」

「そうですか」

「今、この先で娘さんがお婿さんと県民共済というイージーオーダーの店をやっていてね。家も近くにあるんだけど」

「田口友一《ともいち》さんは、ご存命ですか」

「田口さんは、もうずいぶん前に亡くなったよ。えーとね」

主人は受付台の上で、チラシの裏に鉛筆を走らせた。

「次の次の、この信号を右へ行ってね。看板が出てるからすぐに分かるよ」

「旦那さんは、いつごろからこの仕事をしているのですか」

「私は田口さんより大分あとからだよ」

「失礼ですが、おいくつですか」

「あたし？　私、七十五」

昭和八年生れというと、終戦時十二歳——まだ仕事をしているはずがない。

略図を受け取り、また歩き出した。

相変わらず、車はほとんど通らない。低い家並に、蔵のある門構えの家が眼につく。二つ目の信号を曲がると、前方に白い建物が見えた。県民共済紳士服——大きな看板だった。私はゆっくりと歩いていった。

ドアを開けると、店員が二、三人い、カウンターに上品そうな婦人が坐っていた。店中に、洋服生地が掛けられていた。

カウンターで名前を名告《なの》り、事情を話すと、

「はあ、私が田口の娘です。永野さんですか。永野さん……永野さん……、えーえー、そう云えば父はよく永野さん、永野さんと言っていました。えーえー」

怪訝《けげん》そうな表情をうかべていた婦人は、パッと顔をほころばせた。

私は勧められて、椅子に掛けた。

「いやあ、今日は、またわざわざ……」

「はあ、急に思い立って伺ったのです」

「まあー、そうでございますか」

「昭和五十二年の夏、父はお父様を訪ねてきたことがあって、菖蒲公園の池に車で連れて行ってもらったと言っていました。戦後三十年も経って、急に行ってよく分かったものと

思います」

「そんなことがありましたか。父は、平成六年に八十四歳で亡くなりました。つい先日が命日でして」

「そうですか」

「六十六歳まで、洋服仕立をしていましてね」

「田口さんは、蒲田では俳優もやっていたそうですね」

「いやあ、何なんですか……」

この婦人は、田口友一さんの二女で春江さんと云う。春江さんには、近くに八つ違いのお姉さんがいて、この人なら終戦時七つになっているので、父のことを憶えているのではないかという。

田口さんは鷲宮《わしのみや》の出身で、戦時中、蒲田からこの土地へ疎開して来たこと、奥さんの実家が蒲田にあったこと、奥さんは六十代で亡くなったこと、春江さんには、もうお孫さんが三人もいること、いろいろなことが分かった。

時分時《じぶんどき》ということもあり、三十分ほどで辞去することにした。客は途絶えることなく、隣のカウンターでご主人と思われる人が応対に追われていた。

帰り際、私は以前造った二冊の本を差し出し、

「父のことを書いた、まことに自分勝手な本ですが、ここのところにお父様のことが記されていますので……」

　と、父の手記の頁を開いた。

「まあー、これはこれは、よく読ませてもらいます。姉にも見せます。きっと懐かしがるでしょう」

　春江さんは喜んでくれ、商売が休みなら家《いえ》でお茶でも飲みながらお話ができるのにお構いもしませんで……と、至極恐縮の態《てい》であった。突然訪ねた詫びを、私は何度も言った。

　店を出て、酒蔵《さかぐら》の前の公園のベンチで憩《やす》んだ。

　腹の底に響く機械音が、引っ切りなしにした。正面の塀越しに、柿の樹がたわわに実をつけている。そのうち、柿の樹の梢から塀際の下見板の家へ重機の巨大な嘴《くちばし》が伸びてきて、二階の雨戸を突き破った。霧除《よ》けを抓《つま》み取り、窓勾欄《てすり》を引きちぎる。

　田口さんの亡くなった平成六年と云えば、父はまだ元気だった。杖を突けばどこへでも行かれた。母と三人で、蓮田駅からバスに乗り、菖蒲町の川まで釣りに行ったこともある。あのとき、ちょっと脚を延ばせば田口さんに会えたのだ。が、父は何も言わなかった。父は不自由になった身体を見せたくなかったのかも知れない。

　父の生きた歳月も、田口さんの生きた歳月も、みな過去のものになった。歳月の波は前へ前へと進み、過ぎ去った月日はうしろへうしろへと遠ざかる。時間は一瞬も停《とど》まることなく流れてゆき、やがて、皆、歳月の波に攫《さら》われてゆく。

朦々《もうもう》たる土煙を上げ、重機は下見板を次々に引き剝《は》がしてゆく。赤子の手をひねるように、古屋は解体されてゆく。

私はその様子をぼんやりと眺めながら、父の、蜜柑の詰まったジュラルミンの筥《はこ》を肩から提げて駅の階段を駆け上がる姿や、駅前に坐り込んでカボチャを売っている光景やらを思い泛べた。そして、父がそんなふうに必死に生きていた六十数年前、今壊されてゆくこの家は、この場所にこの形で存在していたのではないかと思ったりした。

重機の轟音《ごう》は、絶え間なく耳を打つ。

私は空を仰いだ。散り雲ひとつない秋晴であった。

吸い込まれるような空の碧さを見ているうちに、六十年は一瞬のことのようにも思われてきた。

四、五日後、春江さんから手紙が届いた。
「前略　先日は遠方よりお越しいただいたのに何のお構いもできず恐縮いたしております。店の休みの日でしたら、姉も呼んでゆっくりとお話を伺えたのにとても残念です。

御本、早速姉も私も拝読させていただきました。永野様のお父様への想いに頭が下がりました。幾つになっても肉親との別れは辛《つら》いものです。お父様から秀夫様へ、そのやさしいお気持は受け継がれているように思われます。お幸せなお父様でしたね。

姉は、お父様のことはすぐ頭に浮かんだそうです。眼のクリクリした、優しい温厚な方で、よく、おじいさまの踵《かかと》の皸《あかぎれ》に、新聞紙に塗った膏薬《こうやく》を火鉢で温めて貼っていた、その姿が眼に焼き付いているそうです。また、小麦粉に糠《ぬか》を混ぜた饅頭を作って、久喜駅前で売っていたそうです。当時の家は、元靴屋の家を買ったもので、割合大きく、奥の六畳間にお父様たちは暮らしていたそうです。

私も生まれて間もなく、姉も小学校一、二年生でわずかしか記憶がないのですが、父と母の昔話の中に永野さんのお名前はよく出てきました。もっと両親にお父様のことを訊いていたら、もう少し詳しくお話しできたのにと悔やまれます。

別便にて、お菓子を少々お送りいたしました。お口に合うかどうか分かりませんが、召し上がっていただければ幸いです。

時節柄どうぞお身体をご自愛くださいませ。かしこ」

その夜から、私は毎晩のように、額入障子の六畳間の薄暗い電灯の下で、火鉢の側《そば》に蹲《しゃ》踞《が》み込み、おじいさんの踵に膏薬を貼っている父の姿を夢に見た。

夢の中の父は、私が見たことのない、眼のパッチリとした精悍《せいかん》な顔をしていた。

思い出ベンチの秋

思い出ベンチの秋

雑司ヶ谷墓地の中央通りを北へ入ったところに、思い出ベンチというのがある。秋も深まったこのごろ、私は散歩に出てよくそこで憩《やす》む。ベンチに凭《もた》れ、色づき始めた欅の紅葉や公孫樹の黄葉を飽かず眺める。

犬を散歩させる人、速歩《はやあし》で行く運動着の人、買物帰りの自転車の人——眼の前の道を、いろいろな人が通る。

ベンチの背の金属板に、次のような句が刻まれている。

夢よりも淡き白帆や春昏るる
蓑虫や悟れば十方世界空
胡沙は秋胡人胡笳ふく夕かな

２００７・２　雅子　榮一

十方世界空か……紅葉を仰ぎ、私は呟く。

「ちょっとお尋ねしますが、夏目漱石の墓はどちらでございましょうか」

ある日、上品そうな中老の婦人が立ち止まった。鈴を転がすような声だった。背後に老女が寄り添っている。

「突当りの道を左へ行くとすぐに四叉路がありますから、その角です」

私は立ち上がって説明した。

「ご親切にありがとう存じます」

ふたりは、丁寧にお辞儀をして歩いていった。母親と思われる老女は、婦人に手をとられ、片足を引きずるようについてゆく。

──あの母親も、もうすぐ地下の人になるだろう……二人の後ろ姿を見送りながら、私はそんなことを思った。

思ひがけぬやさしきことを吾に言ひし彼《か》の人は死ぬ遠からず死ぬ（安立《あんりゅう》スハル）

いや、あの婦人だって、いつかはこの世の人でなくなる。もちろん、この私も。

この墓地を走り廻っていた少年の日、有り余る時間を持て余していた学生時代、就職して夢中で働いた新入職員時代、父が倒れて病院通いに明け暮れた日々、退院後の父母との旅行や釣り、父を喪《うしな》ってからの虚脱の日々、文章修業、そして、職場生活にもどうやら先が見えてきた現在……私はおのれの来し方行く末に思いを馳《は》せていた。

「どうもありがとう存じました」

ふいに美しい声がした。

「お蔭様でよく観てまいりました」

「それはよかったですね」

私は我に還って、居住まいを正した。

「実は、母が生きている間に一度見たいと申しまして。あまり弱らないうちにと思って連れてきたのです」

婦人の横で、母親がかるく頭を下げた。

「そうですか。それはよろしかったですね。私など、小さい時分からこの墓地で遊んでいるので、漱石の墓など何とも思わないのですが」

「さようでございますか。近くにあるものの良さは、なかなか分からないということがございましょうか」

「なるほど、そういうこともありますね。——都電でお帰りですか」

「はあ、さようです。大塚で乗り換えまして……」

老女は、婦人の手を引っ張るような仕種《しぐさ》をした。

「それでは、ごめんくださいませ」

小腰を屈《かが》め、婦人は母親の手をとった。歩き出してすぐ、振り向いてもう一度会釈した。樹々の梢が鳴り、小さくなってゆくふたりの上に紅葉が舞った。

——その夜。

思い出ベンチで、ふたりの老人が話し込んでいる。かすかに、虫の音が聞こえる。

「大分冷えるようになったな」

「ああ、これからまた寒くなるぞ」

「ところで、今日来たのは変な奴だったな」

「夕方の男か」

「ああ、何だか考え込んでいたね」

「よく来る男だよ」

「漱石の墓を尋ねた女の人がいたね。あの男、連れの老女はもうすぐ死ぬと思ったに違いないぞ」

「そうだな。でも、あの男だっていつかは死ぬからな。人は皆、死ぬことを他人事《ひと》だと思っている」

「まあ、俺達もそうだったんだ」

「あの男がこっちへ来たら、どうする？」

「どうするって言ったって、まあ、仲間に入れてやるさ」

「あの男、何かぶつぶつ呟いていたな」

「うん。俺には、オトウサン、オトウサン、って聞こえたよ」

「父親のことかね」

「しかし、いい年して、オトウサンっていうのも変だね」……

老人たちは、夜毎このベンチに集まってくる。夜の思い出ベンチは、死者の社交場だ。

翌朝、思い出ベンチへ行ってみると、足下に煙草の吸殻がふたつ落ちていた。

私は深々とベンチにもたれ、欅の紅葉に眼を移した。

冬木立

私の手許に、繪葉書「東部國民勤勞訓練所」（八枚セット）と「國民勤勞訓練所案内」というパンフレットのようなものとがある。いずれもこの秋、土浦市と文京区の古書店で購《もと》めた。

繪葉書は、東部國民勤勞訓練所鳥瞰圖（敷地五萬余坪　建物四千五百坪）、正門、歩道、寮舎、大食堂、本舘（右上に所長佐枝義重《さえだよししげ》の肖像あり）、拜殿、神殿、以上八枚、鳥瞰圖は水彩画で、後は皆写真である。

パンフレットの方は、縦二十センチ、横五十センチほどの細長い紙を四つ折にしたもので、表紙に、ゲートルを巻き国民帽を冠《かぶ》った白シャツ姿の男たちが二列に向き合い、銃剣術の訓練をしている写真がある。展《ひろ》げると、日の丸はためく門を、トランク片手に入ってゆく国民服の人たち、上着を丁寧に畳んで地面へ置き、大きく胸張って体操をする入所生、長机の前に整然と端坐し、手帳のようなものを披《ひら》いて勉強する様子、徒広《だだっぴろ》い運動場の隅に整列する人々、冬枯れの野に二人一組シャベルで穴を掘る男たち、講堂の壇上教卓脇に立ち講義する背広姿の教官と受講生の頭の列、荒地に鶴嘴《つるはし》を振り上げる入所生と作業を監督する教官、柱と梁《はり》が剝《む》き出しの広大な食堂での食事風景……それらの写真の間に、次のようなことが書かれてある。

「東部國民勤労訓練所
所長　陸軍中將《ちゅうじょう》　佐枝義重　東京府北多摩郡小平村大字小川（省線國分寺驛乗換西武鐵道小川驛下車）電話小平四〇番」

「西部國民勤労訓練所
所長　陸軍中將　志岐豊　奈良市法華寺町（奈良驛前より乗合バスにて十分位）電話奈良三三〇四番」

「國民勤労訓練所とは何か
大東亞戰爭は日本が國の生死を賭けた大決戰です。我々はどうしても勝つのです。そして勝つために國の全力を戰爭の一點に集めるのです。
我國の中小商工業は數が多過ぎます。そのために澤山の物と勞力が濫費されてゐます。
今や我々は菓子を作る手で彈丸を作らねばなりません。刺繡をする手で軍服を縫はねばなりません。ですから我日本は戰爭に勝つために涙をのんで中小商工業の方に轉業して下さいと求めてゐます。此の際さつぱりと男らしく轉業することはお國のためなのです。

然し今迄の仕事をやめて一體どうしてやつてゆかう、と途方に暮れる人も多い事と思ひます。さういふ人はどうか一刻もためらはず「國民勤勞訓練所」に來て下さい。「國民勤勞訓練所」はさういふ人のために作られたものです。

轉業する人々に、國家が溫い手をさしのべて、懇《ねんご》ろに指導するために作られたのが「國民勤勞訓練所」であります。」

「どんなことをするところか
一、日本人として、どうしても知らなければならぬこと、行はなければならぬことを教へます。
一、いろいろの修練をして貴方の心と體を鍛えます。
一、いろいろの作業や實習をやつて、新しい職場への準備をします。
一、修了者には、國民職業指導所と聯絡してその人に最も適した職業をお世話します。」
「綱領
國民ノ勤勞ハ國力ノ源泉ナリ國民皆働キ力ヲ盡シテ國力ノ伸張ヲ圖ルハ皇國臣民ノ責務トス
今ヤ大東亞新秩序建設ニ方《あた》リ我等ハ國體の本義に基キ自己ヲ革新シ困苦ニ耐へ心ヲ養ヒ體ヲ練リ至誠一貫君國ニ奉スルノ精神ニ徹シ以テ皇國ノ興隆ニ貢獻センコトヲ期ス」

「訓練のやり方
一、入所生はみんな寮に入り、規則正しい協同生活をします。
一、みそぎ修行、其他の行事を通じて、敬神、崇祖、親和、協同、感謝、責任、忍耐等の修行をします。
一、國民禮法——家にゐる時、また外に出た時いろいろの場合の國民禮法を教へます。
一、教練、體操、武道等によつて心と體をしつかりと鍛えます。
一、機械工作基本作業（機械工作の心構へ、就業上の注意、タガネ打、ヤスリ作業等）農事訓練、勤勞報國作業等によつて、勤勞精神を養ひ新しい職業につく準備をします。」
「收容定員　東西各一千人、期間　三十日」
「入る人の心得
一、今までの仕事をやめて、新しい仕事を見つけやうとする人は誰でも入れます。
一、手續はもよりの國民職業指導所に相談して下さい。
一、費用
往きの汽車賃、入所中の食費を支給する上、一日二三十錢の小遣ひ錢まで支給しますから費用はいりません。

又、自分が入所したら家の暮らしに困るといふ方は、國民職業指導所に申出れば家族の生活費の援助もします。

一、入所中は作業服、帽子、ゲートル、地下足袋、寝具等を貸します。

一、携帯品

1　みなりは團服か作業服か、又はふだん着でよろしい。

2　履物はなるべく靴かズック靴か地下足袋とし、所內用として駒下駄と草履を持つてくると便利です。

3　認印、シャツとズボン下（なるべく二組位）ねまき、手拭、齒磨用具、石鹼、靴下（冬は足袋及丹前の類）等を持つてくること。

4　尙このほかに、筆記具、はがき、切手、便箋、封筒、風呂敷、塵紙、剃刀、箸、コップ、針、などを持つてくると都合がよいと思ひます。

一、入つてから病氣になつた方は、所內の醫局で無料で治療して貰へます。」

セピア色の粗末な用紙に、横書きは右から、正字、旧仮名で細々《こまごま》と印刷されている。

父の遺《のこ》した手記には、左のような記述がある。

「一年余りで田口さんのところを辞め、自宅で洋服屋を始めました。しかし、一年ばかりやっていると、戦争が激しくなってきました。配給制度になって生地はないし、皆、国民服を着ているので、商売はやって行けなくなりました。

まごまごしていると、東部国民勤労訓練所というところで人を集めていることを知りました。この訓練所は、工場に派遣する産業戦士を育てるところで、ここを卒業すれば兵役に行かなくてもよいという噂でした。期間は一ヵ月です。全国から千人集まりました。豊島区では二人で、私と日出町の八百屋が志願しました。区役所に行って、死んでも区では責任を持たないが文句は言わないという誓約書を書いて、都下小平村小川という淋しい村へ行きました。

鏨《たがね》打ち、正座、銃剣術、水風呂が主な訓練です。食事は玄米で、四十五分かけて食べます。早く食べてしまうと、教官から罰を受けるのです。寮長は退役の陸軍中将小枝義重で、班長は兵長級に当たります。

あるとき、岸信介商工大臣が訪ねて来たことがありました。朝、千人の人が食事をしていて、コトリとも音がしないので、帰るときにお褒めの言葉をいただきました。

朝は、八十人も入れる浴場に十分間体操をしてから入ります。「祓《はら》い戸《ど》の大神《おおかみ》」と唱《とな》えて、舟漕ぎ体操をすると、真冬の二月なのに軀中に汗が出てきます。そこで寮長の掛け声もろとも、一斉に水風呂に三分間入るのです。出てからまた五分間体操をして着物を着ます。この水風呂で死んだ人が一人いました。

三十日の訓練を了えた後《おお》、亀有の日立製作所に勤めました。しかし、ここは重労働なので辞めさせてもらい、板橋の各和製作所に入所しました。」

昭和十七年から十九年までのいずれかの年の二月、父は東部国民勤労訓練所に入所して、洋服仕立業から工場勤めに転職するための訓練を受けた。（図書館で小平市の歴史を調べたところ、訓練所は昭和十七年一月二日開所とあった。敗戦の年、父は雑司ヶ谷一帯に空襲のあった四月十三日に赤紙を受け取り、翌日、横須賀海兵団へ入隊しているので、訓練所へ入ったのはこの三年間に限られる）

大正四年生れの父の年齢は、昭和の年より十多い。したがって、父が訓練所へ入所したのは、二十七歳から二十九歳までの間のことである。

それにしても、父が上の手記を書いたのは平成四年頃で、所長の名前など一字違っているが、五十年も昔のことをよく憶えていたものと感心する。

パンフレットの写真を見ていると、銃剣術や体操をしている男たちに交じって、小柄だが引き緊まった若い父の軀が眼に泛ぶ。

十二月半ばのある土曜日、私は母を連れて小平市小川西町へ出掛けた。よく晴れて、師走とは思えないほど暖かな日だった。

西武国分寺線小川駅で降り、西口へ出るとすぐ商店街に突き当った。左へ折れ右へ曲がると、自動車の往き来する大通りの先に、「東京障害者職業能力開発校」と門標が見えた。

古い家並に靴屋が店を開けていたので、私は母を待たせて中へ入っていった。案内を乞うと、座敷から七十過ぎと思われる主人がサンダルを突っ掛けて下りてきた。

「ちょっと伺いますが、昔、東部国民勤労訓練所というのがこの辺にあったはずなのですが……」

鳥打ちをとり、私は尋ねた。

「ああ、東部国民勤労訓練所ね。そこですよ。そこの職業能力開発校と職業能力開発大学校、あそこにあったんですよ」

胡麻塩髯《ひげ》の伸びた主人は、道へ出て大通りの方を指さした。

「旦那さんは、その頃からこちらに?」

「いや、ここへ来たのは戦後で、当時のことは知らないんですよ」

私はがっかりした。

「この子の父親が、戦争中そこで訓練を受けたので、行ってみようということになったんですよ」

側《そば》から母が言った。

「どなたか、昔のことをご存じの方はいませんかね」

主人の顔を覗き込むように、私は訊いた。

「うーん、裏の畳屋のおじいちゃん、おばあちゃんも死んじゃったからなあ。もう息子さんの代になってるし……」

「そうですか……」

戦後六十四年、終戦時二十歳の人は八十半ばになっている勘定だ。

「秀夫、ほら見てみな。灼《や》けちゃうんだね」

店頭のワゴンを被《おお》った白布をめくって、母が言った。下から茶色い革靴が覗いた。

「そうなんですよ。色は落ちるし、革がボロボロになっちゃってね」

「陽と云うのは、強いんですね」

「これを被《かぶ》せておかないと大変なことになりますよ」

六十四年——私は一丁ばかり先の門標を眺めながら、その年月の長さに思いを馳《は》せていた。

老主人と話す母を促し、礼を言って歩き出した。

母は五、六年前から杖を突くが、まずまず歩行に不自由はない。ただ、父と同じくらい遅い。いや、父より遅いかも知れない。母と歩くときには、私も無意識にゆっくりと歩く。

大通りに面した校門の、左にヒマラヤ杉、右に欅が立っていた。開け放たれた門から、桜並木の鋪道がまっすぐ構内へのびている。

私は鞄から絵葉書を取り出した。門のあたりも桜並木の歩道も、何となく面影がある。

「どうだい、似てるかねえ」

母に、正門と歩道の絵葉書を見せた。

「似てるね。うん、ここだよ」

絵葉書とその辺を見較べて、母は断定した。

構内へ入り、並木道をぶらぶら行く。桜の落葉が、アスファルトに紅く散り敷いていた。右手の薄《すすき》の空地の向こうに、白い大きなビルが見えた。側壁に、「職業能力開発総合大学校東京校」とあり、遮《さえぎ》るもののない空にひときわ目立つ。

桜並木の中に、一本、相当な古木と思われる樹があった。苔に覆《おお》われた巨大な花林糖《かりんとう》のような幹が、身を捩《よじ》るように歩道へ迫《せ》り出している。

「この樹なんか、昔からあるんじゃないかね」

私は立ち止まって、母に言った。

「ああそうだね。さっきの写真の桜が大きくなったんだね」

母も杖を止め、葉を落とした古木を見上げた。

もう少し行くと、左手に「スキルワーク」と看板の下がる作業場が二棟並び、右手に職業能力開発校の細長い校舎が建っていた。

やがて、桜並木は欅並木に変わり、校舎はコンクリート打ち放しの宿舎に続いていた。宿舎の反対側は真新しい体育館で、縦長の窓から、人気《ひとけ》のない室内に繞《めぐ》らされた肋木《ろくぼく》が覗いていた。体育館と宿舎の先に都営住宅のような四階建てが見え、道はそこで行き止りになった。

「訓練所は五万坪あったというけれど、この学校はせいぜい二万坪ぐらいしかないね」

振り向いて母に言うと、

「もっと幅広く、この辺一帯全部訓練所だったんだろうねえ」

母も、来た道を振り返った。

体育館の裏は、欅の木立の聳える草地だった。木立の後ろに、檜の垣に囲まれたテニスコートがあり、その隣は運動場のようであった。

「秀夫。ここにしようよ」

「うん。そうするか」

私はリュックから敷物を出して、落葉の草の上へひろげた。

「どっこいしょ」

杖を無造作に倒し、母は手をついて機械仕掛けのように腰を下ろした。

デパートの地下から買ってきた弁当を開けて母に渡し、私は熱燗の水筒を取り出した。

眼の前に、枝という枝を剪《き》り落とされた欅の木立が、冬空に拳を突き出すように突っ立っている。木立の梢をかすめて、陽はやわらかに射した。空には白い筋雲が浮かんでいる。

ポーン、ポン、と軽い音がし、檜の垣根の裾から、黄色いテニスボールが見え隠れする。

五十三の息子と八十五の母親と、こんな郊外へ来て冬の陽をいっぱいに浴びながら弁当をひろげている……それだけで途方もない幸福と云わねばなるまい。

「お父さんが、この絵葉書を見たら懐かしがっただろうね」

弁当のおかずを肴に、私はちびりちびり飲んだ。

「ああ、惜しいことをしたね」

母はそう言いながら、箸を動かすのに忙しい。

「父ちゃんも若かったんだねえ、二月と云えば寒かっただろうに。今と違って暖房なんかないだろうに……」

「暖房がない？」

「そうさ、当時はそんなものだよ」

六十五年ばかり前の極寒二月《ごっかん》、父はこの場所に一月滞在して鏨打《たがね》ちや銃剣術や禊《みそぎ》修行の訓練を受けたのだ。手記にあるように、兵役免除という噂に惹かれたのであろうか、あるいは戦争で洋服仕立の仕事も出来なくなり、「此の際さつぱりと男らしく轉業する」つもりになって応募したのであろうか。

五尺一寸のあの小さな軀で銃剣術の訓練をする父、作業場で鏨を使って金属加工する父、粗末な畳の上に正座し講義を受ける父、身震いするような酷寒《こっかん》の中、褌《ふんどし》一丁で「祓《はら》い戸《ど》の大神《おおかみ》」と大声を発して舟漕ぎ体操をする父、芋洗いのような水風呂に浸かり、両手を握り締めて歯の根をガタガタいわせている父……さまざまな父の様子が泛ぶ。

父がここへ来たら、往時を偲《しの》んで感慨深かっただろうなあ、体が不自由になったと云っても、あれだけ歩けたのだから、いくらだって来られたはずだ、生きているうちに連れてきてやればよかったなあ……私の思いは断《き》れぎれに飛んだ。

肩越しに見ると、母は弁当を食べ終わって横になっていた。私はジャンパーを脱いで背中へ掛けてやった。

七年前、父は死んであの世の人になった。——意識のない、どこだか分からないところからやってきて、再び意識のないところへ入ってゆく、人類が連綿と反復してきたこの永遠の不可思議。人がこの世に在るということはどういうことだろう。長いながい歴史の中のほんの百年にも満たない時間を生きる人間というもの――生まれては死に、生まれては死に、生と死を次から次へと繰り返し、死んだ後には何も残らない。六十年以上前、ここで銃剣術や水風呂の訓練を受けた屈強の青壮年たちも、もうほとんど泉下の人になったことであろう。

――やがて母も私も確実にこの世からいなくなる。生まれて生きて死ぬ。儚《はかな》いといえばこれほど儚いものはない。すべての一瞬は、永久に還って来ない一瞬だ。

父は死んでどこにもいない。墓に骨があるだけだ。しかし、私の胸の中には、たしかに父がいる。眼を閉じれば、あのときこのときの父の表情が立ち所に甦《よみがえ》る。だから、私の死ぬときが、真に父がこの世からいなくなるときだ。

一杯、二杯と燗酒を含むうちに、私はほんのりいい気持になったようだった。

「秀夫くん、マッサージ、たのみます――」

突然、天上から父の声が聞こえた。

父は毎晩、風呂から上がりベッドに横になると、そう声をかけた。「ほい来た」と、私は空気圧式の脚のマッサージ器を提げて父の部屋へ行く。

「秀夫くん、マッサージ、たのみます――」

やや酔いの廻った頭に、ベッドに横たわり、両脚に桃色のナイロンブーツを履かせている父の満足そうな顔が泛んだ。

眼鏡を外し、私は絵葉書に顔を近づけた。モノクロの写真に、初冬の明るい光が反射した。立派な車寄せのある木造二階建て本館の右上に、軍帽を冠《かぶ》った佐枝義重所長の肖像がある。五十年配と見える陸軍中将は、真四角の顳《えら》の張った顔に細い眼、大きな耳、うすいちょび髭を生やし、肩章《けんしょう》のついた軍服の胸に勲章を佩《お》びている。

見つめているうちに、楕円形の中に納まった佐枝中将の顔がぼやけ、だんだん父の顔に似てきた。

私は水筒の蓋の残りを一息に飲んで、空を仰いだ。欅の木立の上に、白い筋雲が巴《ともえ》のように散っていた。

私は眼を瞑《つぶ》った。

テニスボールの音が遠くなった。

「秀夫くん、マッサージ、たのみます――」

瞼の中で、父の顔が笑っていた。

落葉

落　葉

寒い日だった。

年末休暇を間近に控えたある日曜日の午後、床屋へ出掛けた帰りに墓地へ寄ってみた。欅の紅葉は悉《ことごと》く散り落ち、墓の間の小径《こみち》には落葉が厚く積っていた。

昨秋、私は「白い山茶花」という短文を書いた。——ある日墓地へ散歩に行き、落葉の雨の中を父と歩いたことを回想しているうちに、白い山茶花《さざんか》の側《かたわ》らに若い戦歿者の墓を見つける。ふと、その日新聞に載った将棋の真部一男八段の訃報が脳裏をよぎり、二十歳の頃、真部八段から指導対局を受けたことを思い出す……というものだった。

山茶花は、去年と同じように中央通りの道端に咲いていた。冬枯れの景色の中で、白い八重の花はひときわ眼を惹いた。樹下の落葉の上一面に、花びらが散り敷いていた。

戦歿兵士の墓を、私は探した。確か、尾花幸三郎という人で、スラリとした細身の墓だった。側面に、戦歴、昭和十四年満蒙国境ノモンハンハルハ河畔の激戦にて火砲と共に散《さん》華《げ》す——と誌《しる》されてあったように記憶している。

だが、山茶花の近くにその墓は見当たらなかった。小首を傾《かし》げ、私はその辺を歩き廻った。背の高い墓標なので、見つからないはずはないのにと思っていると、落葉に埋まった二坪ほどの空地が眼についた。落葉の切れ間から、横長の囲いの跡がかすかに見てとれた。私は唖然とした。墓がなくなるということがあるのだろうか。

私は、小文「白い山茶花」が、この墓の記述でひと揉めしたのを思い出した。今年の春、その文章をある雑誌へ投稿したところ、編集者から墓の描写は不要ではないかとの指摘を受けた。少し考えてみたが、私は削る気にはなれなかった。結局、私事ばかり綴った文章なので、雑誌に載せるのもどうかと思い直し、取り下げてしまった。

七十年の昔、三十ちょっとでこの世を去った軍人の墓を、改葬しなければならない事情が起こったのであろうか。あのスラリとした墓石がクレーンで吊り上げられ、唐櫃《かろうと》から掘り出された骨壺（あるいは遺骨などないのであろうか）とともに、春の陽を浴びながらトラックの荷台に揺られてゆく様子が眼の奥に映じた。

あの墓のなくなったのは自分の書いた文章のせいなのではないか……私は一瞬そんな思いにとらわれた。

私の胸に、群青色の海を見下ろす丘の上に、明るい冬の陽射しと冷たい海風とを受けて、ポツンと建つ墓標が泛んだ。

七十年前、中国大陸辺陬《へんすう》の地に悲惨な最期を遂《と》げたという若者の霊――それは、そのような場所にしずかに眠るのがふさわしいように思われた。

私はまた、広尾の菩提寺にある父の墓を思い泛べた。本堂脇の高台の下の墓地で、暗い唐櫃の中に父の骨は納まっている。梅雨時、墓地のいたるところで白い葉をひろげ、花の散った後いつまでも錆《さび》色に萎《しお》れた姿をさらしていたドクダミも、今は枯れ尽したことであろう。これからは霜柱が乾いた土を盛り上げ、凩《こがらし》も吹き荒れることであろう。――やがて、私もその墓へ入る。意識というものの全くない永遠の闇黒の中で、父の骨壺と仲好く並んで深い眠りにつくのだ。お互い身も心も無に帰してただの骨になっているのだから、何も分からないのだけれども、私はその様子を想像するたびに何かホッとするような思いに満たされるのだ。

鳥打帽の下のツルツルになった後頭部を撫でながら、私はしばらく墓跡の落葉の地面を見おろしていた。落葉は、煉炭の燃え滓《かす》のような色をしていた。

振り返ると、背後の空は木々の細枝を透かして茜色に染まっていた。私はもう一度墓の跡を見、ジャンパーの襟を立てて、落葉の径《みち》をゆっくりと歩いて行った。

冬日

冬日

大晦日の昼前、散歩に出た。

ときおり日差しの漏れる曇日で、ジャンパーの頸に襟巻を深々と巻いた。

私の足は、日出町商店街へ向いた。道々、門松を立てた家はそれほど見られなかった。

日出町の商店街は閑散としていた。買物客の雑踏であふれた昔の光景が嘘のようだった。

ある商店のシャッターに貼り紙があった。

「このたび、防災道路整備のため、平成二十二年一月末をもって閉店することになりました。八十四年間にわたる御愛顧、御引立に感謝申し上げます。××洋品店」

八十四年と云うと、昭和元年から営業していたことになる。

商店街の西側は都電の線路で、小さな踏切がいくつとなく軌道を縫うように敷かれている。私はそれらの踏切を順に渡ってみようと思い立ち、裏道へ入った。

路地裏から路地裏へ、住宅が密集していた。庇《ひさし》のモルタルが剝《は》がれ、板組みの露出した家、側面をトタンで継ぎ接《は》ぎした平家、下見板が取れて木舞《こまい》の見える二階家、狭い通路の両側に引戸の並ぶアパート……古い家屋がそこここに眼についた。

ある踏切で、軌道が黄金色に染まっているのを見た。線路際の公孫樹の梢は、曇天を指していた。

線路を北上するうちに、商店街の裏に三軒長屋の廃屋を見つけた。簓子《ささらこ》下見にあかいトタン屋根、波打つ庇《ひさし》の下に、てんでに歪《ゆが》んだ格子戸の玄関が三つ、軒へ引いた電線がたるんで、その底に青い碍子《がいし》が巻きついている。

戸の割れ目から覗くと、埃っぽいにおいが鼻を衝いた。上がり框《かまち》の腰障子が開《あ》いてい、埃だらけの畳が見えた。座蒲団や古新聞やダンボール箱やが散らばる中に、サインペンが一本ぽつんと転がっていた。電灯の笠が暗がりに仄白く浮き、そこから垂れ下がった紐がかすかに動いているようだった。赤茶けた障子には、ガリ版刷りの紙で継ぎがあたっている。

玄関の鴨居には、楕円形の札がべたべた貼られていた。西巣鴨一丁目東町会員、東京都水道局、日本赤十字社東京都支部……それらの標に交じって、「昭和26年度　固定資産税調査済証　東京都豊島税務事務所」というのが眼を惹く。

鴨居の端に赤銅色に錆《さ》びた表札が掛かっていた。豊島区東池袋五丁目……西澤……とかすかに読み取れ、あと三つ名前が並んでいるようだった。

くろく灼《や》けた張板が二枚、玄関脇に立て掛けてあり、戸袋の隙間に朽《く》ちたバットが挟まっていた。

私の胸に、お河童頭と坊っちゃん刈りの姉弟が泛んだ。——薄暗い電灯の笠の下で、工場勤めのお父さんと前掛け姿のお母さんとふたりの子供とが、丸い卓袱台《ちゃぶだい》を囲んで晩ご飯を食べている。——夕食後、洗面器を手に銭湯へ行くお父さん、腰に纏わりつくようについてゆく坊っちゃん刈り。——日曜日、半ズボンの坊っちゃん刈りは、家の前の空地でバットをブンブン振り廻す。下駄履きのお父さんは下手投げのピッチャー、サンダル履きのお母さんはアンパイア、お姉ちゃんはキャッチャー、しゃがんだスカートの下からズロースが覗いている……、この廃屋で過ぎたであろう六十年余りの歳月の断片が、とりとめもなく脳裏をよぎった。

帰途、墓地裏の住宅街で、ほんの三尺ほどの路地が軌道へ延びていた。入ってゆくと、行き止り石段下に緑色の通路が四本のレールを斜めに横切っていた。石段を四段下り、線路を渡ってまた上がるようになっている。遮断機はない。踏切の向こうはビルの裏の空地で、枯れ残った背高泡立草が首を垂れていた。軌道沿いのフェンスの網目から、紅い山茶花《さざんか》がはみ出ている。

向う側の石段の二段目まで、家の影が伸びていた。影の上の明るい冬の日を見ていると、背後の家で大きな物音がした。しばらくすると、引っ詰め髪の女が赤ん坊を背負って飛び出てきた。赤い靴下に下駄を履いた女は、赤ん坊の尻に手をまわして線路へ下り、石段を駆け上って枯草の陰へ消えた。ねんねこ半纏に仰《の》け反《ぞ》った赤ん坊の頭が、リズミカルに揺れた。

振り向くと、鬚面《ひげづら》の若い男が立っていたが、すぐ家の中へ引っ込んだ。

私の耳に、忙《せわ》しない下駄の響きが残った。

大晦日――急に私は年の終りを意識した。

石段の光と影の境目をぼんやり眺めているうちに、日は緩やかに翳《かげ》ってゆき、やがて日向も日陰も区別がつかなくなった。

踏切の中で、四本のレールが冷たく光った。

花の川

花の川

三月二十六日に、江戸川公園へ花見に行った。

今年の桜は桁外れの早さで、十四日に開花した。

雑司ヶ谷墓地を突っ切り、目白台の住宅街を抜け、和敬塾脇の急坂を下りて細川庭園へ出た。

庭園の桜も、前を流れる神田川の桜並木も、満開であった。

庭園の先、胸突坂と地続きの水《すい》神社の斜面に、公孫樹の古木が二本、ほんのりとさみどりに芽吹いた枝を空へひろげていた。下枝の付け根に垂れる、長い気根《きこん》が眼をひく。

駒塚橋から芭蕉庵と椿山荘の裾を廻って、江戸川公園へ入った。

途中の川沿いの遊歩道を行き交う人は、皆、鉄柵を越えて川へ川へと枝を差し伸べる桜を愛《め》でながら、ときおり柵へ倚って、はるか下の鯉の泳ぐ川面を覗き込んだりしていた。

園内では、そこここの樹の下に、酒盛りのグループが座を占めていた。

浅葱《あさぎ》色の空の下に、ふんわりとした薄桃色のかさなりが、川下へ向かってどこまでも続く。左手の崖上に繁る、椎や椿や柊《ひいらぎ》や黐《もち》や棕櫚《しゅろ》やの雑木に、早春の陽光があまねく降りそそぎ、葉という葉に光の粒が躍った。

私は山側のベンチへ掛け、持参の缶ビールを開けた。

父母が元気なころ、この公園に三人で毎年花見に来た。二度、三度と来た年もあった。夜桜を見に来たこともあった。都電終点の早稲田から歩いたのだが、父は不自由な脚でよく歩いたと思う。

私はあのころと変わらぬ桜を眺めながら、ピーナッツを口に放り込んでは缶ビールを飲んだ。

「あッ！」

前の道で子供の甲《かん》高い声が上がると同時に、

「おおッ！」

という、すっ頓狂な声がした。

道から一段低い、川縁《べり》の桜の下にブルーシートをひろげた五、六人の中へ、子供のサッカーボールが飛び込んで、一升瓶が倒れ、料理が無残に散っていた。

「このヤロー、何すんだ！」

赤い顔をした角刈りのおじさんが頤《あご》を上げて、子供を怒鳴りつけた。ズボンの前立てあたりが濡れて、色が変わっている。

道で、五つくらいの男の子がポカンと立っていた。

「こらァ！　だからさっきから止めろって言ってるだろう。パパの言うことを聞かないから、こうなるんだ」

うしろから小走りに来たスニーカーの父親が、子供の頭を小突く。

男の子はすぐにベソをかいた。

「おい、どうしてくれるんだよォ。酒がなくなっちゃったじゃないかよォ」

道の下から、膝立ちになったおじさんが怒鳴る。這うようにして、転がったボールをつかむと、

「ちくしょう、こんなものオ！」

と、鬼のような形相で、柵越しに川へ投げ込んだ。

「あッ、何をするんだ！」

父親が、柵の上の空間を見つめて唖然としている。

子供は、火のついたように泣き出した。

「あんた、ひどいじゃないか。子供のボールをどうしてくれるんだ」

と、視線を下へ移して、父親が眼を吊り上げた。

「どうしてくれるだって？　だったら、この酒をどうしてくれるんだよ、ええッ」

わずかに中身の残る瓶を、おじさんはぐっと差し上げる。

「酒がこぼれたからって、ボールを捨てていいってことにはならないぞ。あんた、もう十分飲んでいるようじゃないか」

「何オゥ、人の酒を倒しておいて、そんな言い種《ぐさ》があるかよゥ」

道の上と下で、激しい視線と言葉が交錯した。

散らばった料理をまとめたり、シートをタオルで拭いたりしていた同年配の飲み助たちは、おじさんの肩を押さえて、さかんに宥《なだ》める。皆、頬があかい。

私は、ごく小さい時分、父に一度だけ叱られたことを思い出した。

私は五円玉を投げた記憶がある。

「お銭《あし》を粗末にするな！」

父が怒り、私のズボンのうしろをつかんで宙に浮かせ、尻を何度も叩いた。

便所と外流しの出口へつづく暗い廊下であった。右手の障子の陰に、脳卒中で床についたおじいさんが臥《ね》ていた。障子と鼠壁の間の柱に、鞣革《なめし》の幅の広いベルトがかかっていた。

あれは、何だったのだろう。──夜晩く、仕事を仕舞った父が、それで剃刀《かみそり》を研《と》いでいる……かすかにそんな映像が浮かんでくる。……

通りかかった母子《おやこ》が立ち止まった。

母親はベージュのプリーツスカートに白いブラウス、さらりと髪を肩に垂らしていた。

サッカーボールを抱いた坊ちゃん刈りの子は、道の真ん中で泣きわめく男の子を、眉根を寄せて上眼遣いに見ている。

「マーちゃん、あなた、そのボールをあげなさい。お家《うち》へ帰ればあるでしょ、ね」

子供の前へしゃがんで、母親はやさしく言う。

坊ちゃん刈りはボールを胸に、顔を傾《かし》げてちょっと考えるふうをしたが、すぐに、

「うん、いいよ。ハイッ」

と、声を張り上げて、母親へボールを差し出した。

「ありがと、いい子ね」

母親は子供の頭を撫でて立ち上がると、

「あのう、これを使ってください」

と、おじさんと睨み合っている父親へ横から言った。

「えっ、いいんですか」

男は身を反《そ》らすようにして、母親を見る。

「はい。家にもうひとつありますから」

「でも……それじゃ悪いですよ」

「遠慮しないで、どうぞ。――坊ちゃんに元気出してもらわないと」

と、母親はにこやかに言う。

「――そうですか。じゃ、お言葉に甘えて」

男は、ペコリと頭を下げてボールを受け取り、子供へ渡す。

大口開けてしゃくり上げていた男の子は、ボールを手にするとケロリと泣き止んだ。

道の下で、赭ら顔のおじさんは胡坐《あぐら》になって、ふたりのやりとりを口をへの字に曲げて聞いていた。

「おじさん、これをどうぞ」

さっきからコップを持ったまま成行きを静観していた、隣のグループの野球帽の若者が、膝を進めておじさんの前へ一升瓶を置いた。

「えっ、いいのかい。まだ、開けてないじゃないの」

おじさんは眼を白黒させた。

「いいんですよ、まだありますから。それ飲んで、機嫌直してくださいよ。せっかくの花見です。楽しくやりましょうよ」

若者は、おじさんたちのシートの隅に端坐してニッコリと言う。

手にとった酒瓶を、おじさんはためつすがめつ眺めて、

「こりァ、いい酒だね」

と、相好をくずし、

「わるいなあ。――あんたの言うとおりだな。花見に喧嘩していちゃいけないいな」

と、きまり悪そうに頭を垂れた。

おじさんは、道の男親へ顔を上げ、

「いやあ、申し訳ない。ついカッとなっちゃって。ゆるしてくれよ」

と、頸筋をかいた。

「いえ、こちらこそ、すみませんでした」

男親も丁寧に腰を折って、大事そうにサッカーボール抱えた子供の手をとって去っていった。

もう一組の母子も、反対方向へ歩き出した。

母親と手をつないだ子供は、脚が悪いらしく、一足ごとに肩がしずんだ。

その後ろ姿を、野球帽の若者が正坐のまま、伸び上がるようにして追っていた。

一本の缶ビールでいい気持になった私は、江戸川橋へ向かって歩いた。

音羽通りの車の往来が見えてくると、道端のつつじの生垣の切れ間に、背のないベンチ

があった。

十八年前、このベンチで父と写真を撮った。父はそれから三月《みつき》も経たないうちにあの世へ行ってしまった。その写真を撮ってくれた母も、七月で死んで二年になる。私のとなりにちょこんと坐った、私の肩ぐらいしかない、ジーンズの上着を着た、頬の赤い、眼の小さい父を思い出す。

私はベンチの後ろから、柵に手を掛けて川面を見下ろしてみた。

薄桃色の枝のしだれる、脚のすくむような深いコンクリート護岸の底に、ぱらぱら花びらを浮かべた水がゆっくりと動いていた。眼を凝らすと、緋鯉に交じって、真鯉が流れに逆らって尾びれを振っているのが見えた。

ふと川下へ眼を移すと、岸の淀みにサッカーボールが円を描くように廻っていた。しばらくすると、早瀬にクルリと巻き込まれ、白と黒の位置を保ったまま、勢いよく水面を滑っていった。

不意に、私の胸に、まだ若い父が、隅に人台、傍らの壁に姿見、表の窓際の板敷にミシン、中央にガスアイロンやジャブ桶の載るバイタを据えた仕事場で、燃焼筒の金網から赤々と炎のはみ出る石油ストーブの前に膝を突いて——足袋を穿《は》き、糸屑のつく、両膝に継ぎを当てたズボンで——頬のふっくりとした、天然パーマのもじゃもじゃ頭の私にセーターを被らせ、袖口から、奥に縮こまった下着をぐいぐい引っ張り出している情景が浮かんだ。

父は居職《いじょく》であったから、学齢前の私に毎朝服を着せてくれたのであろう。――二度三度、のめりそうになるのをこらえている私の眼の前に、ポマードの髪を黒々とオールバックに撫でつけた、眼のパッチリとした、高い段鼻の、口もとの引き緊まった、えらの張った父の顔がある……。石油ストーブの反射板のキンキン鳴る音と、ちりちりとした痛みを感じるような片頬の火照りと、父の、ぐっ、ぐっとシャツの袖を引く強い力と、体がよろけないように必死に脚を踏ん張る感覚とが甦《よみがえ》るようであった。

清らかな花の光の中を、薄桃色の小片がひとひらふたひら煌《きら》めきながら舞い落ち、やがて遥かな水面へはりつく。

サーカーボールは、速度をゆるめてふわふわと流れてゆく。

そのボールがだんだん小さくなって、江戸川橋の下の暗い空間へ消えてゆくまで、私は柵から身を乗り出してじっと見ていた。

『不昧公の小箱』あとがき

この二年間、私は文章を書くことと、それを推敲することとに一番の精神的なよろこびを感じていた。対象をよく観察し、把握し、国語辞典を引いたり漢和辞典を披《ひら》いたりして、表現方法をあれこれ工夫する時間は、非常に楽しい時間であった。しかしまた、心に思ったことや感じたことを、過不及なく最も的確な言葉で言い表すことは、実に難しいことであった。

私は小学生の頃から作文が下手で、長い間苦手意識に悩まされてきた。だから、自分が曲りなりにもこのようなまとまった分量の文章を綴れるとは、二年前までは全く思っていなかった。まして、自分の本を出すなどということは、一瞬たりとも考えたことがなかった。

ところが昨秋、急に思い立ってどうしても一本にまとめたくなった。父母がこの世にあるうちに形に残したいと思ったのである。

私はこの十二年間の父母との生活の中で感じた哀しみや喜びを表現したかった。その念《おも》いに衝《っ》き動かされてペンを走らせた。

父が倒れて、私は初めて真の人生にふれた。私は父の発病によって、この世で遇《あ》い難きしあわせに出合った。父の身体が不自由にならなかったら、私は一生文章を綴ることはなかったかもしれない。

「不昧公の小箱」は平成十一年に、「彼岸花」は平成十二年に、それぞれ学習院輔仁会雑誌賞に応募したものである。そのうち、「不昧公の小箱」は、準入選作として同誌に掲載された。

私は初めて書いた文章が活字になって狂喜した。

輔仁会雑誌賞選考委員の先生方には大変お世話様になりました。

特に、学習院名誉教授小坂部元秀先生には、両作とも身にあまる好意的な評を賜り、大いに力づけられました。心から御礼を申し上げます。

また、「不昧公の小箱」を最初に覧てくださり、引き続き書くことを奨めてくださった学習院大学文学部教授吉岡曠先生には、感謝の言葉も見つかりません。

出版に当たっては、学習院大学名誉教授加藤泰義《ひろよし》先生に、親身に相談にのっていただきました。洵《まこと》にありがとうございました。

なお、輔仁会雑誌賞応募に際しては、輔仁会雑誌編集委員会の方々のお世話になりました。なかでも大録《おおろく》慈さんには、何かとお手数をおかけしました。ありがとうございました。

文章修業二年、私の文章は拙《つたな》い。それは十分承知している。ただ、ここに収めたものは、すべて全力を尽して書いたつもりである。

私はこの本を、諸先生方、諸先輩方、友人、知人、その他何らかの形で私につながる多くの人々に読んでいただきたいと思う。

五篇とも同工異曲であり、最後まで目を通していただけるかどうか甚《はなは》だ心配であるが、

貴重な時間を割《さ》いて読んでくださった方々の胸に、小さな灯りの点《とも》るようなものが一篇でもあればと願っている。

平成十三年一月

永野秀夫

『ふたつの光』あとがき

平成十四年六月十日午後七時〇〇分、父は八十七年の生涯を閉じた。

肉親を持つ者の必然の定めとは云え、父の死は、私にとって洵《まこと》に堪えがたい痛恨事であった。父に逝かれてみると、今までの私の生活の中で父の存在がいかに大きかったか思い知らされた。自分がどれほど父を好いていたか今更ながら確認させられた。

大正、昭和、平成と三代にわたった父の一生は、洋服屋での徒弟修業の後仕立屋として独立、軍隊への入隊、終戦後の混乱期の闇商売、芝浦の進駐軍での労働、結婚、ふたたび紳士服裁縫業への従事、発病、そして晩年十四年間のリハビリ生活という具合に経過した。

だが、私の脳裏にあるのは、毎日、バイタに身を乗り出すようにして針を運んだり、アイロンを掛けたり、ミシンを踏んだりしていた洋服仕立職人としての父の面影と、脳血栓で倒れ仕事を廃《や》めてからリハビリに明け暮れた父の姿である。

父が倒れて十四年、私と母は父を助けながら暮らしてきた。私は、身体の不自由になってしまった父が不憫《ふびん》でならなかった。毎日毎日不自由な身体に堪えている父が気の毒でならなかった。だから、私はできる限り父を愉しませてやりたかった。父の喜びがすなわち私の一番のよろこびであった。父がいたから、私と母は毎日愉しく過ごして来られたのであった。私は、もう一度生まれ変わっても父の子になりたい。

父が死んで、私はしばらく糸の切れた凧のようにふらふらと歩いた。ちょっと進んでは立ち止まり、また俯《うつむ》いてのそのそと歩き出したりした。見るもの、聞くもの、すべてに何の感情も湧かなかった。

そのうち、この心の空洞を埋めるには、私の慟《なげ》きや哀しみを文章にして、私や父を知っている人に読んでもらうことしかないのではないかと思い至った。

以後、私はここに収めた文章を綴りそれを推敲することによって、かろうじて精神の平衡を保ってきた。思えば五年前、父のことを書きたくて始めた文章の稽古だが、私は文章で心の哀しみを表現するということに救われた。私に文章を綴ることができなかったら、この一年半ばかりの私の生活は、何の意義もない、空虚な、ただ肉体的に生きているだけのものでしかなかったと思う。

平成十三年四月に、私は「不味公の小箱」という本を出版した。父との生活を書いた文章を五篇輯《あつ》めたもので、一生に一度と思って念入りに造った。そのときは、三年後にもう一度一本をまとめることになるとは夢にも思わなかった。

「不昧公の小箱」のあとがきに記した学習院大学名誉教授吉岡曠先生と同名誉教授加藤泰《ひろ》義《よし》先生とが、平成十三年に相次いで長逝されたのは洵《まこと》に悲痛な出来事であった。

私は初めて書いた「不昧公の小箱」という文章の高閲を、厚かましくも吉岡曠先生にお願いした。先生は意外にもひどく誉めてくださり、直した方がよいところを十ヵ所ばかり電話口で次から次へと指摘してくださった。その中で、ある文章の文末を「いた」と結んだところ、「ここは前後の流れからして、『いる』と現在形にした方がいいね」と言われた。私は国文学者の言語感覚の鋭敏さに舌を巻いた。さらに先生は、「情景が眼に泛ぶように描写しなければねえ……」と表現の要諦を直指された。爾来、私は文章表現の上で常にこの言葉を肝に銘じている。

加藤泰義先生には、「不昧公の小箱」出版の際に大変なお気遣いをいただいた。先生は、自分のことのように心を砕いてくださった。

両先生とも本当に優しかった。もっともっと長生きをしていただきたかった。両先生の御霊にこの本を捧げる。

「冬の鐘」は平成十三年に、「鳥のゆくえ」は平成十四年に、「しあわせ　――ふたつの光──」、「わかれ」の一部、「蟬」、「白い小舟」および「冬の梢」は平成十五年に、それぞれ学習院輔仁会雑誌賞に応募したものである（「冬の鐘」は「風花《かざはな》」という題で、また、「しあわせ　──ふたつの光──」以下の小篇は「ふたつの光」という題で応募した）。そのうち、「鳥のゆくえ」は、準入選作として同誌に掲載された。

輔仁会雑誌賞選考委員の先生方には、毎回大変お世話様になりました。

なかでも、学習院名誉教授小坂部元秀先生には、平成十一年に「不昧公の小箱」を、平成十二年に「彼岸花」を応募した際、両作共実に厚意あふれる評を賜りました。とくに、「彼岸花」にあっては、落選作にもかかわらず異例とも思われる長い選評を頂戴しました。「冬の鐘」は、先生のその評に触発されて一篇にすることができたものです。

また、「冬の鐘」を高く評価してくださった学習院大学文学部教授諏訪春雄先生には、大いに励まされました。落選を知ってから、とんでもないものを提出したものと、毎日首を竦《すく》めて過ごしていた私に、引き続き書く勇気を与えてくださいました。

両先生に厚く御礼申し上げる次第です。

なお、輔仁会雑誌賞応募に際しては、毎年、輔仁会雑誌編集委員会の方々にご厄介をおかけしました。ありがとうございました。

文章修業五年、私の文章は相変わらず拙《つたな》い。そのことは、何よりも自分自身がよく心得ている。また今回は、情に流されて父のことを書き過ぎたかも知れない。しかし、この本の中に、読んでくださった方々の心の奥にひびく箇所がひとところでもあれば、私はこの上なくうれしい。

父逝いて一年六月、その面影は片時も私の胸を去らない。私はどうしても次の世でもう一度父に逢わなくてはならないと思う。

父を亡くしたかなしみは、私の胸の奥から終生消えることはないであろう。同時に、父の面影は、私の胸の中で私の生の熄《や》むときまで生き続けることであろう。

私は自分の天命の尽きるとき、この本を持ってあの世へ行きたいと念じている。そして、父と再会してこれを読ませたいと冀《こいねが》う。

父の三年忌にこの書を上梓できることをしあわせに思う。

平成十五年十二月

永野秀夫

『冬木立』あとがき

四十歳を過ぎて、私は文章を志した。

晩学の上、才能のひとかけらも持ち合せない私には、たまたま書けた文章を粘り強く推敲するしかやりようがなかった。何度も何度も読み返し、国語辞典を引いたり漢和辞典を捲《めく》ったりし、一番的確な表現を求めて厭《あ》きることがなかった。そして、そうしているときが最も充実している時間であった。

しかし、文章芸術は表現技術の錬磨もさることながら、作者にものを観る確かな眼がなければどうにもならないものである。畏敬《いけい》する作家永井龍男が、ある選評で「作者の眼は、それほど深いところへは及んでいなかった」と書いているが、私はこの言葉を思い出すたびに、ただ首を竦《すく》めるばかりである。

私は父が倒れて後の、父と遊び暮らした十四年間の生活の中で文章に目覚めた。今までに二冊の本を上梓した(平成十三年「不昧公の小箱」、平成十六年「ふたつの光」)が、平成十六年以降に書いた文章を、ここに一本にまとめることにした。「一」は、主に亡き父の面影を恋うもの、「二」は、少年の日の雑司ヶ谷界隈の情景と、中学、高校時代の越谷方面への釣行の想い出など、「三」は、鎌倉アカデミア創立六十年記念祭等で鎌倉材木座の光明寺を訪ねたときのスケッチ、「四」は、創作のつもりである。

平成十四年六月に父を喪って、私は一年ばかり呆然と暮らした。その後、父との別れの慟《なげ》きや哀しみを文章に綴り、それを推敲することによって何とか生きる意義を見出してきた。私は文章で心の哀しみを表現することに救われた。私に文章を綴ることができなかったら、この八年間の私の生活は、実に空虚なものであったことであろう。

私は今年五十四歳になった。幼い頃を回想すると、いつの間にか大変な年月を閲《けみ》してしまったものと思う。自分がいつまでこの世に存《なが》らえるのか、これから二十年、三十年と生きられるのか、あるいは、自分の命の灯はもうそんなに長くはないのか——人生五十年と云ったのは、それほど遠い昔のことではない——自分の身体に何が起こってもおかしくない齢になった。

幸い、母は八十半ばを越えて健在である。途方もなくありがたいことと感謝している。できるだけ長生きをしてもらいたいと願う。

私は文章を推敲しているときが一番楽しい。短いものでいい、死ぬまでに一篇だけ自分で納得のできる文章を書きたい、簡潔で無駄のない深みのある文章を書きたい、人に再読してもらえるような文章を書きたい――それが私の生涯の希《ねが》いである。

私は昭和五十三年四月一日に、学校法人学習院に事務職員として採用された。この職場に勤められたことは、私の人生において洵《まこと》に幸福なことであった。生来おとなしい性格ゆえ、大した貢献をしたわけでもなく忸怩《じくじ》たる懐いもあるが、足掛け三十三年、先輩、同輩、後輩、諸先生方に恵まれ、大過なく勤務してこられた。

先輩職員である宮﨑英夫事務局長及び八田誠前施設部長には、就職以来何くれとなくご指導を賜り、一方ならぬお世話になった。お二人共私の恩人であり、宮﨑さんのやわらかで勁《つよ》い、また、八田さんの玲瓏《れいろう》たる、それぞれの生き方は、私の人生の手本でもある。両先輩に深甚の謝意を申し述べたい。

文章修業十一年、私の文章は相変わらず拙《つたな》い。ただ、この本の中に、読んでくださった方々の心に沁みる文章が一篇でもあれば、私はこの上なくうれしい。

父逝いて八年、その面影は私の胸から一日たりとも消えることがない。死んだ父がただただ恋しい。私の父恋いは、私の生の熄《や》むときまで続くことであろう。

私は自分の天命の尽きるとき、前記の二著と併せてこの本もあの世へ持って行きたいと念じている。そして、父と再会してこれを読ませたいと冀《こいねが》う。

平成二十二年六月十日

永野秀夫

平成十一年から平成二十二年まで、私は毎年学習院輔仁会雑誌賞へ応募してきた。十二回のうち、入選一回、準入選二回、佳作一回、選外佳作一回という結果であった。

この本に収めた文章の雑誌賞への応募状況と掲載誌は左のとおりである。

花のあと　平成十六年　第三十四回学習院輔仁会雑誌賞応募
平成十八年六月、「江南文学」第五十二号に掲載

枯　葦　平成十七年　第三十五回学習院輔仁会雑誌賞佳作
同年十二月、同誌第二二九号に掲載

灯　平成十八年　第三十六回学習院輔仁会雑誌賞応募

光明寺の春　平成十八年八月　「山口瞳通信」其の陸に掲載
波　平成十九年八月　「山口瞳通信」其の漆に掲載
お初地蔵　平成十九年　第三十七回学習院輔仁会雑誌賞選外佳作
とちの実　平成二十年　第三十八回学習院輔仁会雑誌賞応募
いちょうの空　平成二十一年　第三十九回学習院輔仁会雑誌賞入選
同年十二月、同誌第二三三号に掲載
白い鯉、冬空のとおく、ある図形、蕺草と歩、歳月、冬木立
平成二十二年　第四十回学習院輔仁会雑誌賞応募
題名「冬木立」

巻末に印刷した東部国民勤労訓練所の絵葉書とパンフレットは、「冬木立」の中に出てくるものである。

また、手書きの地図は、父が遺《のこ》した昭和十年頃の浅草六区映画館街の様子である。父は十七の齢から四年間、厩橋近くの洋服屋に小僧として住み込んだ。晩年、当時休みのたびに遊びに行った浅草六区を思い泛べ、不自由な右手で書いたものである。

二

波

一月半ば、九十九里に旅行した。

前の年の秋、もう一度本を造ろうと思い立ち、それから毎日、原稿の推敲と整理に明け暮れた。十二月初めにやっとまとまり、出版社に原稿を送ってホッとしていると、旬日を経ずして初校が届いた。しばらくゆっくり出来ると思っていた私は、その迅速さに少なからず慌てたが、すぐに校正にとりかかった。卓上の残り一枚になったカレンダーを見て、どんなにゆっくりやっても年内には終わるだろうと高をくくっていたが、始めてみると、あれだけ念入りに読み返して納得したはずの文章だったのに、読点の位置で迷ったり、改行で考え込んだり、漢字にするかかなにするかで立ち止まったりして、結局丸一ヵ月かかってしまった。年が明けて十四日に返送したのだが、長いあいだ根《こん》をつめた日々を送ってきたので、息抜きにどこかへ出掛けたくなったのだった。

宿の風呂場の階の壁に、昔の浜の写真が十五枚ほど額に入れて飾ってあった。

「オッペシとフナガタ」

昔から九十九里浜には港がなかった。

「オッペシ」とは出漁の手助けをする女衆《おなご》で「フナガタ」とは沖で漁をする男衆だ。

「海が荒い」のだ。海が荒いこの海では、浜人衆《はまびと》も元気がよかった。…女衆は、おこそ頭巾に、クリジバン、赤い「ハンマタ」を身にまとい黄色い声あげ船をオッペシ…若いフナガタは褌《ふんどし》一本身につけず、全裸姿で形振《なりふ》りかまわず、一生懸命に働くのだった。…男も女も、真冬の冷たい大波を浴びながら…早朝の出漁はそれほど酷《きび》しいものだった。男はその先を、ミゴワラでしばり、オッペシの女衆もまた激しい波に翻弄《ほんろう》され、全身がずぶ濡れになり乍《な》がらも盤を持ち歯を食いしばって必死で耐えた。…

「寒くてよ、人目や、お前イの写真機なんか、そんな物なんか気にしていられっか‼」

…そんな元気なオッペシも居たのだ。

制作著作　小関与四郎（写真家）

最初にこんな文章があり、その横にずらりと並んだ写真には、砂浜から出漁する船と、それを綱で引く女たちの写ったものが多かった。

オッペシとは、おっぺすの名詞形で、おっぺす（おっぴすとも）とは、外房の訛言《かげん》で「押す」ことである。大原出身の私の母も、よくオッピスと言っていた。

——朝まだきの海に、胸まで浸かって綱を持ち、船を送り出す三人の女たち。空も海も

暗く、波間のくろい頭巾が影絵のようだ。（昭和三十八年頃）
——夜明けの浜。十五人ばかりの女が、船の陰で焚火にあたっている。向こうの海に、出たばかりの漁船が一隻。仕事を終え、大波に翻弄され冷え切った体に暖をとるオッペシたちの姿だ。もんぺに手拭を被り、半分は上半身裸。右の方に、貧弱なぺったりとした胸の女が火に尻を向けている。中央の裸のふたりがカメラの方を向いて、ちょっぴり照れくさそうにしている。左の女は口もとに金歯を二本のぞかせて、右腕で乳房を隠すようにしている。その隣は大柄で、ずっしりと重そうなふたつの乳房を、へそ近くまで垂らして笑っている。左の乳首の向こうに炎の先っぽが見える。（昭和三十七年頃）
——砂浜に立つ、真っ裸の男四人の後ろ姿。皆一様に背骨が深い谷のようにへこんでい、左右の筋肉が隆々と盛り上がっている。太く短い頸、固く引き緊まった大殿筋、腿《もも》から脹《ふくら》脛《はぎ》にかけてのはちきれそうに膨らんだ曲線。がっちりとした、一分の隙もない漁師の体だ。（昭和三十八年頃）
——浜の、新造祝いの大漁旗はためく船に、浜人たちが網を積み込む光景。長いながい網を、何十人という男たちが列をなして担いでゆく。（昭和三十七年頃）
それらの写真に交じって、五人のオッペシたちを、機械小屋の前で撮ったものがあった。
「昭和四十年頃　浜仕事を終えて岡エンジの前での記念写真…誰もが明るい表情だった」

と説明がある。

土間に、綱を巻き上げる機械のようなものが覗く左手、半分開いた板戸の窓の前で微笑む、セーターに半纏姿の女たち。手前に井戸の手押しポンプ。

一番左に立つのは、マフラーを真知子巻きにした二十五、六の女。半纏の袖からすんなりとした腕がのぞく。絣《かすり》のズボンにポケット付の短い前掛け、右足を前に交叉したズボンの裾から白い脛《すね》が見える。卵型の顔にすずしい眼もと、口もとにかすかに笑みを湛《たた》えている。額の上の豊かな髪がマフラーからはみ出てい、日本髪が似合いそうな、鄙《ひな》には稀《まれ》ななかなかの美人だ。もしかしたら、九十九里小町あるいは真亀《まがめ》小町ぐらい称《よ》ばれていた人かも知れない。

その隣は、頭巾を被り、樽に斜《はす》に腰掛け、こっちを向いている。三日月眉が長く、細い眼がちょっと吊り上がって、口もとに愛嬌がある。ホッペタが赤く、いかにも田舎娘のようだ。

その右、真ん中で樽の前にしゃがんでいるのは、四十代か、一番の年配。上下の歯を見せてニッコリしている。頭にタオルをしばり、陽に灼《や》けた顔。三角の眼。鼻の根もとがペッタンコで、先っぽだけちょこんと隆起している。やや受け口。いかにも人の良さそうな、娘たちの世話役といった感じのおばさんだ。

その隣は、三十代か。この人だけカメラの方ではなく、おばさんに隠れて見えないが何かに尻を浅くのせて、左の方へ視線を向けている。タオルの上に頭巾。一重瞼でやや出っ歯（歯は見えないが、上唇の上が盛り上がっている）。いちばんの不美人。

その右、最後の人は、手をうしろに束《つか》ねて、小屋の柱に寄りかかっている。頭巾の上からマフラーを真知子巻きにして、二十二、三か。瓜実顔《うりざね》に広い額、鼻筋がとおり、きれいに水平に伸びた眉、切れ長の眼、形のよい唇からのぞく歯並びがやや悪そうだが、あごが細くしまり、文句なしの美人だ。灰色の前掛けにくろいズボン、草履の足を交叉させ、前に出した右足の親指が大きく反《そ》り返って、白くまるい指の裏が見える。……

私は風呂へ来たのも忘れて、浴衣《ゆかた》の肩にバスタオルを掛けたまま、その五人の女たちの写真を飽かず眺めた。

宿のすぐ近くに智恵子抄の詩碑があると聞き、二日目は外へ出てみた。

厚手の半コートにマフラーで、それほど寒くなかった。

裏庭の外れから砂の道へ出ると、すぐ左手に「智恵子抄詩碑」と白い看板が見えた。右手上に九十九里道路が走り、その向こうに太平洋が拡がっている。

円錐形の梢がねじれて暴れる、貝塚伊吹に囲まれた小山の上に、碑は建っていた。

一面薄茶色に枯れた、狗尾草《えのころぐさ》の斜面の枕木を十五段上《のぼ》ると、粗《あら》い四つ目垣の中に、やや緑がかった台形の根府川《ねぶかわ》石が据えられていた。長さ約二・五メートル、高さ約一・五メートル。四角い台石の上に、蛤《はまぐり》の貝殻が二山、三枚ずつ仰向けに重ねてあった。

千鳥と遊ぶ智恵子

人っ子ひとり居ない九十九里の砂濱の
砂にすわって智恵子は遊ぶ。
無数の友だちが智恵子の名をよぶ。
ちい、ちい、ちい、ちい、ちい――
砂に小さな趾《あし》あとをつけて
千鳥が智恵子に寄って来る。
口の中でいつでも何か言ってる智恵子が
両手をあげてよびかへす。
ちい、ちい、ちい――
両手の貝を千鳥がねだる。
智恵子はそれをぱらぱら投げる。

群れ立つ千鳥が智恵子をよぶ。
ちい、ちい、ちい、ちい、ちい――
人間商賣さらりとやめて
もう天然の向うへ往ってしまった智恵子の
うしろ姿がぽつんと見える。
二丁も離れた防風林の夕日の中で
松の花粉をあびながら私はいつまでも立ち
盡《つく》す。

高村光太郎

碑陰《ひいん》

昭和九年五月より十二月迄
高村智恵子眞亀納屋《まがめなや》に
於て療養す
光太郎もたびたび病妻を
見舞いこの砂浜にたち

妻への愛とこの界隈の風物
に凝《こ》って詩集智恵子抄
中の絶唱「風にのる智
恵子」「千鳥と遊ぶ智恵子」
などを生む
この度　九十九里の有志
相計り永く記念する為に
この碑を建つ
　昭和三十六年七月

詩は光太郎のペン字で、文は詩人草野心平の細身の癖のある筆字である。碑文から写したが、上《のぼ》ったところは碑陰で、碑は海を背にしている。貝塚伊吹の梢が千々に揺れ、風のような波の音が聞こえる。

九十九里道路をくぐって、浜へ下りてみた。

長いながい海岸線に、光太郎の詩のとおり、人っ子ひとり見えない。遠く、定規を当てたように一直線に海と空とを劃《かく》する水平線。その上にうすい白雲。海面は途中緑っぽく見えるところもあるが、沖へ行くほど濃い藍色に変化する。

空は、瑠璃色に近い青。ところどころ、綿をちぎったような雲が浮かぶ。頭上高く、鳶《とび》が一羽、羽を大きく拡げてのんびりと浮遊している。

黒い海鳥《うみどり》が一群れ渚に舞い降り、波が打ち寄せるたびに一斉に小さく飛び上がる。

波は、五十メートル、百メートルの幅で徐《おもむろ》に盛り上がり、やがて轟《ごう》音とともに次々にのめるように崩れ落ち、白い水飛沫《しぶき》をたたきつけながら驀《ばく》進する。ときおり、沖でも白波が立つ。

八十八年の昔、光太郎がこの地を訪れた頃も、この浜では夜明け前からオッペシが行われていたことであろう。暗い浜に、波間に、船の上のフナガタの男衆と、荒波の中のオッペシの女衆《おなご》の、さかんな喚声がどよめいていたことであろう。船を送り出した女衆が、日の出の浜で上半身裸になって、冷え切った体をパチパチと爆《は》ぜる焚火で温めていたことであろう。

今は海と詩碑との間に自動車道路も通り、北に片貝漁港も出来、すっかり様子が変わってしまった。見渡す浜辺に、松など一本もない。

九十九里道路を背に、風紋の砂浜に立ち、藍色の海を眺めていると、急に陽が翳《かげ》り、海も黝《くろ》ずんだ。風が出て、襟巻の頸もとがひんやりした。

光の消えた海に、波は相変わらずうねっていた。

浜近く、波はうねりの頂点で白く砕け、砕けてはまた盛り上がり、盛り上がっては崩れ落ち、引く波と黒い砂とをすさまじい水飛沫の底に巻き込みながら、繰り返しくりかえし渚を驀進していた。

波の音がだんだん高くなった。

雀・カナ蛇・土蜘蛛・蜥蜴

幼稚園の頃、坂の下の丸さんという家に毎日のように遊びに行った。

中学を出て新聞配達をしているヨシアキさんというお兄さんがいて、隠れん坊をしてもらったり、ひらがなを教えてもらったりした。（ここでひらがなだけ書けるようになって、小学校へ上がった）

この人は、おばあさんとふたり暮らしで、天理教西神田分教会の下の、トタン葺のマッチ箱のような家に住んでいた。板敷と畳の部屋がひとつずつ、厠《かわや》は大谷石をふたつ渡した間に便壺があったように思う。父親は戦死したそうだが、母親はどうしていないのか、生前母にはっきり聞いておかなかった。

このおばあさんは、母の仲人で、おじいさんは数年前に亡くなっていた。母は私が大きくなってからも、このおばあさんが「秀夫ちゃんは利口だから、うちのヨシアキの機嫌が悪いと、すぐに察して『まァたァ来るねッ』って帰るのよ」と言っていたと、事にふれてうれしそうに話した。

ヨシアキさんと、よく雀捕りをした。

庭の隅の物置小屋の前に、笊《ざる》を小枝のつっかい棒で傾けておく。その下に米を撒《ま》く。枝には凧《たこ》糸をつけて、その端を座敷の肘掛け窓からのぞく私が握っている。

小屋の屋根に雀がくる。ヨシアキさんと息をひそめて見ていると、ヒラリと三羽舞い降り、チョンチョンとてんでに跳びはねながら笊へ近づく。きつく握り締めた凧糸の拳を胸の前でふるわせ、私は食い入るように雀の動きを追う。

「秀ちゃん、まだだぞ」

「うん。お米を食べてからだね」

「そうだ。もうちょっと……」

笊の手前で一瞬立ち止まった雀は、三羽同時にピョンと日陰に潜り込み、尻を持ち上げて狂ったように米を突っつき始める。

「よしッ、秀ちゃん、引けッ」

「うん！」

ポンと肩を叩かれた私は、思い切って腕を振る。

フワリと笊が倒れかかり、反射的に羽をひろげた雀は、飛び立つ間もなく姿を消す。獲物がばたつき、笊がふわふわ動く。

私は座敷から土間へ飛び降り、靴を履くのもそこそこに駆け寄る。笊を両手で押さえつけながら、

「とれた、とれたア！」

と、伸び上がるように叫ぶ。

あの雀捕りはスリルがあって楽しかった。捕まえた雀はどうしたか憶えていないが、飼ったり殺したりした記憶はないので、すぐに放してやったのだろう。

雀捕りは、中学生になってからも、レンガ四つで同じような罠《わな》（つっかい棒に雀が触れると棒が落ちてレンガが倒れ、その下の空間に閉じ込める仕掛け）をつくり、法明寺参道や雑司ヶ谷墓地でよくやった。笊と違って、レンガで首を挟んで死なせてしまったり、罠を仕掛けた墓地の欅の根元へ長い間見に行かず、飛べないほど衰弱させてしまったり、今思えばずいぶん残酷なことをしたものだ。

裏木戸の側《そば》に草や蔓《つる》の捨場があって、そこによくカナ蛇が現れた。

私は背より高い竹箒を持って、ちょくちょく巡回した。何回かに一回は、その山の上で、カナ蛇が尾のながい薄茶色の細い身を伏せて、日向ぼっこしていた。

私は箒を頭の上に構えて、抜き足差し足、うしろからそうっと近づく。天然パーマの影がカナ蛇の背中にかかり、気配を察した敵は、つと前脚を踏ん張り、首をもたげてゆっく

りと左右に振る。その瞬間、箒を力いっぱい振り下ろす。うまく当たると、カナ蛇は身をよじりながらよたよたと地面へ下りてくる。そこをもう一度たたく。ときどき、その一撃で尻尾がちぎれ、その尾がワイパーのようにくねりながら、乾いた土の上を少しずつずれていった。

捕まえられるか、逃げられるか、このカナ蛇捕りは真剣勝負の趣があった。

同じ頃、この家に近い、都電沿いの大きな屋敷（天理教西神田分教会から囚人墓地へ抜ける踏切の際《きわ》）の垣根で、近所の子供と土蜘蛛《つちぐも》を捕って遊んだ。

土蜘蛛の巣（地上部分）は、大きなもので太さ一・五センチ、長さ十センチばかり、小さなものでその三分の一ほどの細長い袋状で、垣の根元から樹に沿ってそこここに伸びていた。蜘蛛は、さらにそれと同じくらいの深さの土中の袋の底に潜《ひそ》んでいる。

乾き切った茶色い巣を樹から丁寧にはがし、人差指と親指とでかるく引っ張る。指先に心地よい抵抗感が伝わり、引いたり弛《ゆる》めたり、ちぎれないように、少しずつ少しずつ土の中から引き上げる。途中から、巣は黒々とした色に変わる。やがて手応えがすうっと消えたかと思うと、ふっくらとした巣の尻尾が地上にあらわれる。ほっと息をつき、胸を躍らせながら縦に引き裂いてゆくと、末端からチョコレート色の蜘蛛が慌てて飛び出し、丸々とした黒褐色の尻が木漏れ日の中に艶《つや》めく。

引っ張っているうちに、どうも手応えがないなと思うと、きまって外出中で空《から》だった。土蜘蛛は巣の天辺から樹を伝って出入りするのであった。

たまに、巣を破ったとたん、何百というごま粒ほどの瑞《みず》々しい薄茶色の蜘蛛の子が、パッと飛び散ることがあった。蜘蛛の子の群れは、地上の光の中を右往左往、蜂の巣をつついたように逃げ惑った。私たちは、地面へ向けた円らなふたつの眼を、ただパチパチさせているだけだった。

あの土中から巣のスポッと抜けたときの安堵感、ぽってりと脹《ふく》れた巣の尻を破るときの早鐘を打つような胸のときめき、夥《おびただ》しい蜘蛛の子の飛び散ったときの息を呑むような驚き……今となっては決して味わうことの叶わない感情だ。

都電の軌道には、オオイヌノフグリが瑠璃色の金平糖《コンペイトー》をばらまいたように咲いていた。背後にチンチン電車の走る中、永い春の日を、私たちは垣根の下に蹲《うずくま》って、土蜘蛛捕りに飽くことを知らなかった。小さな背中に、暖かな日の光はいつまでも射していた。

翌年、小学校へ上がってからのことである。

坂の途中に山茶花《さざんか》の垣根のある家があり、大谷石の土留めに、平べったい一尺ばかりの石が載っていて、その下によく蜥蜴《とかげ》が隠れていた。

学校の往き復り、いつもその石をそっと持ち上げて下をのぞいた。数日に一度くらい、蜥蜴が尻尾をまげて潜んでいた。急に日に当たった蜥蜴は、びくっと四つ肢《あし》を拡げ、ふっくらした腹をゆっくりと波打たせて、大谷石にはりつくように身構えるが、一瞬の後、ぬめぬめとした体をくねらせながら、あっという間に垣根の隙間から庭の草むらの中へスルスルともぐっていった。胴をつらぬいて妖《あや》しく光る青い鱗のすじが、いつまでも眼裏《まなうら》に残った。

石をそっとひっくり返すときの、あの心踊り、あの何ともいえない心持は、かなしいかなもう正確に思い起こすことができない。

あの時分まだ壮年で、毎日夜おそくまでバイタに向かって洋服を縫っていた父も逝いて二十年、三十代で元気いっぱいだった母も逝いて四年、都下の老人ホームへ入ったヨシアキさんのおばあさんも、とうに亡くなった。ヨシアキさんはその後映画関係の仕事に就いたはずだが、早くに亡くなった。

――あれから六十年、少年の日はただただ懐かしい。

六十年前のあの日あのときの私の瞳は、穢《けが》れのない好奇心に溢《あふ》れて、キラキラ、キラキラ、輝きに満ちみちていたことであろう。

ナットの夢

明ければ昭和も四十年になろうという大晦日の夜、秀《ひで》ちゃんは三畳の炬燵《こたつ》で、近くの貸本屋で借りた冒険王を読んでいた。

秀ちゃんは八つ、毎月この漫画が出るのを楽しみにしていた。いつも、夕飯をすますや、食い入るようにコマを追うのだが、この夜はどうも様子が違った。ちょっと読んでは、チラッとテレビの上へ目をやる。頁をめくっては、また見る。秀ちゃんは、室内アンテナの横にある大きな箱が気になって仕方なかった。

割烹着を羽織ったお母さんは、洗い物をすませて、台所でお節料理の煮物をしていた。お父さんはもう一仕事と仕事場へ降り、アイロンで生地の地伸《じの》しをしている。

夕方のことだった。奥の三畳に間借りしているワタべさんが、台所でご飯の支度をしているお母さんに、秀ちゃんにと戦車のプラモデルをくれた。

便所から出てきて、廊下の先にそれを見た秀ちゃんは、

「わッ!」

と叫んで駆け寄り、プラモデルの箱に飛びついた。

「秀ちゃん、正月になったらやるんだよ。いいね」

お母さんは、ワタべさんへ向けていた笑顔を引きしめて、秀ちゃんを恐い目で見下ろした。

「うーん……」

箱を抱いて、秀ちゃんはうつむいた。

秀ちゃんは、今晩開けてみたかった。明日までは、途方もなく永い時間に思えた。

漫画本を閉じ、そっと障子を引くと、お母さんは台所の上げ板の上に坐って、菜箸でせっせと煮物を鍋からお櫃《ひつ》の蓋へ移していた。ガスコンロにかかったもう一つの大きな鍋から湯気が立ち昇って、あまい匂いがした。

秀ちゃんはまた漫画を開いたが、話の筋が頭に入らず、数コマ読んでは数コマ戻ったりをくりかえした。その間にも、チラッチラッと横目を遣う。

秀ちゃんは、もう一度お母さんの様子をうかがった。相変わらず煮物に余念がない。

左手の額入障子のガラスの向こうでは、お父さんがバイタに覆《おお》いかぶさるようにして、焦《こ》げた鏝布《こてぎれ》越しに生地へアイロンをかけている。

秀ちゃんは忍び足でテレビに近づき、プラモデルの箱を小脇に抱えると、隣の部屋の襖をしずかに開けた。三畳の明かりの帯がさッと押入れの裾まで伸び、廊下側の障子が仄白く浮かんだ。

秀ちゃんは踵《かかと》を上げて電灯の紐を引っ張り、襖をぴったり閉めた。右に桐の箪笥と鏡台、左に仏壇の載る整理箪笥を配した六畳間に、白い笠の下から黄色い光がひろがった。

秀ちゃんは電灯の真下に箱を置き、胡坐《あぐら》をかいた。

蓋には、車輪をいくつも束ねたキャタピラで荒野を前進する、火砲の長く突き出たカーキ色の堂々たる戦車が、迫力満点に描かれていた。

秀ちゃんは、キラキラと目を輝かせ、ゴクリと唾を呑み込んだ。

胸の高鳴りを抑えて蓋をとると、中には、プラスチックの黒い枠に取り付けた、細々《こまごま》とした車体の部品やら、キャタピラやらモーターやら乾電池やら接着剤やら、ビス、ナット、ワッシャーなどの小物やら、車体に貼るシールやら、組立説明書やらが、整然と納まっていた。

秀ちゃんは、目の眩《くら》むような心地がした。

初めは開けて見るだけで元に戻そうと思っていたが、もう我慢できなかった。思い切って部品のビニール袋を引きちぎると、ものすごい勢いで説明書を畳にひろげた。白い紙の上に、秀ちゃんの天然パーマの影がヒヤシンスのように映った。

「しようがないねえ、この子は……」

一段落したお母さんが、呆れ顔で襖の隙間からつぶやくのも気づかず、秀ちゃんは、説明書と首っ引きで組み立て始めた。

「あれッ?」

車体の部品のひとつひとつを枠からもぎ取り、夢中でやっているうちに、秀ちゃんは小さなナットが一つないのに気づいた。

秀ちゃんは、四つん這いになって身の廻りを捜した。ズボンの、お父さんがミシンでジグザグに叩いた継ぎのあたる膝が畳に擦《こす》れた。

一匹の仔熊のように、目を皿にして部屋中くまなく捜したが、ナットは見つからなかった。

「ないッ。——困ったなあ」

秀ちゃんは、大きなため息をついてうなだれた。

「秀ちゃん、どうしたの?」

電灯の下でしょげ返っていた秀ちゃんは、お母さんの声にびっくりして振り向いた。

「——うーん。ナットがひとつないの……」

割烹着を脱いだお母さんを斜めに見上げて、秀ちゃんは消え入るような声で答えた。

「だから言ったでしョ、正月になったらやりなって！」

お母さんの雷が落ち、秀ちゃんはすぐに涙がこみ上げてきた。

「お母さんの言うことを聴かないから、こういうことになるんだよ。まったくしょうがない子だよッ。もう仕舞いなッ！」

半べそで青菜に塩の秀ちゃんに、お母さんは容赦なかった。

秀ちゃんは、しょんぼりと部品や説明書を箱へ戻した。

少しして、秀ちゃんはお母さんの隙を見て、ズボンのポケットに小さなビスを入れて勝手口からそっと家を抜け出した。

最初に行ったのは、目白通りの金物屋だった。

暗い鬼子母神表参道欅並木を抜け、都電の停留所を越え、宿坂《しゅくさか》上へ出た。セーターの胸に、夜風がしみた。

「こんばんは」

松飾りをつけた間口の狭い店へ入り、奥へ声をかけると、座敷から紺の前掛けをしたおじさんが草履を突っ掛けて下りてきた。

「このビスに合うナットはありますか」

秀ちゃんがビスを掌《て》にのせて上目遣いに訊くと、おじさんは屈《かが》んで、

「うちには、こういう細かいものはないね」

と、首を振った。

「そうですかぁ」

と、肩を落とす秀ちゃんを、店主は腰を伸ばして不審そうに眺めた。

秀ちゃんは踵《きびす》を返して、今度は日出町商店街へ向かった。

表参道をもどって、都電脇のだらだら坂を下り、異人館前のほそい急坂を上り、雑司ヶ谷墓地沿いの万年塀の淋しい道を小走りにいそぎ、音羽通りを横切った。

ポツリポツリ灯りの点る商店街へ入ると、もう人通りはなかった。ときおり、猫がのそりと現れ、秀ちゃんを見て、すぐ店の間に消えた。歳末の冷気が体にしみ込み、身震いが止まらなくなった秀ちゃんは、半分駆け足になった。

目当ての金物店は開いていたが、前と同じだった。

秀ちゃんは、もうどこも心当りがなかった。

都電をわたり、あずま通りを肩をすぼめて辿《たど》るうちに、――そうだ、ワタベさんが買ってくれた模型屋へ行けばあるかも知れない……と思いついた。秀ちゃんはポケットから手を出し、脱兎のごとく駆け出した。

模型店は、秀ちゃん家《ち》の横丁を通り越して、最初の角を折れた床屋の隣にあった。

店には煌々と灯りが点いていた。

左右の棚に堆《うずたか》くプラモデルの箱が積まれた店内は、暖房がよく効いていた。

「このビスにィイ、合うゥゥ、ナットはァァ、ありますかァァ……」

秀ちゃんは、ショーケースの向こうで石油ストーブに当たるおじさんに、声をふるわせてたずねた。秀ちゃんのくちびるは紫色になっていた。

「どうれ」

眉の濃い四十年配の店主は、穏やかに腰を上げて、ショーケース越しにビスを掌に受けた。おじさんは目を細めてよく見ると、後ろの机の引出しからネジ類のぎっしり詰まった透明な小箱を取り出して、中身をさあッとガラスの上へ空けた。秀ちゃんの目の高さに、大小のビスやナットがジャラジャラと音を立ててひろがった。

おじさんは、人差指でちょちょっと山を崩したかと思うと、

「うん、これだね」

と、あっと言う間にひとつつまみ上げ、秀ちゃんの掌にのせてくれた。蛍光灯の明かりの下で、米粒ほどの六角のナットが銀色に輝いた。

秀ちゃんは、目をぱちくりさせた。

「どうしたい。失くしたのかい」

「――はい。お母さんが正月になってからやれと言うのに、今晩プラモデルを作り始めて……」

小さなあごを上げて、秀ちゃんは涙声になった。

歳末の暗い夜道を、ナットひとつ探してさまよったのが、急に心細く思い出されて、家を出てからずいぶん時間が経ってしまったと心づいた。

「泣くことはないさ。明日、ゆっくり作ればいいさ」

ベソをかいた秀ちゃんに、おじさんは慰め顔で言った。

「お金は持ってないんですが……」

「そんなものいらないよ。――それより、そんな恰好で出てきて……これに温まってから帰りなさい」

と、おじさんは背の高いストーブを持ち上げて、及び腰でショーケースの前へ運んだ。

真っ赤な燃焼筒に背中を丸めて近づくと、ふっくりとした秀ちゃんの頰が、みるみるあかくなった。

おじさんは、太い眉を八の字にさせて、その様子を見守っていた。

ナットを握りしめて恐るおそる家のガラス戸を開けると、バイタの前で首を垂れていたお母さんとお父さんとワタべさんが、いっせいに顔を上げた。暖気が、ムッと秀ちゃんをつつんだ。

「おまえ、どこへ行っていたんだい。心配して、三人でずいぶん捜したんだよ。上着も着ないで出掛けて、風邪でも惹いたらどうするんだい……」

と、お母さんが上がり框《かまち》へいざり寄り、眉を吊り上げた。前掛けの膝には、秀ちゃんのジャンパーがのっていた。

「ナットを売ってる店を探してたの……」

と、秀ちゃんは玄関のタタキへ目を落とした。小さな秀ちゃんの靴が、アッという間ににじんできた。

「それであったのかい……寒かったろう」

お母さんは、急に声の調子を変えた。

「うん、目白通りと日出町の金物屋になくて、そこのプラモデル屋へ行ったら、くれたよ」

つぶらな両の目から一粒ずつ涙をこぼしながらも、秀ちゃんはちょっと声を張って、握りしめていた手をパッと開いた。すべらかな小さな白い掌《てのひら》の真ん中に、銀のナットがぽつんと光った。

「よかったねぇ」

秀ちゃんを見据えて、お母さんが目をうるませた。

お父さんもワタベさんも、ほっと表情をやわらげた。

秀ちゃんは洟《はな》をすすり上げながら、三人を上目でキョロキョロ見た。セーターの冷えが、だんだん引いていった。

「秀ちゃん、明日が楽しみだね」

と、ワタベさんが秀ちゃんの頭を撫でて、部屋へ戻っていった。

お母さんとお父さんが、膝を正してお礼を言った。

お父さんは、お母さんと顔を見合わせてからクルリと立ち上がり、バイタの向こうへ廻って、その辺を片付け始めた。

「さあ、今晩はもう寝なさい」

座敷へ上がって、身の置き所もないように、人台のそばの石油ストーブの前に縮こまる秀ちゃんの背中に、お母さんがやさしく声をかけた。

その夜、六畳間の、お母さんの隣の蒲団に包《くる》まってこんこんと眠る秀ちゃんの夢枕には、明日は完成するであろう戦車が、モーターの小気味よい唸《うな》りとともに、がっちりとしたカーキ色の車体を小刻みにふるわせながら、キャタピラを力強く廻転させ、畳の目を嚙み、黒い縁《へり》を越え、部屋中を縦横に走り廻っていた。

秀ちゃんの蒲団の側《かたわ》らの簞笥と鏡台の隙間に、肩身のせまい思いでぽつねんと蹲《うずくま》る小さなナットは、どんな夢を見たことであろう。

秋祭一景

秋祭一景

石畳の参道には、露店が櫛比《しっぴ》していた。

左右から斜めに張り出したテントの軒が、だんだん間を狭めて、本殿向拝《ごはい》の唐破風《からはふ》へと続いている。

そぞろに歩く人々の肩に、欅の梢からやわらかな陽射しが降りそそいだ。ときおり、頭上で百舌《もず》の甲《かん》高い声がする。

綿飴、あんず飴、焼きそば、たこ焼き、イカ焼き、金魚すくい、ヨーヨーすくい、くじ引き、型抜き、お面……露店を左見右見《とみこうみ》、ぶらぶら行く人、空きっ腹を刺激する匂いの前で歩を止める人、水色の桶に覆いかぶさり、ボウルとポイを手に逃げ廻る金魚を必死に追う親子連れ、蝶結びに兵児帯《へこ》の浴衣《ゆかた》姿で寄り添う若いカップル、大人たちの間をすり抜けて、目当ての店へ急ぐ子供たち……。

手水舎《ちょうずや》の先の射的の店から、パン、パンと乾いた音がさかんに響いていた。

「さあさ、中《あた》るよ、中るよォー。こんなに近いんだから、簡単だよォー。面白いように倒せるからね。はいはい、思いっきり乗り出してもいいからね。さあさ、面白いよォー」

浅葱《あさぎ》色のダボシャツにステテコ、茶の腹巻、頭に手拭を巻いた香具師《やし》が、テントの隅の丸椅子で、手をたたきながら陽気な声を上げる。

「出血サービス、出血サービス。中るよ、中るよォー。さあさ、寄ってってねェー」

小柄で角刈り、丸顔のおじさんは満面の笑みだった。口の周りの髭《ひげ》が、砂鉄のように伸びている。

奥の紅白のテントの前に設《しつら》えられた三段の棚に、キャラメルやらチョコレートやら人形やらぬいぐるみやらが、等間隔に並べられてい、手前の台から、その景品を狙って、四、五人の客が撃ち興じていた。レバーを引く金属音とコルク弾《だま》の発射音とが、引っ切りなしに聞こえる。

うまく中り、景品がバタリと倒れると、

「はい、中りィー。旦那、うまいねえ。あんまり取られると困っちゃうなあ」

と、おじさんは愛嬌たっぷりに立ち上がり、戦利品を台へ置く。

「おっと、また中った。そっちの旦那もやるねえ。これじゃ商売にならないなあ」

おじさんは代わりの景品を用意する間もなく、戯《おど》けるようにぼやく。

「おやじ、口がうまいなあ。本当は全部取られたって儲《もう》かるんだろ」

ハンチングの職人風の客が、苦笑いを浮かべて冷やかす。

「お客さん、冗談はお互い顔だけにしようよ。そんな訳ないでショ。八弾でこの値段は破格だよ。本当に大サービスなんだから……。儲けは度外視、あたしゃ、皆さんに楽しんでもらいたいのよ。この気持、分かってほしいねェ」

おじさんは、真顔で反論する。

その真剣さに、客の頬が一様にゆるむ。

大人たちの腰の間から、子供がふたり覗いていた。

「お兄ちゃん、あの熊のぬいぐるみがほしい」

六つくらいの女の子が伸び上がるようにして、ふたつ上くらいの男の子の腕にすがりつく。白いブラウスの肩から、二本のお下げが離れてまっすぐに垂れた。

「よしッ。お兄ちゃんが取ってやる」

坊ちゃん刈りの男の子は、ハンチングの横へ割り込み、

「おじさん、やらして」

と、半ズボンのポケットから百円玉三枚取り出して、勢いよく腕を伸ばす。

「おっ、坊や、やるかい。簡単だからね。どんどん中ててね」

おじさんはニコニコ顔でお金を腹巻へ入れ、空気銃と弾を渡して定位置へもどる。

男の子は見よう見まねでレバーを引き、弾を込めて銃を構えた。片目をつぶって慎重に二段目のぬいぐるみに狙いを定め、撃っては弾を込め、撃っては弾を込めた。

台に顋《あご》をのせるようにして、女の子は一発一発、円らな目を瞠《みは》って見守っていた。

四発目に、尻を突いて脚を投げ出した熊の胸にまともに中ったが、びくともしなかった。

「おじさん、中っているのに、倒れないよ」

男の子は銃を下ろして、口を尖《とが》らせた。

「ハハハ、中り所が悪いのさ。もうちょっと下かな」

と、背筋を伸ばしたおじさんが、棚へちらりと目をやってニコリとする。

「おやじ、そんなこと言ったって、あんなに大きいんだ。本当に倒れるのかい」

と、ハンチングが弾をつまんで、上目を遣った。

「何言ってるのォ、あたしゃ、うそは言わないよ」

おじさんは、頬を脹《ふく》らませて腕を組む。

「じゃあ、ちょっと見本を見せてよ」

ハンチングが食い下がる。

「お客さん、そこまで言うかね。――よしッ、そんじゃひとつやってみっかね」

おじさんが顔を傾《かし》げて応じ、腕をほどく。

石畳へ出、台の前に立ったおじさんは、ハンチングの肩までしかなかった。手馴れた手つきでレバーを引き、弾を込めると、おじさんは膝を折ってぐっと身を沈め、両肘を台に突いた。そして、

「坊や、こうすると銃が安定していいんだよ。腋《わき》をこう緊《し》めてね」

と、銃を構えて、横目でそう教えた。

男の子は、同じような恰好をしてみた。

ハンチングが一歩下がって、口をへの字に結んで見ていた。

他の客も、おじさんに注目した。

おじさんはぬいぐるみに向き直ると、にわかに表情を引き緊め、柄《え》を頬にピタリとくっつけるや否や引鉄《ひきがね》を引いた。パンという発射音とともに、弾はぬいぐるみの臍《へそ》あたりへ命中した。熊は笑顔のまま一寸ばかりスッと後退したかと思うと、もんどり打って棚から落ちた。

客は、息をのんだ。

男の子も、目をパチクリさせた。

おじさんの腕は確かだった。

「おやじさん、さすがだねえ。うまいもんだ」

棚の下に転がったぬいぐるみから視線を移して、ハンチングが感嘆の声を上げた。

「いやァ、それほどでもないよ、へっへっ」

おじさんは頸筋へ手をやって照れたが、まんざらでもないようだった。

「さあさ、みんな頑張ってね。坊やも頑張れ。腹の下の方を狙った方が倒れやすいよ」

おじさんはニコニコ顔に戻ってテントへ入り、ぬいぐるみを拾い上げた。

男の子は気を取り直し、おじさんに教えられたとおり、台に肘を突いて、一発一発念を入れて撃った。今度は続けざまに中ったが、急所を逸《そ》れているらしく、ぬいぐるみは倒れない。最後の一発は、空《むな》しくテントを打った。

男の子は銃を台へ置いて、ガクリと首を垂れた。

女の子は、ぬいぐるみを見つめてべそをかいた。

「理恵ちゃんのお小遣いも使っていいかい」

うなだれたまま、男の子がボソッと訊いた。

「うん。その代わり、ぬいぐるみ、お願いねッ」

女の子は顔を上げて、叫ぶように言った。

「よしッ。まかしとけ。今度こそ」

男の子は急に元気をとりもどし、

「おじさん、もう一回！」

と、声を張り上げた。

弾を受け取り、男の子は今まで以上に慎重に撃ち続けた。弾は目標附近に集中し、前回以上に中ったが、ぬいぐるみはわずかに動いただけだった。

「お兄ちゃん。ぬいぐるみ、ほしいィー」

男の子の腕をとって、女の子は地団駄を踏んだ。肩の上で、お下げが激しく跳ねた。

「そんなこと言ったってしょうがないよ。倒れないいんだから……」

男の子は足もとへ目を落とし、力なく答える。

「いやだ、いやだ。ほしいィー」

女の子は涙声になった。

「ばかッ。泣くなッ」

と、声を尖《とが》らせて、男の子が手を振り解《ほど》こうとすると、女の子は堰《せき》を切ったように泣き出した。

男の子は、周章《あわ》てて女の子を引っ張って店を離れた。ハンカチで涙を拭いてやろうとすると、女の子は体を左右に振って、ありったけの声で泣き叫んだ。

額に八の字を寄せた男の子は、ちらと射的屋の方を見てから、女の子をなだめなだめ参道を戻っていった。

肩をすぼめたその後ろ姿へ、大人たちの視線が集まった。

「おやじ、かわいそうじゃないか。何とかならないのかい」

台から身を乗り出してじっと見ている店主に、ハンチングが眉を寄せて、掛け合うように言った。

おじさんは、それを聞き流しにやおら体を起こすと、真ん中の棚にあるぬいぐるみをぐっと掴《つか》み、テントをまくって子供たちの後を追った。ダボシャツの短身がヒョコヒョコ進み、雪駄がぺたぺた鳴った。

「お嬢ちゃん、待ちな」

おじさんが声を掛けると、女の子はしゃくり上げながら振り向いた。男の子は怪訝《けげん》そうに上体をひねった。

「これ、持って行きな」

と、おじさんが差し出したぬいぐるみを見て、女の子はきょとんとした。

男の子も、鳩が豆鉄砲を食ったような表情をした。

「おじさん、いいのォ？」

か細い涙声の女の子に、

「ああ、いいさ。ちょっと難しかったからね、これを倒すのは。その代わり、お兄ちゃんと仲良くするんだよ」

と、おじさんはやさしく言って、ぬいぐるみを持たせた。

「わあッ、おじさんありがとう」

女の子の顔が、パッとほころんだ。ぬいぐるみをひしと抱きしめておじさんを見上げた目に、大粒の涙が溜まっていた。

おじさんの顔も、くしゃくしゃになった。

「おじさん、ありがとう」

男の子も、うれしそうに声を弾《はず》ませた。

おじさんはさらに目を細めて、

「気をつけて帰るんだよ。喧嘩しちゃ駄目だよ」

と、それぞれの高さでキラキラ光る瞳を等分に見ながら、諭《さと》すように言った。

「はいッ」

喜色満面、ふたりはペコリと頭を下げて、クルリと踵《きびす》を返した。

スキップで行く女の子を、男の子が追う。

「家に帰ったら、お兄ちゃんが中てたって言うんだぞ」

「うん、お兄ちゃんに取ってもらったって言う」

ふたりは熊のぬいぐるみを代わるがわる抱きながら、縺《もつ》れ合うように帰っていった。

黄色い陽射しの中で、棍棒のような四つの脹脛《ふくらはぎ》が踊った。

「あのおやじ、いいとこあるじゃないか」

ハンチングの言葉に、皆ダボシャツの背中を見ながらうなずく。

おじさんは、参道の真ん中で腹巻に両手を突っ込み、ふたりが人混みに紛《まぎ》れて見えなくなるまで見送っていた。浅葱《あさぎ》色のステテコの尻が、まるく汚れていた。

キィーキィーと、百舌《もず》が鋭い声で鳴いた。

欅の上の空に、ひとすじ刷毛《はけ》で掃いたような雲が浮かんでいた。

もめごと

昼時のラーメン屋は、混んでいた。

雨で、入口の傘立がいっぱいだった。ときおりそっと戸が開いて、すぐ閉まった。

間口狭く、調理場へ向けた四、五人分のカウンター席の外に、二人掛けのテーブルが三つ、煤《すす》けた壁に寄せて据えられているだけだった。

壁には、黄ばんだ品書が青い筆文字でずらりと貼られている。

奥の蛍光灯が点いたり消えたり、間断なく明滅していた。

調理場の湯の沸騰する音や、麺の湯切りの音に交じって、あちこちでズルズルという音がする。

取っ付きのテーブルで、若い父親と五つくらいの男の子がラーメンを食べていた。

「おとうさん、美味しいねえ」

背伸びするように啜《すす》りながら、青いトレーナーの男の子がうれしそうに言う。小さな丸顔の上に、ヒヤシンスのような天然パーマがのっかっている。

「そうかい。よかったね、大ちゃん」

お父さんが箸を止めて、ぷっくりと膨らんだあかい頰っぺたの動きに目を細める。

カウンターの向こうで、でっぷりとした白い上っ張りの店主が、菜箸で鍋の麵をかき混ぜながらニコリとした。

親子の脇を通って、店主の娘が奥のテーブルの若い男にラーメンを持っていった。ところどころ大きな染みの目につくリノリウムの床がべたつき、サンダルがペタペタ鳴った。

「お待ち遠さま」

赤いセーターに白い前掛け、三角巾のぽっちゃりとした娘は、丼《どんぶり》をさっと置いて狭い通路を戻る。

背広姿の若い男は、灯りのちらつく漫画本をパタリと閉じ、坐り直して丼を引き寄せた。油のぎらつく汁に視線を固定したまま、ネクタイの先っぽをワイシャツのポケットへ無造作に突っ込み、そそくさと箸を割ると、二度、三度、腕全体で麵を持ち上げて、かぶりつくように大口を開けた。

その瞬間だった。

「おいッ、俺の方が先に頼んだんだぞ！」

怒気をあらわにした声が、店内に響いた。

店主が、すばやく目だけ動かした。

娘がびっくりして振り返ると、カウンター席のタオルを被った中年の鳶《とび》が、太い眉を吊り上げていた。陽灼《や》けの染みついた赤銅《しゃくどう》色の顔が、汚れたタオルを白く見せた。

客の視線が、いっせいに男へ向かった。

大ちゃんもびくっとして、身をよじった。

若い男は麵すすれすれに口を開いたまま、鳶のタオルの結び目を上目で見た。

「そ、そうでしたかァ？」

と、娘は眉根を寄せた。

「そうでしたかじゃないよ。俺の方が先だよッ」

むっとした表情で、男が腰を上げる。爪先の濡れた地下足袋の上で、だぶだぶのニッカボッカの裾が揺れた。丸椅子の破れから、黄色いクッションが覗いていた。

男の背中に、白い光がしきりに反射した。

「どうして間違えるんだよ」

「どうしてと言われても……」

娘は、お盆を抱えてうつむいた。

若い男は口を半開きにして、ふたりを交互に見ている。

ふっくらした頬をこわばらせて成行きを見守っていた店主が、調理場から顔をのぞけて、

「お客さん、すみませんねえ。今作っていますから、すぐ出来ます。宥《ゆる》してやってください」

と、とりなした。

「俺は面白くないぞ。あの男より俺の方がずっと早く来てたんだからな。——だいたい、蛍光灯ぐらい取り替えろよ。チカチカして、気になってしょうがないよ」

男は、頭をそらすようにして言った。赤銅色の顔が、だんだん赤黒くなった。

天井をちらと見て、店主は渋い表情をした。

若い男は、下唇を突き出して麵を下ろした。

「旦那、勘弁してやりなよ。娘さんだって、悪気があってやった訳じゃないんだから。蛍光灯に当たったたって仕方ないさ」

親子丼を食べていた真ん中のテーブルの鳥打帽の老人が、首をもたげて口を挟んだ。

「何おゥ、余計な口出しするんじゃないよ。あんたは美味《うま》そうに食ってるからそれでいいだろうけど、俺は腹ペコなんだよ。順番を間違えられた情けないこの気持が、あんたに分かるもんか」

男はすぐ横の老人を見据えて、早口でまくし立てた。

男の勢いに押されて、老人は鳥打ちの庇《ひさし》を下げ、口をへの字に結んだ。

その様子を見届けてから、男は両手を腰骨に当てて、

「ええ、どうなんだい。どうしてこういう間違えをするんだい」

と、足もとを見つめる娘を問い詰める。

「…………」

娘は言葉が出ない。

奥の若い男が、

「あのう、これ、まだ手をつけていませんから、もしよかったら、お先にどうぞ」

と、腰を浮かせた。据わりの悪いテーブルが、ガタリとぐらついた。

「馬鹿野郎！　そんなケチのついたもの、食えるか。黙ってろ！」

振り向きざまに、男は破鐘《われがね》のような声を上げた。頸筋に垂れたタオルの端が、ひと揺れした。

聞き耳を立てながら、お通夜のように箸を動かしていたカウンターの客が、そろって声の主へ首をねじ向けたが、すぐに戻した。

青筋を立てた男の剣幕に、若い男は肩をすぼめて、小口でラーメンを啜り始めた。向かいの客も、背中を丸めてスープをすくった。

ふたりのテーブルを、蛍光灯がさっと照らしては、すうっと消えた。

椅子の背に肘を乗せ、上体を大きくひねって、男を見上げていた大ちゃんが向き直り、

「おとうさん、あのおじちゃん、怒ってるね」

と、小首を傾《かし》げる。

「しッ。大ちゃん、黙ってな」

と、お父さんは左手の人差指を立てる。

「なんでェ？　このお姉ちゃん、困ってるでしょ」

「大ちゃん、しゃべらないの。早く食べなさい」

ひそひそ声の不機嫌なお父さんの目を見て、大ちゃんは脹《ふく》れっ面《つら》をする。

大ちゃんの側《そば》で、身を縮めて立っていた娘は、

「――すみません。すぐに持ってきますから……」

と、しぼり出すように言って、レジの方へ戻ろうとした。

「おい、待てよ。まだ話は済んでないぞ」

男は、声を低めて追い討ちをかけた。

箸をそろそろと遣っていた客は皆、男のしつこさにうんざりした様子だった。

店主も、ふたりをちらちら見ながら菜箸を動かすばかりで、もう口を出せずにいた。

うなだれる娘の横顔を男が睨む、無言の一時《いっとき》があって、店内の気まずい空気は頂点に達した。

鍋の湯のたぎる音が、にわかに耳に来た。

そのとき、娘の視線の先で妙な気配がしたかと思うと、半ズボンからのぞく棍棒のような脚がもぞもぞと椅子から降りて、ちょこちょこと男の前へ進み出た。

「おじちゃん、お姉ちゃんをいじめちゃ駄目！」

大ちゃんは梅干ほどのあごをいっぱいに上げ、目を三角にして、黄色い声を張り上げた。

男の腰より低い小さな青いトレーナーに、客の目が集まった。

男は手をだらりと垂らして、ヒヤシンス頭の丸顔をぽかんと見下ろした。

娘は、天然パーマと青い背中の間のすべすべのうなじに、目をパチパチさせた。

「大ちゃん……」

お父さんが身を乗り出して、そうっと呼んだ。

大ちゃんは振り向きもせず、ズボンのポケットをもぞもぞ探《さぐ》ると、チューインガムを一枚取り出して、

「これを上げるから、機嫌を直して」

と、ぐいと手を伸ばした。

「食べおわったら、噛んでねッ」

大ちゃんの甲《かん》高い声に、男はぐっと詰まった。顔から赤みが消えていた。

黒々とした眉を八の字にさせて、急に意気沮喪《そそう》した男の手に、大ちゃんはガムを握らせ、意気揚々とテーブルへ戻った。お父さんが硬い表情のまま迎えた。

男は掌中《しょうちゅう》のガムへ悄然と落としていた目を上げて、極《き》まり悪そうに周囲を見廻すと、

「とにかく、早くしてくれよな」

と、あらぬ方を見てボソッと言い、椅子に尻を乗せた。

娘はホッと息を吐《つ》いて、さっと踵《きびす》を返した。ぽってりとした赤い背中と白い三角巾とが、つつつと進んでいった。その後ろ姿を、店主が流し目で追った。

奥のテーブルで、若い男が愁眉を開いて大口でラーメンを啜った。

大ちゃんの後ろの鳥打ちの老人も安堵《あんど》の色を浮かべ、丼に手をつけた。

他の客も、一様に箸を大きく動かし始めた。

「おとうさん、ボクがふたりを仲直りさせたよッ」

鼻息荒い大ちゃんに、お父さんはちらと男の方へ目をやって、

「そ、そうかい。大ちゃん、大したものだねえ」

と、くぐもった声で言う。

男は苦虫を嚙み潰したような面持ちで、小指で耳をほじっていた。

ひと搔《か》き、ふた搔きするうちに、

「はい、できたよゥ」

と、店主が娘に威勢よく声を掛ける。

娘が慎重にお盆を運び、

「どうもお待たせしました」

と、恐るおそる男の前へラーメンと小丼を置く。

「こ、これは？」

丼の半チャーハンを見て、男が不審気に顔を上げる。

「お客さん、すみませんでしたね。お詫びのつもりです。どうぞ食べてください」

湯気越しに微笑む二重顎《あご》の店主の言葉に、男はパッと相好《そうごう》をくずして、

「いやァ、こんなことしてもらっちゃ、悪いなあ」

と、汚れたタオルを撫でた。

「いえいえ、遠慮なく」

「そうオ。実は俺、チャーハンが大好物なんだ」

男はしばし食い入るように丼を凝視《ぎょうし》していたが、喉仏をごくりと上下させてレンゲを取

るや否や、二口、三口、まるで仇《かたき》でも取るように、立て続けに掻き込んだ。

男の目は爛々と輝き、

「うん、こりゃ、うんうん、美味いや。うんうん、旦那、うんうん、いい腕してるねえ、うんうん、うんうん……」

と、口をもぐもぐさせながら、調理場へ向かって声を弾《はず》ませる。

「お客さん、ラーメンもうちの自慢なんですよ」

と、明るく応じる店主に、

「うん、そうかい。それでは……」

と、男はレンゲを箸に持ち替え、大きな丼に向かった。高々と麵を伸ばし、ふうふうと吹くと、目にも留まらぬ速さで啜った。

「うんうん、美味い、美味い……うんうん、美味い、美味い」

麵を口へ入れるたびに、男はタオルの頭を何度も上下させて感歎した。

麵からご飯へ、ご飯から麵へ、男は脇目もふらずふたつの丼と格闘していた。

男の食べっぷりに目を丸くしていた娘が、吹き出しそうになって顔を背《そむ》けた。

奥のいかれかかった蛍光灯の下で、若い男がラーメンの汁をレンゲですくいながら、苦《に》々《が》しげにふたりのやりとりを聞いていた。ワイシャツのポケットから、ネクタイが戻りかけていた。

鳥打ちの老人も、丼を手にジロリ、ジロリと横目を遣った。

「おとうさん。あのおじちゃん、チャーハンもらえてよかったね。なんでも一応文句を言ってみるもんだね。——ボクもチャーハン食べたいよぉ」

大ちゃんが周りを気にせずしゃべると、

「こらッ、静かに。早く食べなさい」

と、お父さんは頤を引いて大ちゃんを睨む。

大ちゃんは大きく首をすくめて、ヒヤシンス頭へ手をやる。

あちこちで失笑がもれ、お父さんが目をキョロキョロさせる。

男は頓着なく、箸とレンゲを遣うのに懸命だった。

そのうちに、大ちゃんのところへも丼が届く。

「わッ、チャーハンだ。これ、いいのォ？」

大ちゃんが跳び上がらんばかりに喜んで、娘を仰ぐ。

お盆を胸に、娘はニッコリとうなずく。

鳩が豆鉄砲を食ったような顔をしているお父さんに、

「揉め事を円く収めてくれたお礼です」

と、店主が調理場から満面の笑みを見せた。

「いやァ、すみませんねえ」

と、お父さんはすっかり恐縮して、頬が丼に着かんばかりに頭を下げる。

「おとうさん、もめごとってなァに？　――でも、こんな美味しいものがもらえるんなら、もめごともいいね」

大ちゃんが、途中から怪訝《けげん》そうな声と表情を一変させて言った。

お父さんがへどもどしていると、再びくすくす笑い声が拡がった。

奥の若い男も、箸の手を止めて苦笑した。

鳥打ちの老人は、破顔一笑した。

鳶の男は我関せず焉《えん》、食べるのに夢中だった。

大ちゃんは大人たちが笑うのを不思議に思いながらも、ニコニコ顔でチャーハンをレンゲで掻き込む。

「おとうさん。すごく美味しいよ。おとうさんも食べる？」

「いいよ、大ちゃんへのご褒美なんだから。ゆっくり食べるんだよ」

「うんッ」

大ちゃんはご飯を頬張ったまま、ひときわ元気に返事をする。床に届かない脚が、ぶらぶら揺れた。
ふたりの会話に、客はもう一度頬を弛《ゆる》ませる。
いつの間にか雨が上がったようで、表の硝子戸越しに傘立に薄日が射した。
明るくなった店内に、丼を叩くレンゲの音が高く響いた。
奥の蛍光灯が、相変わらず白い閃光《せんこう》をせわしく散らしていた。

驟雨

夕方の駅前ロータリーには、バスやタクシーが蝟集《いしゅう》していた。

日中の煎《い》るような陽射しは衰えたが、肌にまとわりつくような温気《うんき》は蟠踞《ばんきょ》したままだった。

高架下の改札を、一日の勤めを終えた人たちが、引っ切りなしに出入《ではい》りする。歩道を急ぐ人も、バスを待つ人も、皆、連日の猛暑に倦《う》んだ表情だった。

ロータリー中央の浮島のようなバス停に、中学生がふたりいた。似たような華奢《きゃしゃ》な体つきや、あどけなさの残る顔からして一年生らしい。

側《かたわ》らのベンチで、化粧の濃い中年女性が話し込んでいる。

「まったく嫌んなっちゃうわよゥ」

「ほんとねェ」

「今度、そんなことあったら、はっきり言った方がいいかしら」

「そうよ、遠慮することないわよ。あんた、もっと、ずうずうしくならなきゃ」……

互いに脚を組み、他愛のない話に夢中だった。どちらも七分丈のズボンの股《もも》がはち切れそうで、ノースリーブからにゅっと出た二の腕も、フランスパンのようにふっくらしていた。

黒いズボンに半袖開襟シャツ、白い日覆いの制帽姿の中学生は、紺のショルダーバッグを袈裟懸けにして、共に参考書へ眼を落としていたが、ときおりちらとベンチを見た。

駅前に並んだタクシーは、先頭が客を乗せて発車するたびに順繰りに前へ詰める。時を置かず、ロータリー奥のモータープールから一台が動き出し、小気味よくカーブして列の最後につける。

バスは、数分ごとに駅前の幹線道路を左折してロータリーへ進入し、すぐにもう一度大きくハンドルを切って、それぞれの停留所へピタリと停車する。

「あはは、あんた、そんなことしてるのォ」

「当たり前よ、そのくらいのことォ」

「ふーん、あたしもそうしようかなァ」

「そうよ、みんなやってるわよ。恥ずかしがることないのよォ」

「あはは、そうねェ、そうするわッ」

「何事も積極的に行動することよ。人が好いだけじゃ駄目よッ」……

縮れた茶髪《ちゃぱつ》を肩に垂らしたおばさんが、小柄な口紅の真っ赤なもうひとりに、何やらしきりに発破をかけている。口紅のおばさんは、「あはは」と大口を開けるたびに、大きく手を拍《たた》く。周りのことなど眼中になく、口角《こうかく》泡を飛ばす勢いだった。

いつの間にか、ロータリーの上に怪しい雲がひろがっていた。

そのうち、杖を突いたお婆さんが中学生のうしろに並んだ。

半白《はんぱく》のひっつめ髪のお婆さんは、腰が曲がっていて、中学生の肩ぐらいしかなかった。

「××君」

丸顔の子が、細面《ほそおもて》の子の背中を突っつき、

「このおばさんたちに、代わってくれって頼もうか」

と、小声でちょっと体をひねって言うと、
細面は、参考書を拡げたままお婆さんを覗いて、

「うん、そうだね。僕が話そうか」

と、ささやくように応じた。そして、丸顔と並んで、

「お婆さん、ぼくが坐らせてくれるように言いますよ」

と、杖に両手をあずけて俯《うつむ》いているお婆さんに、ベンチへそっと眼をやりながら声を掛けた。

お婆さんは、吃驚《びっくり》したように顔を上げ、

「まあ、気を遣ってくれてありがとうね。でも大丈夫よ。バスはすぐ来るでしょうから」

と、上体を反《そ》らすようにして莞爾《にっこり》した。

「そうですかあ」

細面は声を曇らせ、忌々《いまいま》しそうにおばさんたちを一瞥《いちべつ》した。

「あんたさァ、前から思ってたんだけど、少しおとなしすぎるんじゃない？」

「そうおォ？」

「そうよ。あたしみたいに、思っていることは、どんどん言わなきゃ。他人《ひと》のことなんか考えてられないわよ、生きてゆくのは大変なんだから」

「そうねえ」

「そうねえじゃないわよ、しっかりしなさいよォ。何事も積極的に、ねッ」……

茶髪も口紅も、中学生とお婆さんのやりとりにまったく気づかないようだった。

やがて、列は十人ほどになった。

空は、黒雲に覆《おお》われた。べたつく空気が、にわかに肌から離れてゆくようであった。

矢継ぎ早に街灯の点いたロータリーを、バスがぐるりと廻って中学生の前で停まった。

すぐに後ろのドアが開き、次々に客が吐き出されてくる。最後の一人が降りると、空気の抜けるような大きな音がして、前のドアが勢いよく内側に折れた。

「おばさん、お先にどうぞ」

細面が、ベンチの茶髪と口紅を促した。

「おばさん？」

と、ふたりは眉根を寄せて、

「いいのよ、乗って」

と、茶髪が言うや、揃ってぷいと立ち上がり、縁石を下りてロータリーを横切っていった。

細面と丸顔は呆気《あっけ》に取られて、去ってゆくおばさんたちを見ていた。

ふたりは、肩をぶつけるようにして喋りつづけていた。二段にだぶつく脇腹の下にむっちりと出っ張った尻が、それぞれの高さで、右、左、右、左と、同じリズムで揺れた。

その後ろ姿へ苦々《にがにが》しい視線を送っているのは、中学生だけではなかった。

「お婆さん、お先にどうぞ」

丸顔がやさしく言って、一歩下がった。

「はい、はい。どうもありがとうね」

お婆さんは豆粒のような眼を細めて、ふたりへ頭を下げ下げ入口へ向かった。

杖のひもを手首へ掛け、手すりに縋《すが》って上《のぼ》り切ると、首を伸ばして見守っていた若い運転手が眉を開いた。

心配そうに見上げていた細面も安堵《あんど》の色を浮かべたが、すぐに口もとを引き緊め、

「ひどいな、あのおばさんたち」

と、もう一度遠ざかるふたりを睨み、

「バスを待ってるんじゃなかったんだ。ふん」

と、鼻息を吐《は》いた。

細面がステップへ足を乗せようとしたとき、停留所の屋根に、タンタンタンと飛礫《つぶて》のような音がした。丸顔があわてて制帽の庇《ひさし》を下げ、細面に続いた。

大粒の雨は、あっという間にアスファルトを黒く濡らした。街灯の明るみに、矢のような雨脚が浮かんだ。

横断歩道を渡っていた人々は、一散に駅へ駆け込んだ。篠突く雨が、その足もとを音を立てて追った。

改札を出た人は、一様にあきらめ顔で降り募る雨を見上げた。

雨粒の流れるバスの窓から、高架下を行くおばさんたちが見えた。

アスファルトに街灯が滲《にじ》み、タクシーの動きが頻繁になった。

モータープールから出てきた一台が、速度を上げてふたりへ近づいたときだった。濡れた路面を滑るように廻転していたタイヤが、水溜りの灯を切り裂き、すばらしい勢いで雨水を撥《は》ね上げた。

茶髪と口紅は、バネ仕掛けのように二、三歩後退《ずさ》りしたが、しぶきは容赦なく飛び散った。

腰を引いたまま、色の変わったズボンを困惑の面持ちでつまんだふたりは、忿怒《ふんぬ》の表情で顔を上げ、走ってゆく赤いテールランプの点いたタクシーを、地団駄踏んで罵《ののし》った。

「あはは、やっぱり悪いことはできないね」

「うん、罰《ばち》が当たったんだね」

ニコニコ顔の中学生の前の横向きの席に、お婆さんは背中を丸めてちょこなんと坐っていた。

雨はますます激しくなった。

バスが発車すると、タクシーの列の最後尾に、身振り手振り交えて、窓越しにさかんに抗議する茶髪と口紅の姿が見えてきた。

雨の飛沫《しぶき》もものかは、小腰を屈《かが》めて運転席を覗き込むふたりは、化粧が崩れて眼の吊り上がった、それは恐ろしい形相であった。頭から湯気を立てて罵声を浴びせているようで、道行く人は皆、何事かと振り返りながら通り過ぎた。何人か、立ち止まって見ている人もいた。

「あれが積極的に……ということかねえ」

「うーん、そうかなあ……」

中学生は大きく首をひねりながら、窓ガラスに滲む修羅のようなふたりを目で追っていた。

驟雨《しゅうう》に包まれたロータリーを廻って、バスは信号で停まった。

フロントガラスに叩きつける雨粒を分けて、ワイパーが異常な速さで動く。前が見えないほどぼやけたガラスが、さッと扇形に洗われ、街灯やネオンが五彩に浮き上がったかと思うと、瞬時にまた曇った。

幹線道路を疾走する自動車のヘッドライトが、間断なく白い雨脚を照射する。

ワイパーとウインカーの規則正しい音を、闇を圧する雨音がかき消す。

雨に烟《けむ》るロータリーの時計が、六時を指していた。

ある杞憂

公孫樹並木に囲まれた公園に、朝日が射し初《そ》めていた。白い砕石の上を、蜜柑色の光が満遍なく照らす。

「そうそう、この間の話、今朝の新聞に小さく載っていたよ」

「この間って……」

葉ざくらの下のベンチで、A老人が声を改めて話しかけ、B老人が怪訝《けげん》そうに応じた。

ふたりとも、薄手のジャンパーに鳥打ち姿だった。

桜の樹の影が、砂場の先のブランコにまで伸びている。

「あんたがタクシーで聞いた、同僚の運転手の例の交差点での違反のことさ」

「ああ、あのことか」

「反則切符を切られた運転手が警察署へ抗議したところ、向こうが悪かったと処分を取り消したそうだよ」

「そうかい、そりゃよかった。俺はあの人、気の毒に思っていたんだよ」

B老人が頬をほころばせ、背すじを伸ばした。

「うん、運転手はもちろんだが、俺はね、先に行ってくれって言った老人が、気にしていないといいと思ってね。あの記事を見ているといいんだが……」

A老人はそう言って、足もとに散り敷く、マッチ棒のような赤黒い花梗《かこう》を運動靴の先で搔《か》いた。

中央の藤棚の前に、ラジオ体操の会員が一人、ふたりと集まってくる。

公園の向こうの家々の甍《いらか》が、蜜柑色に輝き始めた。


一月ほど前の夕方のことだった。

住宅街を貫く桜並木通りの交差点に、一台のタクシーが通りかかった。交通量の少ない片側一車線の道路で、タクシーの外《ほか》に自動車は見えなかった。

左手の歩道を、杖の老人が横断歩道へ向かっているようで、運転手は徐行して白線の手前で停まった。

老人は横断歩道まで来て、ひと休みするように桜を見上げた。はち切れそうに膨らんだ莟《つぼみ》を着けた枝が、道路の上高く差し交わしていた。樹全体がぼうっと赤らんで、もういつ開花してもおかしくないようであった。

運転手は、胸をハンドルに近づけて老人を覗いた。

タクシーに気づいた老人は、手を横に振ってかるく頭を下げた。

運転手はちょっと迷ったが、フロントガラス越しに斜めに会釈すると、左右を確かめてから、ゆっくりと発進した。

交差点には、黄昏《たそがれ》間近の薄日が射していた。

緩い上り坂へ、運転手がアクセルをぐっと踏み込もうとした瞬間、

「そこのタクシー、止まりなさい」

と、スピーカーを通した甲高《かん》い声が、桜のトンネルに響いた。交差する道路の角に、パトカーが駐まっていたのであった。

タクシーの運転手は驚いて室内ミラーへ眼をやり、縁石に寄せて停めた。

パトカーは、運転手が指示に従うのを見て、悠然と交差点を右折し、タクシーのうしろに止まった。警官がふたり、おもむろにシートベルトを外し、同時にドアを開けて降りてきた。

背の高いがっちりとした四十年配の警官が、窓を開けた運転手に、

「運転手さん、今、横断歩道を渡る人がいたよね。待ってなきゃ駄目よ」

と、タクシーの屋根に手をかけて、腰を折るようにして言った。

もうひとりの中肉中背の若い警官は、後ろに控えていた。制帽の下の項《うなじ》が、きれいに刈り上げられていた。

「いやいや、停まりましたよ」

丸刈りの中年の運転手は、顔を上げて口を尖《とが》らす。

「停まってないじゃないか。現に、あの老人はあんたが通ったあとに渡ったぞ」

警官はちらと交差点を振り返って、声を強めた。

老人が、横断歩道を渡ったところでこっちを見ていた。

「そんなこと言ったって、あの人が先に行ってくれって合図したんですよ。だから、行かせてもらったんですよ」

「そんな言い訳は通用しないぞ。我々はちゃんと見ていたんだからな。もしあんたの言うとおりであっても、歩行者優先は守らなくてはいかん」

「そんな、無茶なあ……」

運転手は眉根を寄せて、情けなそうな声を出した。

「何が無茶だッ」

「だって、向こうが行ってくれって言ってるんですから、仕方ないでしょう」

「決まりは決まりだ。歩行者妨害、正確には横断歩行者等妨害等違反だ。反則切符を切るから待ってなさい」

警官は勝ち誇ったようにそう断じると、踵《きびす》を返してパトカーへ戻ろうとした。

運転手は、あわてて車から出て、

「いやあ、困りますよ。今日の売上げが飛んでしまいますよ」

と、警官の背中へ縋《すが》るように言った。

ワイシャツに黒いチョッキの運転手は小柄で、警官の肩ぐらいしかなかった。

「そんなことは知らん。自業自得だッ」

警官は振り向きもせず言い放ち、パトカーから反則切符を取り出した。

若い警官は、さっきから一歩下がって憂《うれ》え顔で見ていた。

「勘弁してくださいよォ。こっちは生活がかかってるんですから」

運転手は、バインダーの上で書類を書く警官を見上げるように哀願する。

聞く耳もたずボールペンを走らす年配の警官に、

「ちょっとこちらへ……」

と、若い警官が恐るおそる声をかけ、パトカーのうしろへ向かった。年配の警官は、いかにも不機嫌そうな面持ちでついていった。

「――宥《ゆる》してやってもいいんじゃないですか。私にも、あの老人が譲ったように見えましたよ」

運転手に背を向けて、若い警官が言いにくそうに口を開いた。

「余計なことを言うな。こういうことは厳格にやらなければならないんだ」

体を反転させ、相手の耳もとへ低く発した年配の警官の言葉には、怒気がこもっていた。

「厳格と云っても……」

「お前、俺に意見する気か。十年早いぞ、黙ってろッ」

有無を言わさぬ高圧的な物言いに、若い警官は一瞬ムッとしたような表情を見せたが、すぐに視線を外して口をつぐんだ。

年配の警官は大股で戻り、

「とにかく、違反は違反だ」

と、眼角《めかど》を立て、また書類を書き始めた。

運転手は、バインダーに顔を寄せて警官を覗き込み、

「勘弁してくださいよォ。私は悪いことはしていませんよ。向こうが先に行ってくれって言ったんですから」

と、必死に懇願した。

「何回同じことを言わすんだ。交通法規は、どんなときでも守らなきゃいけないんだ。そ

んな話は通らないぞ」

「そんな四角四面なことを言われたって……」

「とにかく、今書類を作るから、黙って待ってなさい」

運転手はもう言葉を継げず、肩を落として警官の手もとを見ていた。

さっきから、ときおり犬を引く人がちらと横眼を遣って行き過ぎたが、自動車は一台も通らなかった。

そのうち、坂の下でずっと様子を見ていた老人が、杖を大きく突いて歩道を上《のぼ》ってきた。

三人のところまで来ると、

「ちょっと口出ししてもよろしいですか」

と、タクシーの屋根越しに、年配の警官へ声をかけた。

ボールペンの手を止め、驚いたように首を廻した警官は、

「何ですか」

と、訝《いぶか》しげな顔をした。

困惑気に俯《うつむ》いていた若い警官も、つと眼を上げた。

「あッ、この人ですよ、先に行ってくれって言ってくれたのは。ねえ、そうですよね」

運転手は、喜色を浮かべて老人を指差した。

老人は慎重に車道へ下り、運転手に並ぶと、

「私が先へって譲ったんですが、何かそのことで、この運転手さんに迷惑が掛かっているんでしょうか?」

と、年配の警官をまっすぐに見て、丁寧な口ぶりで訊いた。

老人は齢にしては長身で、警官とそれほど変わらなかった。セーターの胸も厚く、銀髪を七三に分けて、面長のどことなく品のある顔立ちであった。

「あなたには関係ありません。自動車は、信号のない交差点で歩行者が渡ろうとしていたら、一時停止して待つ義務があるんですよ」

バインダーを腋《わき》にはさみ、警官はいかにも迷惑そうだった。

「法律はそうかも知れませんが、現実はもっと柔軟でいいんじゃないですかな」

老人は杖の把手《とって》に両手をのせて、落ち着いた調子で言った。

「柔軟?」

「臨機応変にということですよ。私は歩くのが遅いんで、先に行ってもらったんです。そういうこともあるでしょう」

「そうだよ。せっかくこの人が好意で譲ってくれたんだから、俺も先へ行かしてもらったんだ。何の問題もないじゃないか」

脇から、運転手が勢い込んで言った。

「何いイ」

警官はサッと運転手へ眼を移して、眉を吊り上げた。

運転手は、さっと首をすくめた。

意外な闖入者《ちんにゅう》の話を、若い警官は内心首肯《うなず》きながら聞いていたが、意を決したようにもう一度年配の警官の袖を引き、さっきのところへ連れていった。

「勘弁してやったらどうですか？　あの老人もああ言っていることですから」

「執拗《しつこ》いな、お前も。ここまでやっておいて、今さら今回は宥《ゆる》すなんて言える訳ないだろう」

「でも、向こうの言い分ももっともですよ」

「お前なあ、どっちの味方なんだ。言い訳を聞いていたら限《きり》がないぞ」

「こんな強引なことをすると、後で問題になりますよ」

「そんなことを気にしていたら、この仕事は勤まらないぞ。お前、黙ってろって言うのが分からないのかッ」

捨て台詞《ぜりふ》を浴びせて、年配の警官は引き返した。

若い警官は、脹《ふく》れっ面《つら》であとを追った。

年配の警官は、運転手の前でペンを打ちつけるように書きなぐると、

「ここへ、名前と拇印を」

と、運転手にバインダーを押し付けた。

しぶしぶ手に取った運転手が力なく署名すると、警官はすかさず朱肉を差し出す。

拇印を捺《お》してうなだれた運転手に、警官はちり紙を渡して、書類を一枚引き剝《は》がし、

「これで、反則金を払うように」

と、胸を反《そ》らした。

「九千円かあ、酷《ひど》いなあ。こんなことってあるのかなあ」

ちり紙で指を拭ってから、運転手は青い薄紙を受け取り、しょげ返った。

「お巡りさん、宥《ゆる》してやってもらえませんかねえ」

老人が、相変わらずゆったりした口調で言った。

「駄目ですよ。あなたの気持は分かりますが、これはあなたには係わりのないことですよ」

警官は反則切符を切って安心したか、余裕のある声で言った。

「行くぞ」

と、浮かぬ顔の若い警官をうながし、年配の警官は引き上げようとした。口をへの字に結んだ若い警官が、制帽に手をやって、運転手と老人にかるく頭を下げた。

そのときだった。

「君たちは、それでも市民を守る警察官かあ！」

老人が、破鐘《われがね》のような声を張り上げた。野太い、腹の底にひびく声だった。

鳩が豆鉄砲を食ったたような顔をして、年配の警官が振り返った。若い警官は腰を引いて、眼を白黒させた。

運転手は、思わず仰《の》け反《ぞ》って眼を瞠《みは》った。

「何いィ……」

年配の警官は、この世で初めて聞く言葉に、とっさにそれだけしか口にできなかった。

「法律を楯《たて》に取って、弱い者いじめをする、それが、市民に奉仕する公僕のすることかあ！　君たちは法律の奴隷かあ！　君たちは恥ずかしくないのかあ！」

老人は、ふたたび体を反るようにしてありったけの声を振り絞った。

「――き、貴様、これ以上本官を侮辱すると、ゆ、ゆるさんぞォ」

年配の警官はやっとそう言ったが、顔はこわばり、明らかに怯《ひる》んだ様子が見えた。

「宥さない？　どうするというのだ」

老人は、落ち着き払っていた。

年配の警官はその場に突っ立ったまま、苦《にが》り切った表情で唇を震わせるばかりで、言葉が出ない。

老人は、身じろぎもせず警官の眼を見据えていた。

やがて、年配の警官は老人の強い視線に耐えられなくなったか、返答できないまま、

「何をぼやぼやしているんだァ、行くぞッ！」

と、隣で呆然《ぼうぜん》と老人を見ている若い警官を一喝し、そそくさと歩道側からパトカーへ乗り込んだ。

若い警官が、いかにもバツが悪そうに両人に一礼して後に続いた。

フロントガラス越しに、もう一度ふたりを睨みつけた年配の警官は、額に青筋立てて若い警官を怒鳴りつけ、すぐに発進するよう急《せ》かした。

パトカーは、タイヤを鳴らしてタクシーの脇を抜け、暮れかかった桜の道を上《のぼ》っていった。

遠ざかってゆく、制帽が天井に着きそうな助手席の警官の後頭部を、タクシーの運転手は苦虫を噛み潰《つぶ》したような顔で追っていた。

「いやあ、何だか申し訳ないことをしましたね」

パトカーが見えなくなると、老人が運転手にやさしく声をかけた。

「いえいえ、あなたが悪いんじゃないですよ。あんな融通の利かない警官が悪いんです。

それにしても、忌々《いまいま》しいなあ、あの警官。若い方《ほう》のは、何だか宥《なだ》めているようにも見えましたけれど」

運転手が、表情を和《やわ》らげて応えた。

「そんな感じでしたね。あの人の方がまだ見所があります」

「旦那さん、却《かえ》って悪かったですね。とんだことに巻き込んでしまって」

丸刈りの頭を、運転手はさかんに掻《か》く。

「そんなこと、気になさらないでください」

「あのう、失礼ですが、あなたは社長さんか何かだったんですか」

「いやあ、今はただの隠居ですよ。——でも、運転手さん、心配しなくていいですよ。そんな罰金払う必要ありませんよ。そのうち、向こうから連絡があると思いますよ」

「えっ？　そうですか……」

「大丈夫ですよ。こんなことがまかり通ったら、世も末です」

「でも……」

運転手は不思議そうな面持ちで、老人を見上げた。

タクシーの横を、軽自動車が白い中央線にはみ出て通り過ぎた。トラブルが始まってから初めての車だった。

もう、赤いテールランプが点いていた。

朝日はぐんぐん昇り、桜の影はブランコの手前まで縮んだ。

「いずれにしろ、よかったよな。あんなことで、罰金を取られちゃかなわないよ」

足もとの赤黒い花梗《かこう》を蹴散《けち》らしていたA老人が、顔を上げて言った。

「ほんと、ほんと」

B老人が大きく頷《うなず》いた。

「俺が面白いと思うのは、四人、それぞれの心持さ」

「心持って？」

「年配の警官は、居丈高《いたけだか》で融通が利かない。切符を切っていい気になっている。若い警官は、運転手に同情的だけど、上司に遠慮してどうすることもできず、忸怩《じくじ》たる思いでいる。運転手は、腹立たしくて忿懣《ふんまん》やる方ない。老人は、自分のせいでこんなことになって悪いと恐縮している……という具合さ」

「なるほどね」

「そこで、俺は老人が気に病んでいるんじゃないかと心配な訳さ。自分だったら、相当気にするね」

「考えようによっては、あの老人も被害者のようなもんだ」……

いつの間にか、ラジオ体操の会員は十人ばかりに増えていた。白い砕石の上に、のっぽの影がいくつも倒れていた。

B老人にこの話をしたタクシー運転手は又聞きのようで、件《くだん》の老人が、胸のすく言説《げんぜつ》で警官をしどろもどろにやり込めた、最後の場面を知らなかったらしい。

なお、新聞記事には、運転手が警察署に抗議したとなっているが、実際はそうではなく、翌日、警察の相当な役職位の人が、年配の警官を連れてタクシー会社へやってきて、運転手に平謝りに謝ったらしい。警官は上司に手ひどく叱責《しっせき》されたらしく、打って変わって腰が低かったという。

あの老人は元警視庁の偉い人で、この人が警察の上層部に掛け合ったのではないかという話もある。

A老人の心配は、杞憂《きゆう》だったようである。

くぬぎの若葉

くぬぎの若葉

一

「よくお似合いですよ、さあ」
一、二歩退《すさ》って、全身へ視線を往復させると、着付師はさっと近づき、袴の上にのぞく胸元の帯を形ばかり整え、そう言って香菜江をうながした。
ぼんやり畳へ目を落としていた香菜江は、ハッとして面《おもて》を上げた。

心持傾斜した姿見の中に、藤のつまみ細工の髪飾りを着け、あおい花柄の着物に葡萄《えび》茶の袴を穿《は》いた自分がいた。横で、黒い上っ張りを羽織った、母親くらいの年廻りの着付師が、微笑みをたたえて覗いている。

「どうもありがとうございました」

伏し目がちの香菜江の顔色は冴《さ》えなかった。化粧もどこか肌になじまず、身の廻りから華やいだ雰囲気が感じられなかった。

「何か、ご心配なことでも……」

着付師が、香菜江を覗き込むようにして眉根を寄せた。

「いえ。――どうもお世話様でした」

香菜江は、硬い笑みを浮かべて鏡の中の黒衣の憂《うれ》え顔に応えた。

パネルで仕切られた和室のそこここで、女学生の着付が行われていた。衣ずれと、初めて袴を着ける緊張と喜びとが会場にあふれていた。

着付師はやや不自然に頬をゆるめ、

「それでは、どうぞお気をつけて」

と、形をあらためて一礼した。

洋服を収めた鞄を提げ、はき慣れない足袋を畳にするように出口へ向かう香菜江は、スラリとして、盛り上がった腰板の位置も高く、見映えがしたが、その後ろ姿に変な静かさが漂っていた。

二

瑠璃色の空に、散り雲ひとつなかった。

彼岸に入ったばかりだというのに、正門から続く桜並木はもう満開だった。植込みには雪柳の白や連翹《れんぎょう》の黄が枝垂《しだ》れ、キャンパスは春の気に満ちていた。

袴姿の着飾った女学生や紺のスーツ姿の父母たちが、薄桃色の花の下をそぞろに歩いてゆく。二人、三人と、巾着を提げてにぎやかに行く赤や紫の袴に、きよらかな光が跳ねる。

「今年は早いなあ。入学式のときも、咲いていたよな」

孝雄が足をゆるめて、左右の樹を見廻すように言った。

「そうねえ。半月も違うのにね」

ハイヒールの足もとを気にしながら、節子も花を仰いで応えた。胸元のネックレスを、花びらを漏れる陽射しがチラチラと撫でる。

「あれから四回目の桜だな」

「香菜江は四年間、この道を通《かよ》っていたのね」

「――四年といっても、すぐだなあ。ここを歩いたのは、ついこの間のことのような気がするよ」

「本当。私たちも年を取るばかりね」

ふたりは昨日《きのう》、ある地方都市から上京して、駅前のホテルに一泊した。

「昨夜《ゆうべ》、電話で香菜江、ちょっと元気がなかったように思うんだが……」

花から目を離して、孝雄が調子を変えて言った。

「四月からの新しい生活が心配なのかしら。私も何だか変な感じがしたのよ」

と、節子も声を落として、孝雄の横顔を見た。

「うーん。何か悩み事でもあるような……」

「子供の頃から、あまり本心を話さない子だから……」

「大したことでないといいんだが……」

ふたりの視線の先に、白い足袋と草履が次々に現れては遠ざかってゆく。

「後で香菜江にそれとなく訊いてみようかねえ」

「そうね。——とにかく、今日はよくやったってお祝いを言ってやりましょうよ」

ふたりは気を取り直したように口もとを和《やわ》らげ、娘の待つ食堂へと向かった。

ふんわりとした花の連なりの間を、頭に白いものの目立ち始めた孝雄と、きれいに髪をセットした節子とが、小足の袴の娘たちと同じ速さで歩を進めていった。

三

グラウンドの先の食堂は、卒業生と父母でごった返していた。見渡すどこにも、色鮮やかな袴姿と、改まったシックな服装の笑顔の花が開いていた。

鉤《かぎ》の手に曲がった建物の、一番奥の隅のテーブルに、香菜江は向うむきに坐っていた。電話で言っていた場所だったが、髪をアップにした着物の後ろ姿では、すぐに分からなかった。

窓の外には、ほんのり芽吹き始めたくぬぎ林が見える。

「待ったかい」

孝雄が前へ廻りながら声を掛けると、

「――ううん。さっき来たばかり」

と、香菜江はビクッとしたように首を上げた。瞼が腫《は》れぼったく、寝不足のような表情で、化粧もよくのっていないようだった。

「香菜江、ちょっと痩せたんじゃないの？」

と、節子がハンドバッグをテーブルに置きながら、低い声で言った。

「どこか具合が悪いのか」

もともと細面《ほそおもて》だが、頬がさらにこけたように孝雄も感じた。

「そんなことないわ。――ここのところ何かと忙しかったものだから……」

と、香菜江は目を伏せた。

「お友達は？」

と、節子が心配顔のまま訊く。

「うん、会場で会うことになっているの」

「着付、大変だったわね。よく似合っているわ。荷物は？」

「駅のコインロッカーへ……」

うつむきがちの香菜江に、孝雄と節子は、ちらと互いの目を探るようにしてから椅子を引いた。

「疲れたでしょ。昨日はホテルでよく眠れた？」

と、香菜江は、窓側へ掛けたふたりに初めて笑顔を見せた。

「大したことないさ。お父さんたちも、まだまだ若いからな。それより、卒業おめでとう。よく頑張ったな」

孝雄が目をほそめてお祝いを口にすると、

「香菜江、本当におめでとう。四年間、立派にやり通したわね」

と、節子も背筋を伸ばしてやさしく言った。

「――こちらこそ、お世話になりました。――これから、恩返し……しますからね」

香菜江は頤《あご》を引いて、声をつまらせた。

「何言ってるの、恩返しなんて。あなたが元気でやってくれれば、それだけでいいのよ」

身を乗り出してさとすような母親の言葉に、香菜江の目が見る間にうるんだ。

「――ばかねえ、何も泣くことないじゃないの」

うろたえ気味に節子が言って、ハンドバッグからハンカチを取り出して渡した。

孝雄も目を瞬《しばたた》かせて、辺《あた》りを見廻した。

食堂は、卒業生や父母の声で沸き返るようだった。誰もが友達や家族と話すのに夢中で、香菜江たちのことなど気にする者はいなかった。

「今日はどんな予定なの？」

節子が、下から覗くように訊く。

ハンカチを使った香菜江が、洟《はな》を啜《すす》りながら、

「十時から式で……そのあと教室で……卒業証書が交付されるの。――十二時には終わると思うわ」

と、切れぎれに答える。

「そう。それじゃあ、その頃、ここでまた会いましょう」

節子が、香菜江の気を引き立てるように明るく言った。

父母は、教室のスクリーンで式の様子を見ることになっていた。

香菜江は、ずっと下を向いている。

周りの卒業生が、だんだんに席を立っていった。

テーブルに片肘を置いて、じっと娘を見守っていた孝雄が、

「もう行った方がいいんじゃないのか」

と、じれたように言ったが、

「──ううん、まだいいの。友達に席を取っておいてもらっているから……」

と、香菜江は、なかなか腰を上げない。

少時会話が途切れて、気まずい間ができた。香菜江は、相変わらず目を伏せていた。

気がつくと、食堂はもう空席ばかりだった。

「そろそろ、香菜江も行かないと……」

「そうね。さあ……」

と、ふたりは香菜江を急《せ》かした。

「──ここで待っててね。お昼を食べましょう」

と、香菜江はちょっと声を張ったが、表情に動きはなかった。

香菜江は、隣の椅子から赤い巾着を手にして立ち上がったが、うつむいてもじもじする
ばかりで、なかなか行こうとしない。

「どうしたの。行ってらっしゃい。お友達も待っているわよ」

節子が、眉を曇らせてうながす。

さっきから巾着をもてあそんでいた香菜江は、思い切ったように紐を解いて、

「――これ、手紙。帰ったら読んでね」

と、中からうすい水色の真四角な封筒を取り出した。

ふたりは怪訝《けげん》そうに横目をつかい、

「ああ、後で読ませてもらうよ」

と、孝雄が受け取った。

香菜江の唇はまだ動きそうだったが、言葉にはならなかった。今日初めてふたりをまともに見つめたその面持ちは、薄笑いを浮かべているような、何かに怯《おび》えているような、なんとも妙なものだった。

孝雄と節子は、不安の眼差しでその白い顔を見上げた。

四

香菜江は重い足どりで、食堂の五、六段の階段を下りた。

あちらに三人、こちらに四人と肩を寄せた、こぼれるような微笑みと、弾《はず》むようなおしゃべりの卒業生たちの後を、ゆっくりと歩いていった。

グラウンドの角で、香菜江は会場の講堂と反対の教室棟への道をとった。棟《とう》の裏にはくぬぎ林が拡がり、奥に古池がある。

香菜江は、林の中を歩いた。

芽吹いたばかりのさみどりの若葉が、目に沁みるようだった。明るい陽のとどく一面の枯葉の上を、枝々の影が綾をなして這っていた。

古池へつづく小径《こみち》に、落葉が深かった。吹き溜りでは、袴の裾を埋《うず》めるほどだった。落葉の中に、夥《おびただ》しい数の団栗《どんぐり》が見え隠れした。艶《つや》のある丸々とした実に、幼い日のあえかな記憶がよぎったが、それは香菜江の胸にはっきりとした像を結ばなかった。

しずかだった。カサコソと枯葉を分ける燥《かわ》き切った音だけが耳にきた。ときおり、くぬぎの天辺で、キィーキィーッと、もずが甲《かん》高い声で鳴いた。

やがて前方が展《ひら》け、だらだら坂の先に、くぬぎに囲まれた池が見えてきた。

落葉を浮かべたひょうたん形の水面《みなも》を、春の陽が飴色に照らしていた。池へせり出した樹の幹に、光の縞《しま》が波のように絶え間なくゆらめいた。

卒業発表があったのは、先月末だった。

卒業できないなどとは、思ってもいないことだった。たった二単位のことだった。就職も決まっていた。会社には、卒業証明書を提出することになっていた。

目を皿のようにして掲示板を何度も何度も見返し、どこにも自分の学籍番号のないのを覚《さと》った瞬間、香菜江の表情はサッと凍りついた。

全身の力が抜け、放心状態で立ち尽していた香菜江は、周りのにぎやかな声にハッと我に返ると、友人と会わないように、すごすごとその場を離れて、夢遊病者のように帰宅した。

香菜江の生活は暗転した。

それまでは、四月からの勤めに備えて、洋服や靴を買ったり、会社から送られた書類に目を通したりして、毎日忙しく暮らしていたのだが、卒業できないことを知ってからは、パジャマのまま部屋にこもって茫然と日を送った。起き上がるのもだるく、何をする気にもなれなかった。ベッドにいることが多く、食事は買い置きの即席物でしたりしなかったりだった。一日、一日が長かった。

香菜江は、どうしてよいか分からなかった。親には話せない。もう一年やらせてもらいたいなどとは、どうしても言えない。両親は、娘はとても成績がよいと思っているはずだった。実家の経済が、それほど余裕のあるものではないのも分かっていた。

はじめ、上京するのは大変だから、卒業式には来なくてよいと何回も電話したのだが、父親も母親もまったく聞く耳持たないという感じだった。

これからどうしたらよいのか——この二十日ほど、来る日も来る日も、香菜江はそのことばかり考えていた。

親にも本当のことを話せず、会社にも連絡できない。何かこの窮境を切り抜ける方法はないものか……親に正直に話すしかないのではないか……でもそれはできない……一年間アルバイトをして、来年卒業することにしようか……でもいつかは親に知られてしまう……第一、アルバイトの収入では学費を賄えない……どうしたらよいのか……どうしたら……そんな思いが一日中堂々巡りするだけで、日が暮れ、夜が明けた。

迷いに迷い、悩みに悩み、香菜江はもう考えることに疲れていた。

それでも昨日の朝までは、今ならまだやり直せるという気持も残っていた。式までに親に告白すれば何とかなる、そう思って、何度も携帯電話のボタンを押しかけては止めた。

式には出られない。出る資格もないし、友達にも会えない。ゼミの仲間も、香菜江が来るとは思っていない。卒業発表後に何人かから電話があったが、香菜江は出られなかった。

香菜江は疲れ果てて、脳が考えることを拒否したような状態でこの日を迎え、予約してあった晴れ着を借りた。

静寂だった。樹上のもずの鋭い鳴き声が、まっすぐに空へ昇った。

香菜江は、入学式のときのことを思い出していた。

桜の散り始めたころで、キャンパスは天も地も薄桃色一色だった。今日と同じように田舎から出てきた両親と、花吹雪の下で写真を撮った。香菜江も希望に燃えていたし、両親も満面笑みをたたえていた。明るい春の光の中に、親子三人の幸福の頂点があった。

あれから四年、この現実はまったく想像もしていないことだった。

飴色の池の面《も》に、くぬぎの若葉が鮮やかに映えた。ときおり漣《さざなみ》が立つと、無数の光の粒がさあッとその影をさらった。

香菜江は、もう何も考えられなかった。頭がからっぽだった。何を思うのでもない、何を感じるのでもない、ただ虚《うつ》ろな眼差しで水面を眺めていた。何度か鯉がバシャリと飛沫《しぶき》を上げて身を翻《ひるがえ》したが、香菜江の目は動かなかった。

香菜江は長い間、茫然と池のほとりに佇《たたず》んでいた。

ジーンと地虫の鳴くようなかすかな連続音が、耳の底にあった。

足袋の爪先が、もうひどく汚れていた。

五

香菜江は、教室棟に入っていた。

傾斜のある大教室の最後部の席に坐り、整然と並ぶ椅子の背もたれをぼんやり眺めていた。よく授業を受けた部屋だった。

彎曲した黒板を背に、中央に教卓を据えた高い教壇の下から、七、八連の机と椅子の三列の波が、盛り上がるように香菜江へ迫っていた。

マイクに乗った教授の声が天井高く反響し、教室を埋《うず》めた大勢の女学生が黒板へ走るチョークの字を追う……香菜江の脳裏に浮かぶのはそんな光景で、誰もいない机と椅子だけの空間を眺めるのは、不思議な感覚だった。その空白感は、今の自分の頭の中に似ていた。

香菜江の耳に、授業の始まる前と終わった後の囂々《ごうごう》たるざわめきが甦《よみがえ》った。その喧噪《けんそう》の中に自分がいたのも、もう遠い日のことのように思われた。

気づいたときには、香菜江はエレベーター脇の非常階段を上《のぼ》っていた。

一階上がるたびに、窓から式場を出てくる卒業生の群れが見えた。

浅緑に芽吹いた欅の枝越しに射す清浄な光を浴びて、華やかな着物と袴とが、正面玄関から次々に吐き出され、それらを取り巻くようにスーツ姿の親たちが見守っていた。色とりどりの女学生の固まりがうごめきながら、少しずつ、少しずつ教室棟の方へ動いてくる。講堂前の広場は、まるでお花畑のようだった。

階が進むにつれ、その群れがだんだん小さくなっていった。

香菜江は、何を考えているのでもなかった。ただ、一段、一段、ゆっくりと、右足、左足と機械的に動かしているだけだった。草履が次の段を踏むたびに、袴の裾と白足袋の間からうしろの足がわずかにのぞいた。

踊り場でときおり下を覗くと、手すりの間がしだいに狭く、深くなっていった。

最上階まで来ると、もう屋上へつづく階段が一折返し残るだけであった。

最後の踊り場で、香菜江の目は手すりの行先を追った。階段に沿って傾斜を終えた丸い手すりは、銀色に鈍《にぶ》く光ってドアの脇の壁へ水平に延びていた。

香菜江は、そのまっすぐな棒をじっと見上げた。

階段の尽きた、もうどこへも続かないところへ、香菜江は立った。

屋上のドアは、閉まっていた。

四方を白い壁に囲まれた天井のある空間は、ひどく広く見えた。

何の音も聞こえない。

窓枠をひしげた形の陽が、香菜江の足もとへ射し込んでいた。

階段の隙間を見下ろすと、目の眩《くら》むほど、手すりが渦を巻くようにすぼまっていた。香菜江は、その薄暗い底へ吸い込まれてゆく体を感じた。

向かいの白い壁面を、香菜江は力なく見た。もう、表情というものがなかった。

やがて白い視界が収縮し、地虫の鳴き声のような低い音が、耳朶《じだ》にひびいてきた。目を瞑《つぶ》ると、その音がにわかにキィーンと高くなった。

体が、ゆるやかに前後に揺れた。

香菜江は、手すりを両手でつかんだ。

鋼鉄《スチール》の棒はひんやりとして、その刺激が掌《て》から瞬時に心臓へ伝わった。その感触が、あるいは香菜江がこの世で最後に自覚的に意識した感覚だったかも知れない。

香菜江は草履を脱ぎ、しずかに袴をとり、帯を解いた。——あたかも勝手知った自分の部屋で、普段着にでも着替えるときのように。

着物の前がはだけたまま、ゴクリとひとつ唾を呑み込み、手すりに帯の端を幾重《いくえ》にも結わえつけると、後は一瀉千里《いっしゃ》だった。

香菜江には、それはもう日常の、たとえば玄関のドアを開けるのと変わらない、無意識の行為であった。

藤の髪飾りが激しく揺れて下の階段へ落ちるまで、ほんのちょっとの間だった。

手すりの下にたたんだ葡萄茶《えび》の袴と草履と巾着に、金色の陽射しが斜めに当たっていた。

傍らの窓から、教室棟へ向かう五彩の花々のような一群が、はるか下に望まれた。

六

くぬぎ林に面した食堂へ、卒業証書の筒を胸に、式を終えた女学生が続々と戻ってきていた。あふれる笑顔の娘とその親たちの、楽しげに食事する光景があちこちで見られた。

「おい、香菜江、遅いな」

「友達と話しているんじゃないかしら」

「それにしても、もう帰る娘《こ》もいるぞ」

「そうねえ、お腹も空いたでしょうに……」

さっきから、孝雄と節子は落ち着かなかった。

教室のスクリーンで式を見、構内をゆっくり散策してから戻って、もう小一時間になる。

「来たら、よく訊いてみようねえ。どうも様子がおかしいよ」

「何か心配事があるんだわ、きっと。ここを出てゆくときの顔色、普通じゃなかったもの」

「打ち明けてくれれば、我々にできることもあると思うんだ」

「ええ。——早く帰ってこないかしら……」

ふたりは入口へしきりに目をやりながら、低声《こごえ》で話した。

そのうち、トレーを持って席を立つ親子が目立つようになった。

孝雄は、ふと香菜江の手紙が気になった。鞄からそそくさと取り出すと、無造作に封を破った。

「あら、家で読んでって言ってたのに……」

節子の咎《とが》める口調にかまわず、孝雄は四つ折りの便箋をもどかしげにひらいた。

お父さん、お母さん、永い間育ててくれてありがとうございました。心から感謝しています。幸福な、楽しい二十二年間でした。

これからも、元気で仲好く幸せに暮らしてください。

本当にありがとうございました。

こんなことになってしまって、ごめんなさい。本当にごめんなさい。

丸っこいいつもの香菜江の字へ視線を走らせていた孝雄の顔が、途中からみるみる蒼ざめた。

「おい、変だぞ。読んでみろッ」

夫のただならぬ様子に眉をしかめた節子は、すばやく手紙を受け取り、さっと目を通して、

「こ、これは……」

と、縋《すが》るように孝雄を見た。

ふたりは、互いの戦慄《おのの》くような眼差しを見つめた。節子の便箋の手が震えていた。

ところどころ小さな疵《きず》の目につく白いテーブルの上に、ギザギザに封を切った、淡い水色の洋封筒がぽつんと置かれていた。

やがて、救急車のサイレンがかすかに聞こえてきた。

それぞれの目に、より強い動揺の色が見てとれた。便箋の震えが激しくなった。

窓外の、さみどりに萌えるくぬぎの若葉に、眩《まばゆ》いばかりの陽光が降りそそいでいた。

夕雲

夕　雲

二十六日午後二時ごろ、東京都××市××の都営住宅四階の空室で、冷凍ボックスに女性の遺体が入っているのを清掃業者が発見し、一一〇番通報した。遺体に外傷はなく、警視庁××署は、この部屋に住んでいた七十歳代の女性とみて身元確認を進めるとともに、死体遺棄事件として捜査を始めた。

捜査関係者によると、この女性は四十歳代の娘と同居していたが、娘は今月中旬家賃滞納により退去していた。同署は、この娘が何らかの事情を知っているものとみて行方を捜している。

なお、冷凍ボックスは押入れの下段にあり、電源が入っていた。

一

冷房のよく効いた店内に、客は加奈子だけだった。

表の硝子越しに、梅雨明け後の陽射しが隣の黒いレザーの椅子に照りつけていた。

席へ身を沈め、どことなく落着きのない様子の加奈子に、中年の店主は鏡をまっすぐに見て、

「ずいぶん久しぶりですねェ。——お母さんはいかがですか」

と、訊《たず》ねた。

以前一緒に来ていた母親は、脚が弱って臥《ね》たきりになったと聞いていた。

「ええ。相変わらずで……」

鏡の中の店主へちらと眼をやって、加奈子が低声《こごえ》で答えた。

加奈子は顔色がわるく、少し痩せたようにも見えたが、店主はブルーの花柄のワンピースの上へ黄色い刈布《かりふ》を掛けながら、

「どこか、施設にでも……」

と、続けた。

「ええ……」

「それは大変ですね。よく行かれるんですか」

「ええ……」

「お近くですか」

「ええ……」

加奈子は、視線を上げない。

話の継ぎ穂がなく、店主は黙って霧を吹き、櫛を入れ始めた。ゆっくりと梳《と》かしながら、レジで訝《いぶか》しげに見る奥さんに、同じ眼顔で応じた。

肩の下で暴れる髪は、通りが悪かった。櫛を返すたびに、白い分け目に眼が行く。入念に梳いた店主は、ベルトに提げた鋏を抜くと、ぐっと腰を落とした。両肘を張り、二度三度と櫛を入れては、髪先をすくうように指で挟んでカットし、また櫛を動かす。瞬きもせず櫛を追う眼差しは、もう職人のものであった。

加奈子は、眼を伏せたままだった。刈布の裾からのぞく臑《すね》を、クーラーの風が撫でた。

店主も、もう無言だった。

加奈子が髪をセットするのは半年ぶりであった。つましい生活で、最近は美容院へ行くことなど考えたこともなかった。風呂場で自分で染めたのも、ずいぶん前だった。

店主は、ときおり鏡を見ながら櫛を上下させ、右から左へ、左から右へと廻って、小気味よいリズムでカットしていった。鋏の使い方や腰の位置、足の開き具合や運び方などに、熟練の腕を感じさせた。

二時間ほどで、カットと染髪が終わった。日脚が、もう窓際まで引いていた。

鏡に映る顔は、短くカットした分、頬のやつれが眼に立った。栗色につやめく髪が、化粧っ気のない肌に合わず、却《かえ》って老けたようだった。加奈子はすぐ顔を背《そむ》けた。

「また来てくださいね」

ドアを開けて見送るとき、加奈子の白いパンプスの傷《いた》みが店主の眼を惹いた。

「ええ……」

加奈子は、最後まで沈んだ調子だった。

外はかんかん照りで、往き交う自動車のボディに跳ねる光が、眼を射るようだった。日陰のない歩道の端を、ブルーのワンピースが俯《うつむ》きがちに遠ざかっていった。

「石井さん、変わったなあ」

「そうねえ。前はもっと明るかったわよね。よく喋ったし……」

「――お母さん、どうしているのかなあ」

「あんなに大事にしていたのにねえ。――あたし、何か冷たいものを感じたわ」

「…………」

ドアを閉めた店主は、奥さんとそんな話をして首をひねった。脳裏から、さっきの草臥《くたび》れたパンプスがなかなか消えなかった。

二

朝、眼が覚めると、カーテンの隙間から、一条《ひとすじ》の光が、赤茶けた畳を通ってタオルケットの上まで伸びていた。シュミーズで寝た加奈子は、ぐっしょり汗をかいていた。気だるそうに起き上がり、黄ばんだカーテンを引くと、向こうの棟《むね》の上に、太陽が大きく昇っていた。硝子戸を開け、矢のように放射する朝日を、加奈子は下着姿のまま眼を細めて見た。陽射しの色と強さは、昨日に続く炎暑を思わせた。

襖の間から、隣の四畳半にも斜めに光が射し込み、菓子パンとペットボトルの茶ののった、小さな折りたたみテーブルを照らした。加奈子はそっちの部屋の窓も開け、卓の前へ横坐りに坐った。すり切れて糸の出た畳が、ちくちくした。

風は入らず、昨夜の熱気がそのまま室内にこもっていた。

加奈子は、明け方に見た夢を反芻した。

暗い原っぱのようなところで、母の棺を焼いていた。荒れ狂う紅蓮《ぐれん》の炎が加奈子の顔を赫々と照らし、ちりちりと頬を刺す。棺は燃えず、煙が蓋の上を這い、空へ昇る。そのうち、どこからともなく母が現れたかと思うと、あっという間に火に飛び込み、勢いよく棺の蓋を開けてしまった。白煙がもうもうと吹き上がり、それが収まると、くすぶる煙の間に、かすかに桜色がかった骨と炭のように焦げた肉片とが、人形《ひとがた》に見え隠れした。自分の焼けた姿を、母は嬉々として眺めていた。小さな母の後ろで、加奈子は呆然と立ち尽していた。……

パンを食べようとして肘を突くと、座卓がガタリと揺れた。

いつもどおりの朝だった。

五階建て都営住宅の四階で、六畳と四畳半の二間に、台所、風呂、トイレと、どこも同じ間取りであった。古い団地で、ベランダの鉄柵は錆《さ》び、外壁にはところどころ罅《ひび》が入っていた。

パサパサの菓子パンを、加奈子はゆっくりと食べた。無造作に引きちぎっては口へ入れ、かすかに顎《あご》を動かす。そして、茶を一口喇叭《らっぱ》飲みする。しばらくすると、またちぎって口へ運ぶ。まるでロボットのように、それを繰り返した。

部屋の隅に、大型のボストンバッグが置いてあった。昨日までに、衣類に、通帳と判子、父の位牌などを詰めてあった。

母の物は、すべて処分した。冷蔵庫や洗濯機、テレビ、整理箪笥や鏡台、食器棚、仏壇なども、みな廃棄した。畳と鼠壁に、家具の跡がくっきり残った。

片頬に朝日を受けながら、加奈子は無表情でパンを食べ続けた。

腕を動かすたびに、腋《わき》の下がべとついた。

三

母が死んだのは十年前だった。

加奈子が会社から帰ると、母は台所のテーブルの脇に仰向けに倒れていた。驚いて抱き起こしたが、すでに死後硬直が始まっていた。

加奈子の頭は混乱した。すぐに思ったのは、母の年金のことだった。次に、部屋の名義のことだった。どちらも、母がいなくなっては困ることだった。加奈子は、蠟人形のような母の遺体の横にべったりと坐って、途方にくれた。が、遺体の側《かたわ》らで苦しい一夜を明かすと、医者を呼んで火葬するなどという尋常な考えは、もう消えていた。

父を早く亡くし、ふたりの暮らしは長かった。

一人娘の加奈子は小さい頃からお母さん子で、大きくなっても買物や美容院など、連れ立って出掛けることが多かった。団地では、仲のよい母子《おやこ》で通っていた。

母が死んだとき、加奈子は常勤ではないが、まだ働いていた。母の年金と加奈子の給料とで、毎月かつかつの生活だったが、五年前小さな会社を人員整理で解雇されると、もういい働き口は見つからず、貯金を取り崩しながら母親の年金に頼るしかなくなった。数年で貯金が底をつくと、それからは食べるだけで精一杯だった。家賃を滞納しがちになり、ここ半年はまったく払っていなかった。退去の手続が執られたのは一月《ひとつき》前で、今日が明渡しの期限だった。

生活保護のことも何度も頭に上《のぼ》ったが、そのたびに母親のことを隠し果《おお》せるものではないと諦めた。年金支給日の一週間前には金が尽きるというような暮し向きで、加奈子は身《み》形《なり》も構わなくなった。たまに買物に出るときも、着替えもせず、鏡台の前でざっと髪を撫でつけるだけで、化粧などしたことがなかった。

よく母の夢を見て、ひどく魘《うな》された。

あるときは、骸骨になった母が、枕もとに坐って無気味に笑っていた。またあるときは、鬼のような形相で、蒲団の裾から加奈子の足を引っ張っていた。またあるときは、真っ白な髪を振り乱して、「おまえも早くきてくれェ」と、川の向こうで叫んでいた。

輾転反側《てんてんはんそく》し、一睡もできぬまま朝を迎えることも屢々《しばしば》だった。

これからどうするか、何の当てもなかったが、ここを出ることにかすかな明るみもあった。

パンを食べ終わった加奈子は、洗面に立った。

鏡に、四十後半には見えない老けた顔が映った。眼尻にうっすり小じわが集まり、小鼻の両脇から口の端へハの字に垂れる法令線も、太くてふかい。染めて何ヵ月も経つ油っ気のない髪が、生え際から白く伸びていた。

金も惜しいし、ずいぶん間《あいだ》があいたので気が惹けたが、加奈子は行きつけの美容院へ行くことにした。万一の場合、身綺麗にしておいた方がよいとの思いも、ちらと胸をよぎった。

加奈子は、六畳に吊したワンピースを取り、身支度にかかった。一挙一動が大儀そうだった。

四

頭を整えた加奈子は、人眼を避けるように、急いで団地の階段を上《のぼ》った。重い鉄のドアを閉めると、吹き出た汗で、染めたばかりの髪がぺったりとしていた。

室内はむんむんとしてい、加奈子はシュミーズ一枚になって、窓を開け放った。

美容院からもどった加奈子に、もうすることはなかった。昼は食べない。いつものことで慣れていた。

加奈子は、六畳の壁際に畳んだ蒲団に、しどけなく凭《もた》れてぼんやりした。ベランダから熱風が吹き込み、額や頸すじをタオルで何度もぬぐった。

——これからどうする……頭をもたげるのは、その一事《いちじ》だった。

父が癌で一年患って死んだ後、母とこの団地に移って二十年、母が生きていた十年は、平穏な日々だった。豊かではなかったが、今思えば幸せな毎日であった。

だが、母の死んだ後の十年は、心の晴れる日は一日もなかった。

加奈子はよく喋る方であったが、急に口数が少なくなった。職場で、その変化を言う人もいた。

母親は施設にいると、周りには取りつくろってきたが、細々《こまごま》訊かれるのが恐ろしく、なるべく日が暮れてから外出するようにしていた。常に何かに追われているようで、前屈《かが》みに小足で歩いた。

母の年金だけでやって行かれないのは、最初から分かっていたことだった。貯金のあるうちに働き出さなければならなかったのだが、何年も引きこもりのような生活を続けた加奈子には、もう社会へ出て他人《ひと》に立ち交じってやってゆく自信がなかった。終日家にいて声を出すこともなく、人と話すのが苦痛だった。

これからどうする……これからどうする……なるようにしかならない……なるようにし

かならない……この一月《ひとつき》、加奈子は胸の中でそんな自問自答を繰り返していた。この苦境を何とか切り抜けよう、何とか生きてゆかなければならないなどという意志的な考えは、心のどこにもなかった。

――なるようにしかならない……なるようにしかならない……じっとりと粘《ねば》つく空気の中で、その言葉が意識の底に収縮してゆき、加奈子はうつらうつらしてきた。

五

どれくらい眠ったのか、よく見る母の夢にうなされて目覚めると、部屋の中に日の色は消えていた。シュミーズを通して、畳にべっとり汗がしみていた。

頭の芯にまといつく夢の残像を振り払い、加奈子はゆっくりと上体を起こした。しばらく、そのままぼんやり畳へ眼を落としていたが、やがて腰を上げると、ふらふらと吸い寄せられるように、四畳半の押入れの前に立った。わずかに開《あ》いた襖の裾からコードが延びて、壁のコンセントにプラグが差さっていた。

日に灼《や》けた襖を恐るおそる引くと、下段に大きな黒い冷凍ボックスが、奥の板壁に寄せてあった。

加奈子は中腰になって、その黒い箱をじっと見つめた。十年ぶりに眼にするそれは、埃《ほこり》を被ってすっかりくすんでいた。

瞼を閉じると、母親の遺体をくの字に曲げて、無理やり押し込んだ日のことが甦《よみがえ》った。硬直は解《と》けていたが、遺体は重く、なかなか収まらなかった。腋《わき》を抱え、背中を箱にもたせかけると、加奈子は中へ入って、上半身を引っ張り込んだ。横向きにして、背中を丸め、膝を胸に引きつけ、垂れた足首を反《かえ》し、頭を何度も押さえつけ……立ったりしゃがんだり、どのくらい時間が経ったのか、汗みどろになって、蓋を閉め、ロックをすると、加奈子はその場に倒れ臥《ふ》した。

その一齣ひとこまが昨日のことのように網膜に映じ、やがて、力まかせに頸を折ったときの無気味な感触と鈍《にぶ》い音とが、加奈子の胸を緊めつけた。

「お別れね、お母さん……」

眼を開けて、呼吸を整えてから、加奈子は呟いた。そう呟くだけで、特別な感情は涌いてこなかった。股《もも》においた掌が、何度もすべった。

加奈子は、腰を伸ばしてしずかに襖を閉めた。黒ずんだ敷居の上を、襖の下に食い込んだ大きな綿埃が押されていった。

六畳に脱ぎ捨ててあったワンピースを、加奈子はものうげに頭から通した。日中の熱気は和《やわ》らいでいたが、汗じみた下着に、気味悪くからみつく感覚があった。

窓を閉め、ボストンバッグを手にして、加奈子はガランとした室内を見廻した。光の薄らいだ部屋に、畳の箪笥の跡が青く浮き出た。

最後にもう一度、四畳半の押入れに眼を留めてから、玄関に立った。靴を履くとき、爪先に小さな穴が開いているのに気づいた。

下駄箱の上の切手を貼った封筒を、加奈子は手にとった。

ドアを開けると、外は大夕焼けであった。墨色にひろがる棚雲のふちを眩しいばかりに金色に染めて、真っ赤な夕陽が沈むところだった。

カチリと鍵を廻した瞬間、加奈子の胸にくすんだ黒い箱が浮かんだ。

六

駅への道を、加奈子はたどった。

炎熱の名残の空気が、べたつく肌にまつわりついた。

大きなボストンバッグを提げたブルーの花柄のワンピース姿は、旅行者のようにも見えた。

歩道をとぼとぼと行くうちに、ボストンバッグが持ち重りがして、肩が傾《かし》いだ。全身の疲れを、加奈子は一度に感じた。

——どこへ行ったらよいか……どこへも行くところはないのであった。

途中のポストに、鍵の入った封筒を投函した。

公園の前で、五つくらいの女の子と母親が追い越していった。団地の商店街の売出しでもらったらしく、子供の手に風船の紐が握られていた。スキップするたびにお下げが揺れ、頭上であかい風船もはずんだ。

「あッ」

加奈子が顔を上げると、風船がふわりと宙に揚がったところだった。

子供が、わっと泣き出す。

夕陽の沈んだ茜色の空へ、風船は勢いよく揚がっていった。地上の甲高《かん》い泣き声を尻眼に、右へ左へ身をよじるようにしながら、見る見る小さくなってゆき、やがてピンポン玉くらいになって、夕焼け空に溶け込んでしまった。

腰にまといつく子をあやしあやし、母親は歩いていった。

母子《おやこ》が公園の角を曲がってしまうと、加奈子は風船の見えなくなった空を仰いだ。

墨色の棚雲を金色にふちどっていた残照は、燃えさかる炎のような色から鮮紅色へ、さらに赤紫、青紫へと、刻々に変化した。やがてその光も雲に吸い込まれ、空は縹《はなだ》色に沈んだ。棚雲は黒さを増し、茜色の余映の中を、少しずつ形を変えながら、ゆっくりと動いているようだった。

加奈子はその黒雲を凝視《ぎょうし》して、二度、三度、唾をのみ込んだ。

暮れ初《そ》めた歩道を駅へ向かう人たちが、加奈子の視線の先をちらと見て、足早に通り過ぎていった。

ボストンバッグの重さも忘れて、加奈子は長い間くろい夕雲を見上げていた。

街灯が、ぽつりぽつり点《とも》り始めた。

東京都××市の都営住宅で、今月二十六日、冷凍ボックスに入った女性の遺体が見つかった事件で、警視庁××署は二十八日、この部屋の元住人で住所不定、無職石井加奈子容疑者（四七）を死体遺棄容疑で逮捕した。石井容疑者は、同市のビジネスホテルに滞在していた。同署は、遺体は石井容疑者の母親とみて身元確認を進めている。

同署の発表によると、石井容疑者は自宅だった都営住宅の一室で、女性の遺体を冷凍ボックスに入れ、押入れに隠していた疑いがあり、同容疑者は、「母親は十年前に死んだが、母親名義の部屋から出たくなく、また母親の年金も必要だったので遺体を隠した」と容疑を認めている。逮捕されたとき、ボストンバッグ一つでホテルの部屋にいた石井容疑者は、こざっぱりとした形《なり》をしていたが、声も出ないほど憔悴しきった様子だったという。所持金は数千円であった。

なお、石井容疑者が都営住宅を退去する日に来たという美容院の店主は、「石井さんは、親孝行で明るい人でしたが、その日はこちらの問い掛けにもほとんど答えず、表情もなく、何か心ここにあらずといった感じでした」と話している。

あとがき

私は、平成十一年に文章を書き始めて今年で足掛け二十五年になるが、この間、私の精神生活の中心には、常に文章のこと、言葉のことがあった。言葉を大切にし、見たこと、感じたことを、過不及なく的確に言い表すことに苦心してきた。

私の書くものは、世上行われている文学とはまるで違ってい、内容も底が浅いとの指摘を受ける傾《かたむ》きもあるが、文章自体はすべて心ゆくまで推敲を重ねたもので、何ら恥じるところはないものと秘《ひそ》かに自負している。

私は、今までに五冊の本を上梓した（平成十三年『不昧公の小箱』、平成十六年『ふたつの光』、平成二十二年『冬木立』（以上、私家版）、平成二十九年『いわし雲』、令和四年『冬晴』（以上、鳥影社刊））が、今回、父のことを綴った上記私家版三冊中の旧作二十八篇（内二篇は『冬晴』にも収録）、同じく『冬晴』中の一篇、計二十九篇（「一」）に、『冬晴』以後の二年間に書いた九篇（「二」）を加えて、一本にまとめることにした。「不昧公の小箱」「お初地蔵」「花の川」の三篇が、前著『冬晴』と重複していることをご諒承願いたい。（「一」の最後に各私家版のあとがきも収めた）
私は今年二月で満六十七歳になったが、七十を間近に控えて、私家版中の父に関する文章を、一般に流通する形にしておきたいと思った。平成二十四年以来十一年に及ぶ強度の胃の不調に併せて、年齢のことを考えると、自分の体にこれからどういう変化が起こるか分からず、なるべく早い時期にと急がれた。もとより私の本を読んでくれるのは、ごく一部の限られた人たちであるが、それでも少しでも多くの人の目に触れるようにしておきたいと考えたのである。
平成十二年秋に、私は脳血栓で倒れた父との生活を綴った「不昧公の小箱」共五篇を輯《あつ》めて、初めて本（『不昧公の小箱』）を造ろうと思い立った。
私は、その年の暮れから翌年正月にかけての、それらの文章を推敲した冬休みの十一日間を忘れることができない。私は何かに憑《つ》かれたかのごとく、朝夙《はや》くから夜十二時過ぎまで原稿と格闘した。一行一行、一言一句、辞書を引いてみたり、音読してみたりして、繰り返しくりかえし吟味した。来る日も来る日も飛ぶように過ぎてゆき、今までの私の人生で、これほど濃密で充実した日々はなかった。

この度、久しぶりに「一」の文章をつぶさに読み返してみて、今更ながら発病後の父との十四年間の生活がこの上なく幸福なものであったと思われ、父が恋しく、胸に熱いものの込み上げてくるのをどうすることもできなかった。

父逝いて二十一年、母逝いて五年、黄泉《よみ》の国へ行ってしまった父母を思うとき、もっとしてあげることがいくらでもあったのにと、涙を感じる夜も多い。特に母には、十四年間父と遊んでばかりいて孝行を尽したとは言えず、母の悲しみをもっと分かってやればよかったと、臍《ほぞ》を噬《か》むこと屢々《しばしば》である。

しかし、それもこれももはや詮ないことで、今は、父母から享《う》けた生の残りを、大切によりよく生きることが、父母への真の供養につながるものと心中深く念じている。

平成二十七年八月、職場の先輩職員で詩人である浅野浩さんが『東方』という同人雑誌を創刊するのに際し、私を誘ってくださった。同じく先輩職員で私の恩人である八田誠さんと共に（八田さんが詩、私が文章をもって）参加することにし、以後、年一回第六号まで、私は毎号文章を載せてきた。途中から、浅野さんは体調の勝《すぐ》れない中、毎号『東方』の発行に腐心してくださった。

令和四年十月に、浅野さんは泉下の人となってしまった。浅野さんは三人の同人の集まる会で、「永野さん、どんどん書いてくださいよ」と、いつも私の創作活動を励ましてくださった。令和四年八月末に『冬晴』が出来上がって、すぐに一本をお送りしたところ、三日間で全部読まれたとのことで、全篇よかったと言ってくださった。浅野さんが存命であったならば、今度の本の出版を、あの懐かしい雑《ま》じり気のない純真な笑顔で喜んでくれただろうにと残念でならない。浅野さんは、まことに心やさしい人であった。

今年は「くぬぎの若葉」を書いてから何も書けない日を送っているが、できれば今後もう一度、本当の創作だけで一本を編みたいものと希《ねが》っている。

私などの才なく深い人生経験も乏しい者にとって、創作の題材を見つけ、それを縦横に発展させ、簡潔で無駄のない深みのある文章で、人生のある断面を照らし出すような作を完成させることは至難の業《わざ》である。

だが、私にこのまま七十代の生が続くのであれば、なお一層の修錬を積んで、一篇だけでよいので、そのような文章をものしてみたいと念じている。

この本の中に、読者の心に沁みる文章が一篇でもあれば、作者としてこの上ない喜びである。

令和五年七月十日

永野秀夫

主な作の内容、執筆の経緯等

「不昧公の小箱」から「立冬」までの五篇が、『不昧公の小箱』（平成十三年上梓）に収めた文章である。（「不昧公の小箱」は『冬晴』（令和四年上梓）にも収録）

「不昧公の小箱」は、平成十一年に私が初めて書いた文章である。昭和六十三年に父が脳血栓で倒れて後の、父と過ごした十年間の生活の哀歓を綴ったもので、同年、第二十九回学習院輔仁会雑誌賞準入選作として同誌に掲載された。今読み返すと、行文に違和感のあるところが何ヵ所もあるが、まだ筆に慣れず、省筆などという技術的なことも知らずに書いたもので、お恕《ゆる》し願いたい。

「彼岸花」は、平成十一年夏に父が肺炎で入院した前後のことを綴ったもので、この頃から、私は父との別れのときを現実的に意識し始めた。

「白い飛行機雲」は、昭和六十三年の父の四ヵ月にわたる入院生活中のあれこれと、退院後に私と二人三脚で励んだリハビリの日々とを、平成十二年の秋に回想して書いた。あの頃、ふたりで落葉の深い墓地の小径《こみち》をよく歩いたが、落葉を分けて父の後ろに延びていった、一本の黒い土の条《すじ》が今でも目に浮かぶ。

「七つの鯉のぼり」は、平成十二年の五月に、父母の田舎である外房大原へ行ったときのことを書いたものである。大原へは、父の倒れた翌年から、毎年春と夏とに親子三人で出掛けた。丘のような低山の連なる長閑《のどか》な田園風景や、釣りをしていて起こった小事件やを忠実に描写した。

「立冬」は、平成十二年の十月下旬から十一月上旬までのことを書いた。ある日、父と墓地へ散歩に行き、江戸時代の童女の小さな墓石を見つける。それを切っ掛けに思い出した中三で早世した友達のことを、季節の移り変わりと共に綴った。文章の端々《はしばし》に、父との別れを懼《おそ》れる心が見え隠れしている。

「しあわせ　――ふたつの光――」から「時計の針」までの八篇が、『ふたつの光』（平成十六年上梓）に収めた文章である。

「しあわせ　――ふたつの光――」は、平成十四年の元日から三月半ばまでの父との生活を綴ったもので、これが父存命中最後に書いた文章になった。それから三月《みつき》も経たないうちに永遠の別れをすることになるとは予期していなかった。

「わかれ」以降の各篇は、父死去（平成十四年六月）後一年ほどの間に、父の面影を求めて慟《なげ》く心を飾らずに表現した。

私は父が亡くなって六ヵ月間、涙の出ない日は一日もなかった。

「わかれ」は、これらの失意の日々に、次から次へと胸に込み上げてきた言葉をそのまま書き留めたもので、推敲は一切しなかった。私はこの一連の短章を、父逝いて二十一年の歳月を経た今でも、涙なく読み進めることができない。

「白い鯉」から「冬日」までの十五篇が、『冬木立』（平成二十二年上梓）に収めた文章である。（「お初地蔵」は『冬晴』にも収録）

「白い鯉」以外は、父死後三年から七年経って書いたもので、悲しみは年を逐《お》って薄紙を剝《は》ぐように次第に薄らいでいったが、父を恋う気持はまったく変わっていない。

「お初地蔵」は、父と死別して二年後の平成十六年の秋、昭和初年、十代の父が住込みで洋服仕立修業をしていた洋服店を探して、浅草蔵前を彷徨《さまよ》った一夜のことを書いた。本作は、平成十九年、第三十七回学習院輔仁会雑誌賞の選外佳作になった。（同雑誌には掲載されず）

「とちの実」は、平成十八年九月に、以前から一度行きたいと念願していた、東京都最高峰の奥多摩雲取山へ登った折の見聞や思ったことを綴った。

「逆川」は、平成十九年九月に、中学、高校時代によく釣行した越谷在の逆川《さかさがわ》を、約三十年ぶりに訪ねたときの文章である。小鮒のよく釣れた飴色の水路と、川向うにまだ田圃が拡がっていて、白鷺の飛んでいた風景が懐かしい。

「冬空のとおく」は、平成十九年十二月に、東急多摩川線沼部駅付近の住宅街を、小さい頃父に連れていってもらった釣堀を探して歩いた際の文章である。父と子が、コンクリートの巨大な洗面器のような池へ竹の延べ竿を差し出して、大きな雷魚をたくさん釣った。帰りに、駅近くの鮨屋で海苔巻を食べさせてもらったのを忘れられない。当時としては大変なご馳走で、私はその後成人するまで、父とこういう店で物を食べたことは一度もなかった。

「大塚先儒墓所」は、平成十九年の大晦日、豊島岡墓地裏を散歩していて、偶然この墓所を見つけて見学し、その寂しい情景を描写したものである。五十一年間この土地に住んでいて、私はそれまでこういう所のあることを知らなかった。

「桜の記憶」は、父とよく行った石神井公園の先のヘラ鮒釣堀の思い出を綴った。緑色の水面に薄桃色の桜の花びらが絶え間なく散り落ちる中、父の短竿が弓形《ゆみなり》にしなる。両手で、必死の形相で竿を立てる父。花びらを分けて、嫌々をするように手もとへ寄ってくる魚を、私が玉網で掬《すく》い取る。——そんな光景が今も瞼に甦《よみがえ》る。

「ある図形」は、ある小雨の夕方、ビルの裏で男たちが将棋を指しているのを覗いて、小学六年生のとき、父に出題された詰将棋を思い出したものである。バイタを真ん中に据え、ミシンや人台や姿見のある、六畳に三尺の板の間付きの、糸屑の散る父の仕事場の様子が懐かしい。

「蕺草と歩」は、平成二十年六月に、広尾の菩提寺で父の七回忌法要を営んだときの感想である。毎年、父の祥月命日が近づくと目につく蕺草《どくだみ》の白い花（葉ということだが）は、どうも陰気な感じがする。

「歳月」は、平成二十年十月に、父が戦後一年ばかり父親と共にお世話になっていた、久喜市の洋服店を訪ねたときのことを書いた。古い町並みを歩きながら、まだ三十そこそこだった父の戦後の混乱期の苦労が思われた。

「冬木立」は、平成二十一年十二月に、父が戦時中入所したという「東部国民勤労訓練所」の跡地（都下小平市小川西町）を、母と訪ねた折の文章である。六十年余《よ》の昔の面影が残る広い構内を散策し、まだ二十代の目のパッチリとした精悍《せいかん》な父の容貌が偲《しの》ばれた。

「冬日」は、平成二十一年の大晦日に隣町の商店街を散歩して、その寂しい町並みを写した小文であるが、別れて七年経っても、何を見ても心に思うのはやはり父のことであった。

「花の川」（『冬晴』所収）は、父母とよく花見に行った文京区関口の江戸川公園を、令和二年（父逝いて十八年後、母逝いて二年後）の花時に再訪したときの文章である。

「波」から「夕雲」までの九篇が、『冬晴』以後に書いた文章である。

「波」は、『冬晴』を造っている最中の令和四年一月に、外房九十九里へ旅行したときの宿内外のスケッチである。

「雀・カナ蛇・土蜘蛛・蜥蜴」は、小さい時分の生き物との思い出を綴った。私は昆虫や小動物の大好きな少年であった。

「ナットの夢」は、少年時代（昭和三十年代）のある年の大晦日の夜の出来事を描いた。小さなナット一つ求めて歩いた暗い夜道と切ない思いは、今でも脳裏に鮮やかに甦る。

「秋祭一景」と「もめごと」は、共に新聞の投書から想像を膨らませて、少年少女と周りの大人たちのそれぞれの心の動きを描写してみた。

「驟雨」は、あるラジオ番組で偶々《たまたま》耳にした聴取者の目撃談を参考に稿を起こした。

「ある杞憂」も、ラジオで流れたニュースを基に一篇を構成した。

「くぬぎの若葉」については、決していい加減な気持で書いたものではないことだけを記しておきたい。

「夕雲」は、新聞の三面の片隅に載った死体遺棄事件に取材した。近年このような悲惨なニュースは度々報道されるが、人間というものは何を仕出かすか分からず、その所業の裏には底知れぬ悲哀があるものと思わずにはいられない。

発表誌等一覧（〈　〉内は執筆年）

不昧公の小箱　『学習院輔仁会雑誌』第二二三号（平成十一年）
　　　　　　　第二十九回学習院輔仁会雑誌賞準入選
　　　　　　　『不昧公の小箱』（平成十三年）『冬晴』（令和四年）所収
　　　　　　　〈平成十一年〉

彼岸花　『不昧公の小箱』〈平成十一年〉
白い飛行機雲　『不昧公の小箱』〈平成十二年〉
七つの鯉のぼり　『不昧公の小箱』〈平成十二年〉
立冬　『不昧公の小箱』〈平成十二年〉
しあわせ　――ふたつの光――
　　　　　『ふたつの光』（平成十六年）〈平成十四年〉
わかれ　『ふたつの光』〈平成十四年〉
蟬　『ふたつの光』〈平成十四年〉
白い小舟　『ふたつの光』〈平成十五年〉

発表誌等一覧

冬の梢	『ふたつの光』〈平成十四年〉
さらにどこかへ	『ふたつの光』〈平成十四年〉
箱庭	『ふたつの光』〈平成十五年〉
時計の針	『ふたつの光』〈平成十五年〉
白い鯉	『冬木立』（平成二十二年）〈平成十五年〉
お初地蔵	『冬木立』 第三十七回学習院輔仁会雑誌賞選外佳作（平成十九年） 『冬晴』所収〈平成十七年〉
とちの実	『冬木立』〈平成十八年〉
逆川	『冬木立』〈平成十九年〉
白い山茶花	『冬木立』〈平成十九年〉
冬空のとおく	『冬木立』〈平成十九年〉
大塚先儒墓所	『冬木立』〈平成二十年〉
桜の記憶	『冬木立』〈平成二十年〉
ある図形	『冬木立』〈平成二十年〉
蕺草と歩	『冬木立』〈平成二十年〉

歳月　『冬木立』〈平成二十年〉
思い出ベンチの秋　『冬木立』〈平成二十年〉
冬木立　『冬木立』〈平成二十一年〉
落葉　『冬木立』〈平成二十一年〉
冬日　『冬木立』〈平成二十二年〉
花の川　『東方』第六号（令和三年二月）『冬晴』所収〈令和二年〉
波　未発表〈令和四年〉
雀・カナ蛇・土蜘蛛・蜥蜴
　未発表〈令和四年〉
ナットの夢　未発表〈令和四年〉
秋祭一景　未発表〈令和四年〉
もめごと　未発表〈令和四年〉
驟雨　未発表〈令和四年〉
ある杞憂　未発表〈令和四年〉
くぬぎの若葉　未発表〈令和五年〉
夕雲　未発表〈令和四年〉

〈著者紹介〉

永野秀夫（ながの ひでお）

昭和 31（1956）年 2 月、東京都豊島区に生まれる。
昭和 53（1978）年 3 月、獨協大学経済学部卒業。
同年 4 月、学校法人学習院に事務職員として採用される。
平成 29（2017）年 3 月、退職。
平成 11（1999）年、「不昧公の小箱」が第 29 回学習院輔仁会雑誌賞準入選作として同誌に掲載され、以後創作を志す。

著　書『不昧公の小箱』（平成 13 年）
『ふたつの光』（平成 16 年）
『冬木立』（平成 22 年）〈以上、各私家版〉
『いわし雲』（平成 29 年）鳥影社
『冬晴』（令和 4 年）鳥影社

ふたつの光

2023年12月2日初版第1刷発行
著　者　永野秀夫
発行者　百瀬精一
発行所　鳥影社 (choeisha.com)
〒160-0023 東京都新宿区西新宿3-5-12トーカン新宿7F
電話 03-5948-6470, FAX 0120-586-771
〒392-0012 長野県諏訪市四賀229-1(本社・編集室)
電話 0266-53-2903, FAX 0266-58-6771
印刷・製本　モリモト印刷

ISBN978-4-86782-058-2　C0093